영국에는 젠틀맨이 없다

영국에는 젠틀맨이 없다

발행일 2023년 1월 1일

지은이 장일현
펴낸이 손형국
펴낸곳 (주)북랩
편집인 선일영
디자인 이현수, 김민하, 김영주, 안유경
마케팅 김회란, 박진관
편집 정두철, 배진용, 김현아, 류휘석, 김가람
제작 박기성, 황동현, 구성우, 권태련
출판등록 2004. 12. 1(제2012-000051호)
주소 서울특별시 금천구 가산디지털 1로 168, 우림라이온스밸리 B동 B113~114호, C동 B101호
홈페이지 www.book.co.kr
전화번호 (02)2026-5777
팩스 (02)3159-9637

ISBN 979-11-6836-652-7 03130 (종이책) 979-11-6836-653-4 05130 (전자책)

영국에는 젠틀맨이 없다

런던 특파원이 알려 주는

대영제국의 다섯 가지 비밀

장일현 지음

북랩

이 책은 방일영문화재단의 지원을 받아 저술·출판되었습니다.

서문

"영국은 왜 브렉시트(Brexit, 영국의 유럽연합 탈퇴)를 한 건가요?"

유럽 특파원으로 런던에 있었다는 말을 하면 요즘도 이런 질문을 받는다. 영국이 왜 유럽연합(EU)을 탈퇴했는지 그 이유와 원인, 배경을 설명하는 말들은 많다. 사람에 따라 천차만별이다. 개인적으로 가장 인상 깊었던 것은 런던 시내에서 만난 한 20대 여성의 말이었다.

"향수지요. 대영제국에 대한 향수."

이 말을 듣는 순간 소름이 돋으면서 고개가 끄덕여졌다. 개인적으로 이때 영국이란 나라에 대해 진지하게 관심을 갖게 됐다. 영국은 어떤 나라일까. 이 나라를 어떻게 정의할 것인가. 이들의 과거는 어땠고 미래는 어떻게 될 것인가.

영국은 외견상 우리나라와 비슷하다. 국토는 24만 2,500㎢로 한반도(22만 1,000㎢)보다 약간 크다. 인구는 6,780만 명이다. 한국(5,184만 명)보다 30% 이상 많지만, 남북한을 합친 것보다는 적다. 이런 나라가 한때 전 세계 인구와 영토의 4분을 1을 지배했다.

역사상 가장 큰 제국을 건설했다. 어떻게 가능했을까.

근대 이후 세계사는 영국과 프랑스, 두 라이벌의 경쟁이었다. 그 둘의 대결에서 승자는 언제나 영국이었다. 모든 전쟁에서 이겼다는 게 아니라, 세계사적 관점에서 중요한 순간마다 이겼다는 뜻이다. 영국은 프랑스보다 인구가 적었다. 국토 면적도 작다. 당연히 국가의 재정도 프랑스에 못 미쳤다. 그런데도 주요 전쟁에서 대부분 이겼다. 그 요인과 배경은 무엇인가.

대영제국은 역사 속으로 사라졌다. 하지만 그 후예인 영국은 여전히 국제 사회에서 강한 존재감을 과시하고 있다. 미래에도 지금보다 더 강한 입김을 발휘할 가능성도 적지 않다. 전 세계 자유민주주의 진영에서 가장 잘 살고 힘이 센 나라들의 모임인 G7(주요 7국) 중 유럽 나라는 4국이다. 독일과 프랑스, 이탈리아, 영국이다. 그중 가장 인구가 많고 경제적 영향력이 막강한 나라는 독일이다. 하지만 이런 상황은 바뀔 수 있다. 앞으로 몇십 년 후 영국이 유럽 최강국에 올라 있을 가능성이 크다.

우선 인구 때문이다. 독일이나 프랑스는 인구 급감을 심각하게 걱정하고 있는데 영국은 계속 인구가 늘고 있다. 인구는 한 나라의 국력을 좌우한다. 인구가 늘어난다는 건 그 나라가 향후 더 잘 살고 강한 나라가 될 수 있는 중요한 조건 하나를 갖췄다는 것과 다름없다. 지구상의 모든 나라가 얼키고설킨 세계화 시대엔 더욱 그렇다.

교육도 빼놓을 수 없다. 엘리트가 국가를 이끌어가는 데 사회 구성원들의 반감이나 질투가 크지 않고, 엘리트 양성 시스템을 잘 갖춰야 한다는 데 공감대가 형성돼 있다. 사립학교와 일류 대학을 중심으로 한 영국의 엘리트 양성 시스템은 여전히 강력한 글로벌 경쟁력을 갖고 있다.

영국의 미래를 얘기할 때 인구와 교육 이외에 다른 요인은 없을까. 대영제국의 후예가 갖는 장점, 전통도 있을 것이다. 많은 전문가와 학자, 역사가들이 대영제국 건설을 이끈 힘으로 막강한 해군, 의회와 민주주의, 누구보다 빨랐던 산업혁명, 첨단 금융시스템 도입에 따른 전쟁자금 조달 능력을 주목했다. 이런 요소는 분명 대영제국 건설의 큰 주춧돌이었다. 왕이 주도한 종교개혁을 통해 로마 교황과 가톨릭의 정신적 지배에서 벗어나 가장 먼저 '국가적 차원에서' 프로테스탄트가 뿌리내린 것도 결정적 터닝포인트 중 하나였다. 이후 영국은 가장 거대하고 강력한 신교의 거점이 됐다.

하지만 여전히 해소되지 않는 궁금증이 남는다. 1588년 엘리자베스 1세 시절 무적함대라던 스페인 아르마다(Armada)를 격파했을 때, 1805년 전 유럽을 석권하던 나폴레옹의 야망을 좌절시킨 트라팔가르(Trafalgar) 해전 승리 때, 영국 해군의 함정과 무기, 병력이 상대를 압도했기 때문이었을까. 단적으로 말하면, '그건 아니다.' 영국 의회는 숙명적 라이벌 프랑스보다 144년 먼저 왕을 단두대에서 처형했는데 이렇게 초라해진 왕권이 존재가치도 없고 아무 역할도 하지 않았기에 영국이 강해진 것일까. 이 또한 대답은 '그건 아니다.'

이런 궁금증에 대한 해답을 찾으려 하는 이유는 영국이 제국을 건설하는 과정에서 보여준 여러 면모들이 지금 이 순간 우리에게 꼭 필요한 교훈이 될 수 있기 때문이다. 우리는 단군 이래 가장 잘 살고 강한 존재가 됐지만, 우리 스스로가 생각하기에도 아직 부족한 점이 많다. 전 세계 젊은이들이 BTS(방탄소년단)와 블랙핑크 음악에 열광하고, 한국 기업이 만든 휴대 전화와 가전제품, 자동차가 전 세계로 불티나게 팔려나가며, 〈기생충〉과 〈미나리〉 등이 아카데미 시상식에서 상을 받는 시대를 보며 가슴 벅차오르는 감동과 자부심을 느낀다.

하지만 우리의 정치는 아직 삼류 수준이라 비판받고, 내 이익을 위해 남의 권리와 법치를 짓밟는 일이 하루가 멀다고 벌어진다. 사회 또는 국가라는 공동체의 소중함을 깨닫지 못하고 나만 편하고 잘살면 된다는 사례가 수두룩하게 쏟아지고, '우물 안 개구리'처럼 편견과 좁은 시야에 갇혀 넓은 세상을 보지 못하는 경우도 많다. 체면과 명분에 사로잡혀 실체와 진실을 외면하는 모습들도 흔하다.

영국을 흔히 '젠틀맨의 나라'라고 하는데, 젠틀맨의 관점으로만 영국을 바라보고 상대했다가는 '어, 이건 아닌데?' 하는 상황을 만날 수 있다. 젠틀맨이 매너, 언행, 차림새 등 외적 이미지를 표현한 것이라면, 그 내면에는 '실리주의자' 또는 '현실주의자'가 자리 잡고 있다.

영국식이라는 건 철저히 실용과 실리를 추구하되 관찰과 실험, 과학과 기술을 중시하는 경험주의 철학을 바탕으로 한다는 뜻이다. 그걸 유려하고 점잖게 표현한다. 그런 의미에서 영국인은 차갑고 이성적이다. 정 많고 눈물 많은 우리 한국인과는 매우 대조적이다. 다를수록 우리가 한 발 더 성숙하고 발전하기 위해

배우고 참고할 것은 많은 법이다.

이 책에서는 영국이 성공한 다섯 가지 포인트를 제시했다.

국부 축적을 위해 끊임없이 노력해야 한다는 것, **법치**를 강조해 권력자나 일부 사회 세력이 멋대로 법과 규칙을 망가뜨리지 못하게 해야 한다는 것, 과거의 틀이나 관행에서 벗어나 도전을 **실용**적 관점에서 풀어야 한다는 것, **노블레스 오블리주**를 통해 국민이 똘똘 뭉쳤을 때 어느 때보다 강력한 파워를 발휘한다는 것, **글로벌**, 즉 세계라는 무대를 항상 생각하며 살아야 한다는 것이다.

차 례

'국부' 돈이 승패를 가른다 47

'법치' 왕보다 법이 먼저다 83

3장

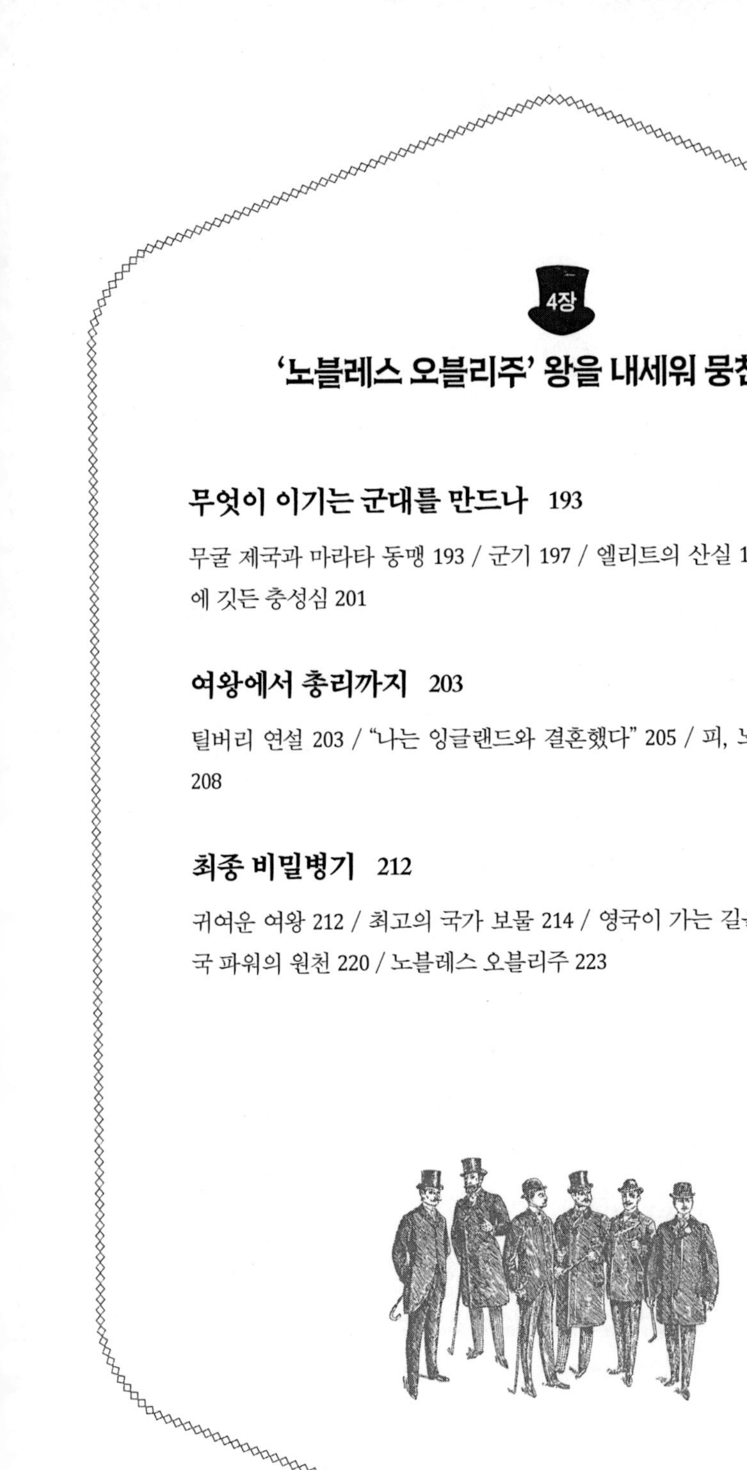

4장

5장

여는 글

영국 다시 보기

킹스맨의 환상

정장과 실크햇, 우산 그리고 매너

"길게 생각하지 말고 '영국 신사' 하면 딱 떠오르는 3가지는?"

동료 여기자에게 물었다. 경험 많고, 센스 좋고, 취재 잘하고, 글 잘 쓰는 기자다. 상식과 교양까지 갖춰 이 친구가 하는 말은 늘 믿음이 간다. 대답은 이러했다.

"우산, 슈트, 독특한 영어 악센트."

또 다른 기자에게 같은 질문을 던졌다. 잠시 눈을 껌뻑이더니 딱 한마디 했다.

"킹스맨."

2015년 1편이 개봉된 영화 〈킹스맨: 시크릿 에이전트〉에 나오는 주인공은 영국 신사의 표본을 보여준다.

어떤 상황에서도 이성과 차분함을 잃지 않고 아무리 많은 동네 건달들이 한꺼번에 달려들어도 순식간에 때려눕혀 버리는 극강의 능력을 가진 전설적인 베테랑 요원 해리 하트. 그는 이렇게 말한다.

"젠틀맨에게 가장 필요한 건 멋진 슈트야. 기성복이 아닌 맞춤 정장."

멋지게 양복을 차려입은 영국 신사를 떠올릴 때면 원통형 모자 실크해트와 우산이 함께 연상된다. 미국 헐리우드 영화 〈다이하드〉 시리즈에 나오는 주인공 존 맥클레인(브루스 윌리스 분)과는 하늘과 땅만큼의 차이가 있는 이미지다. 미국인과 영국인은 같은 앵글로색슨인데도 실제로 달라도 너무 다르다!

젠틀맨을 말할 때 매너, 정중한 예의 또한 빼놓을 수 없다. 역시 킹스맨의 해리 하트가 말하는 최고의 명대사가 떠오른다.

"매너가 사람을 만든다(Manners maketh man)."

이런 신사의 나라 영국도 사실 바람 잘 날이 많지 않다. 지구상 최고의 전통과 품위, 예절의 중심이자 표상으로 여겨지는 영국 왕실도 예외는 아니다. 많은 사람들이 다이애나 왕세자비의 세기적 결혼과 이혼, 비극적 사망을 아직도 또렷이 기억하고 있다. 찰스 왕세자의 불륜과 커밀라 파커 볼스와의 재혼도 여전히 선명하다. 고故 엘리자베스 2세 여왕의 차남 앤드루 왕자는 미성년자 성폭행 의혹으로 왕실에 큰 먹칠을 했다. 20세기 전반기엔 에드워드 8세가 미국의 이혼녀 심프슨 부인과 결혼하겠다며 왕의 자리를 시원하게 걷어찬 일도 있었다.

왕실과 공식적으로 완전히 결별한 해리 왕자와 그 아내 메건 마클은 왕실 사람들이 머리를 쥐어뜯게 만든 행보를 계속했다. 두 사람이 미 CBS 방송 오프라 윈프리 인터뷰에서 왕실의 부정적인 면까지 공개하자 왕실은 벌통을 쑤셔놓은 것처럼 들끓었다. 그러자 필자 주변에서 이런 반응이 터졌다.

"신사의 나라라더니 진흙탕이네. 왜 이런 거야?"

영국이 젠틀맨의 나라인지 아닌지에 대한 생각은 사람마다 다를 수 있다. 그 실체적 진실 여부와 상관없이 영국은 전 세계 사람들에게 신사의 나라로 '인정받고' 있는 것 또한 사실이다. 예전에 대한항공 여객기가 런던 히스로 국제공항에 착륙하기 전 이런 기내 방송이 나왔다.

"신사의 나라 영국에 오신 것을 환영합니다."

한번은 런던에서 교포 몇 사람과 티타임을 가졌는데, 대한항공 옛 기내 방송 얘기를 꺼냈더니 사람들 반응이 떨떠름했다.

"그런데요. 우리(교포들)는 그 방송 들을 때마다 피식 웃었어요."

함께 차를 마시던, 20년 넘게 영국에서 작품 생활을 하고 있는 한 여성 작가도 "영국인들이 어떤 사람들인지 잘 모르시는 분들이 많지요"라고 거들었다. 젠틀맨이라는 단어가 주는 표피적 모습과는 다른 무엇인가가 있다는 걸 직감할 수 있었다.

신사 되기

영국에는 전통적으로 '젠트리'라는 중간 상류층이 있었다. 중세와 근대를 거치면서 영국 사회의 중추 세력으로 자리 잡은 계층이다. 이들은 작위 귀족, 즉 공작·후작·백작·자작·남작 등의 바로 아래에 있는 계층이었다. 젠트리는 세 부류로 나뉘었다. 기사(knight)와 에스콰이어(esquire), 그리고 제일 아래에 젠틀맨(gentleman)이 있었다. 이중 기사와 에스콰이어는 소수였고, 젠틀맨이 절대다수였다. 따라서 대다수 젠트리는 젠틀맨이었던 셈이다. 젠틀맨은 넓은 의미로 쓰여 작위 귀족까지 포함해 부르는 경우도 많았다고 한다.

젠트리(또는 젠틀맨)는 먹고 살기 위해 일하지 않아도 되는 사람을 뜻했다. 지대 수입만으로 여유 있게 살 정도로 땅이 충분히 많은 지주 또는 소영주였던 것이다. 한마디로 부유층이었다. 오늘날 한국 기준으로 따지면 강남에 건물 몇 채 가진 사람이라고 보면 되겠다. 이 정도 재력이면 굳이 힘들게 취직해서 박봉에 툴툴대며 직장을 다닐 필요가 없을 것이다.

젠트리는 자신이 사는 지역에서 막강한 영향력을 행사했다. 고향에서 그 지역의 치안이나 행정을 도맡았다. 이들은 도시보다는 주로 농촌에 살았는데 전국 각지에서 지역 대표로 선발돼 중앙 의회에 대거 진출, 나라의 주요한 정책 결정을 책임졌다. 국왕을 견제했고 세금을 얼마나 걷을 것인지도 결정했다.

부와 권력을 과시만 한 게 아니라, 전쟁 참여나 세금 납부 등 책임과 의무도 함께 졌다. 이들은 자신들이 나라를 이끌어간다고 생각했다. 젠트리는 영국 사회에서 선망의 대상이었고, 영국 사회의 중심 세력이었다. 정치와 사회, 경제, 문화가 이들의 영향을 크게 받았다. 그들은 기부도 많이 하고, 국가와 사회에 대한 봉사에서도 앞장섰다.

선망의 대상인 만큼 '신사 되기'는 국민적 트렌드였고 유행이었다. 하지만 근본적으로 젠트리는 영국 사회에서 결국 소수에 불과했다. 상류층이 원래 그렇듯이 말이다. 엘리자베스 1세 여왕으로 대표되는 튜더 왕조 시절 영국의 젠트리는 6,000명쯤이었다.

영국 신사를 거론할 때 빼놓을 수 없는 특징으로 (적어도 외부인한테) 대단히 말수가 적고, 감정이나 능력을 드러내지 않는다는 점을 들 수 있다.

아들의 중학교 친구 A는 전형적인 영국 중산층의 외아들이었다. 키는 190cm가 넘고, 금발에 하얀 피부를 갖고 있었다. 케이팝, 특히 한국 걸그룹을 '미치도록' 좋아해서 고등학교 1학년 때 엄마와 함께 무작정 한국을 방문하기로 했다. A는 결국 우리나라 대학으로 유학을 왔다.

2017년 여름 런던에서 주영한국문화원이 '한국 문화 페스티벌' 행사를 열었다. 행사에 EXID와 HIGHLIGHT 등 케이팝 그룹 공연이 있어 A를 초대했다.

"위 아래~. 위 아래~."

EXID의 경쾌한 노래가 절정에 달했다. 그런데도 A는 의자에 얌전히 앉아 손을 무릎 쪽에 올려놓고 '점잖게' 박수를 치고 있었다. 자신의 감정을, 자기가 홍에 겨워 즐기는 모습을 절대로 남에게 들켜선 안 된다고 생각하는 듯했다.

아내가 다가가 A를 일으켜 세우고 같이 춤도 추고 노래도 부르게 했는데 그것도 잠시였다. 금방 자기 자리로 돌아가 자리에 앉아선 다시 '무릎 위 손뼉치기' 내공을 시현했다. 주변 모든 사람들이 일어나 춤을 추고 노래하면서 흥겹게 즐기는데도 그건 내 일이 아니라는 듯 그렇게 차분히 앉아 있는 이 영국 소년을 보면서 "영국 사람들 정말 특이하다"고 생각했다.

영국인들은 욕을 할 때도 고상하게 한다. 때론 철학적이거나 문학적이기까지 하다. 미국과 영국의 보수진영 최고 정치인들이 미국 대선 때 힐러리 클린턴 민주당 대통령 후보에 대해 호된 비판을 했다. 당시 도널드 트럼프 공화당 후보는 힐러리 클린턴에 대해 "아주 나쁘다(too bad)", "부패하고 일그러진 힐러리(crooked Hillary)"라고 했다. 원색적이고 직접적인 언어를 사용했다. 강렬하고 선명하고 이해하기 쉽다.

반면 보리스 존슨 영국 총리는 "머리는 금발로 염색한 데다 부루퉁한 입술, 쏘아보는 차가운 눈빛, 정신병원의 사디스틱한 간호사"라고 표현했다. 영국인들은 이런 식으로 말하는 것을 즐긴다. 사회적 신분이 높을수록 더욱 그렇다. 영국 사람들은 일반인들도 평소 말할 때 셰익스피어 작품에 나오는 단어와 구절, 문장을 즐겨 사용한다. 이렇게 셰익스피어 표현을 적절하게 대화에 사용해 남을 비판하는 방식을 '셰익스피어식 모욕주기(Shakespeare Insult)'라고 한다.

박지향 서울대 교수는 단행본 『영국적인 너무나 영국적인』에서 영국인의 남자다움을 이렇게 설명했다.

"영국 중간 계층 남성들은 어릴 때부터 신사의 이상을 흠모하도록 교육

받는다… 점잖고 예의 바를 것, 자존심을 지킬 것, 과묵할 것, 그리고 해서는 안 될 일을 하지 않을 것 등의 행동 규율을 요구한다."

영국 사람들을 겪으면서 이런 '합리적 궁금증'을 갖게 됐다. 영국의 젠틀맨은 진짜 모습일까, 아니면 겉으로만 드러내는 가식에 불과한 것일까.

진면목

우리 눈에 보이는 영국 젠틀맨의 외모와 언행은 대단히 매력적이다. 솔직히 인정하지 않을 수 없다. 하지만 그 속, 영국 신사의 머리와 마음속까지 '젠틀'하다고 생각했다간 자칫 영국인의 일부만 볼 수 있다.

빅토리아 시대의 유명한 제국주의자로 사업가 겸 정치인이었던 세실 로즈는 "우리(영국인)는 세계에서 으뜸가는 인종이다. 우리가 세계에서 거주하는 지역이 넓어지면 넓어질수록 인류에게 이롭다"라고 했다. 젠틀맨의 말이라고는 믿기 어렵지만 그들의 또 다른 모습을 보는 듯하다.

영국인들이 "우리가 전 세계에서 가장 우월한 인종(민족)이다"라고 생각하는 것은 그때나 지금이나 크게 다르지 않다고 본다. 그들 마음 깊숙한 곳에는 언제나 대영제국이 자리 잡고 있다. 브렉시트 국민투표 때 영국 사회에서 이런 인종적 우월감이 표출되는 것을 봤다.

영국은 줄을 잘 서는 것으로 유명하다. 하지만 그 배경이 그리 아름답지 않을 수 있다는 시각도 있다. 영국의 언론인 길(A. A. Gill)은 『분노의 섬(The Angry Island: Hunting the English, 2005)』에서 "영국인은 줄을 서야 하기 때문에 줄을 선다. 그러지 않으면 서로를 죽일 테니까"라고 했다.

차가 다니는 도로는 보통 중앙선을 기준으로 한쪽 방향으로만 간다. 대부분의 나라에서 차가 중앙선을 넘으면 심각한 교통법규 위반으로 처벌을 받거나 벌금을 내야 한다. 하지만 영국에서는 차가 달리다가 건너편 길가에 주차할 곳이 보이면 그대로 중앙선을 넘어 역방향으로 주차를 한다. 처음엔 '이건 뭐지?' 하다가 점차 '영국 사회라면 그럴 수 있지' 하고 받아들이게 됐다. 영국의 횡단보도에서 양쪽에서 차가 전혀 오지 않는데도 빨간불이라고 건너지 않고 파란불이 켜지기를 기다리는 사람이 있다면 그건 외국인이라는 말도 있다고 한다.

법과 제도를 운영할 때 '포지티브(positive)' 시스템과 '네거티브(negative)' 시스템이 있다. 포지티브는 '이것만 할 수 있고 나머지는 다 못해'라고 하는 것이고, 네거티브는 '이거 빼고는 다 해도 돼'라고 하는 것이다. 네거티브 시스템을 채택하는 대표적인 나라가 바로 영국이다. 전 세계 자유주의의 본산이라 인정하지 않을 수 없다.

영국인의 특성을 몇 개의 변수와 요인으로 설명한다는 것은 불가능하다. 그러나 한 가지 분명한 것은 영국인을 젠틀맨의 틀로만 본다면, 일부는 맞을 수 있지만 일부는 틀릴 수 있다는 점이다. 물론 영국과 영국인을 '제국주의'와 '인종차별주의'적 관점으로만 봐서도 안 된다.

개인적으로는 영국을 가장 잘 표현하는 단어는 '실용주의' 또는 '실리주의'라고 생각한다. 좀 더 세밀하게 표현한다면 '과학·기술'과 '경험', '실리'를 중시하는 현실주의라고 할 수 있겠다. 영국인들은 돈 문제, 경제적인 문제에 대해 대단히 강렬하고 예민하게 반응한다. 잘사는 문제를 누구 못지않게 중요하게 생각한다. 역사상 가장 크고 강력한 제국을 건설했던 경험 때문일 것이다. 자본주의를 탄생시켰고, 경험주의 철학과 사회계약론을 바탕으로 시대를 앞서가는 사회 시스템을 만들어냈기 때문일 수도 있다.

그러므로 영국에 가서 젠틀맨을 만나지 못한다 해도 크게 실망하지 않으시길 바란다. 우선, 길에서 만나는 영국인 중 다수는 평범한 서민들이기 때문이고, 젠틀맨을 만난다 해도 그가 워낙 과묵해 알아채지 못할 수도 있다.

위대한 탐험가가 바랐던 세상

여왕에게 바친 폭포

1855년 11월 어느 날, 아프리카 내륙 깊숙한 곳. 영국의 의사이자 선교사 출신 탐험가 데이비드 리빙스턴은 강에서 떨어지는 물줄기 앞에서 할 말을 잃었다. 원주민들은 하늘에서 떨어지는 이 거대한 물줄기를 '모시오아투냐' 즉 '천둥 물보라'라고 불렀다. 토인들은 그곳에 "악마가 산다"라고도 했다.

하지만 리빙스턴에겐 달랐다. 세상 그 어떤 것보다 아름다운 광경이었다. 리빙스턴의 머리엔 문득 이 폭포에 의미 있는 이름을 붙여야겠다는 생각이 떠올랐다. 조국의 여왕이 뇌리를 스쳤다. 북미의 나이아가라 폭포, 남미의 이과수 폭포와 함께 세계 3대 폭포로 불리는 '빅토리아 폭포'는 이렇게 세상에 등장했다.

어릴 적 리빙스턴의 위인전을 읽은 기억이 있다. 그는 세상에 전혀 알려지지 않은 아프리카 오지 곳곳을 탐험하고, 의술을 바탕으로 많은 원주민을 치료한 성인 같은 존재였다. 그는 무지하고 몽매한 아프리카 주민들에게 기독교와 문명을 전달해주기 위해 일생을 바쳤다. 아프리카 흑인 노예무역을 타파하기 위해 맹렬한 투사가 됐다. 꼬마 때 기억에 그는 가장 위대한 탐험가이자 존경스러운 위인 중 한 명이었다. 영국인들은 그를 '빅토리아 시대의 초인超人'이라 불렀다. 하지만 그것이 전부일까. 사람의 존재와 역할, 유산에 대한 평가는 그 사람의 개인적인 생각이나 행적을 넘어선다. 리빙스턴의 탐험을 대영제국이라는 관점에서 들여다보면 사뭇 다른 의미가 드러나지 않을까.

리빙스턴은 유럽 대륙에서 나폴레옹이 몰락을 향해 달려가고 있던 무렵에 태어났다. 1813년 3월 스코틀랜드 래너크셔에 있는 블랜타이어라는 작은 마을이었다. 집안이 가난해 아주 어린 나이부터 방적공장 직공으로 일해야 했다. 하지만 이 아이는 평범하지 않았다. 일주일에 6일, 하루 12시간이 넘는 중노동을 하면서도 책을 손에서 놓지 않았다. 고학으로 그리스어語와 신학, 의학을 익혔다. 그는 만 27세 때 의사 면허증을 획득했고, 동시에 성직자로도 임명됐다.[1]

그는 세상으로 나가고 싶어 했다. 런던선교협회에 해외에 선교사로 가겠다고 자원했다. 원래는 중국 청나라에 가고 싶어 했다. 중국에 갈 선교사를 모집한다는 광고를 보고 지원했는데 당시 중국은 대영제국이 일으킨 제1차 아편전쟁이 한창이었다. 리빙스턴은 아프리카로 방향을 틀었다.

1 니얼 퍼거슨, 『제국』, 민음사, 2006, 186쪽.

그는 영국이 식민지를 개척하고 있던 지금의 남아프리카공화국 땅으로 갔다. 케이프타운에서 출발, 40일 동안 1,100㎞를 걸어 내륙 깊숙한 곳에 있는 쿠루만(Kuruman)이라는 곳에서 선교활동을 시작했다. 하지만 그는 곧 선교활동에서 무력함과 좌절감을 느끼기 시작했다. 단 한 명이라도 원주민을 기독교도로 만든다는 게 쉽지 않다는 것을 절감했다. 그의 눈에 원주민들은 미개했고 도덕적으로 심하게 타락해 있었다. 당연히 하나님에 대한 관심도 전혀 없었다.

리빙스턴은 완전히 방향을 틀었다. 그는 탐험가가 되기로 했다. 이때부터 그의 전성기가 펼쳐졌다. 그는 칼라하리 사막을 가로질러 처음으로 은가미(Ngami) 호수를 발견했다. 그의 활약상에 조국과 국민들은 열광했다.

그가 빅토리아 폭포를 발견한 건 2차 탐험 때였다. 1853년 잠베지강江 탐험에 나섰다. 오늘날의 보츠와나에 있는 린얀티에서 출발, 남대서양에 접해 있는 포르투갈령 앙골라 해안의 루안가에 갔다. 그리고 탐험을 시작한 지 3년 만인 1856년에 인도양에 접해 있는 모잠비크의 켈리마네에 도착했다. 이로써 그는 아프리카 대륙을 서쪽에서 동쪽으로 횡단한 최초의 유럽인이 됐다. "가장 위대한 지리적 탐험 가운데 하나"라는 평가를 받았다. 빅토리아 폭포 발견도 이 과정에서 이뤄졌다.

아프리카에 대영제국의 식민지를

리빙스턴에겐 꿈이 있었다. 대영제국의 무역과 하나님을 아프리카 대륙에 전파하고 노예제도를 무너뜨리는 것이었다. 그것은 자신이 선교사가 아니라 탐험가로서 수행해야 하는 소명이라 생각했다. 그는 걷고 또 걸어 아프리카 내륙 깊숙한 곳을 개척하고, 이 땅을 세상에 알려야 했다. 그곳에 문명이 전달돼 꽃을 피우면 세상의 커다란 모순과 아프리카인들의 불행한 운명도 끝낼 수 있다고 믿었다.

그는 잠베지강에 집착했다. 이 강은 내륙에서 발원해 인도양까지 흘러가는, 길이가 2,740㎞에 달하는 아프리카 남부 최대의 강이었다. 리빙스턴은 배를 타고 바다에서 이 강을 따라 상류로 올라갈 수만 있다면 자신이 머릿속에 그렸던 '아프리카 문명화' 전략이 성취될 수 있다고 여겼다. 그는 탐험 출발에 앞서 자신의 속내를 주변에 털어놓기도 했다. 그는 자신의 탐험대에 광물학자와 식물학자, 해군 장교, 선교사 등이 모두 포함돼 있다고 하면서 "이러한 구성은 겉으로 보기엔 아프리카 무역 개발과 문명 발전을 목표로 하는 것입니다… (하지만 진정한 목적은)이 탐험을 통해 중앙아프리카의 쾌적한 고지대에 잉글랜드 식민지가 생겨나길 바란다는 사실입니다"라고 했다.[2]

하지만 그의 탐험은 최종적으로는 실패로 끝났다. 잠베지강은

2 니얼 퍼거슨, 앞의 책, 225쪽.

배가 지나갈 수 있는 강이 아닌 것으로 판명이 났다. 이 때문에 고국에서는 그에 대한 비난이 쏟아졌다.

"우리는 면화, 설탕, 인디고 같은 야만인들은 결코 생산하지 않는 상품을 약속받았는데, 물론 우리는 아무것도 얻은 게 없다. 우리는 무역을 약속받았는데, 무역은 없다. 우리는 개종자들을 약속받았는데, 아무도 개종되지 않았다."[3]

리빙스턴은 선교사로서 실패했고, 탐험가로서도 실패했다. 그는 1873년 5월 현재 잠비아의 치탐보에서 숨을 거뒀다. 무릎을 꿇고 기도하는 모습으로 세상을 떠났다.

아프리카 대륙에 대영제국의 문명과 기독교를 전파하겠다는 리빙스턴의 꿈은 그의 사망과 함께 사라진 것일까. 아니었다. 오히려 더 활활 타올랐다. 대영제국은 더욱 커졌다. 더 많은 선교사와 탐험가들이 아프리카 대륙 곳곳을 누볐고, 이 미지의 대륙에 대한 유럽인들의 갈망은 더욱 커졌다.

19세기 말 영국의 국력은 최고 절정기를 구가했다. 당시 영국 정부는 3C 정책을 추진했다. 이집트의 카이로(Cairo), 남아프리카 공화국의 케이프타운(Cape Town), 인도의 콜카타(Calcutta)를 잇는 글로벌 식민지 네트워크를 건설한다는 대야망이었다. 아프리카에서는 카이로에서 케이프타운까지 연결하는 '종단정책'을 추진했다.

그 결과로 아프리카에선 대영제국이 전체의 약 3분의 1을 차지했다. 나머지는 프랑스와 독일, 이탈리아, 포르투갈, 에스파

3 니얼 퍼거슨, 앞의 책, 227쪽.

냐, 벨기에 등 유럽 열강이 나눠 가졌다. 니얼 퍼거슨은 이 상황에 대해 "리빙스턴이 의도했던 대로 상업(Commerce)과 문명(Civilization), 기독교(Christianity)가 아프리카에 주어질 것이었다. 그러나 상업, 문명, 기독교는 네 번째 'C', 즉 정복(Conquest)과 함께 올 것이다"라고 했다.[4]

100년 전 무기

러시아의 기습 침공으로 시작된 우크라이나 전쟁은 전 세계 주요국과 거의 모든 군사전문가들의 예상을 완전히 깨뜨렸다. 러시아군이 파죽지세로 우크라이나를 점령, 불과 1~2주 정도면 우크라이나 수도 키이우를 점령할 것이라던 수많은 예측은 모두 헛다리를 짚은 셈이 됐다. 블라디미르 푸틴 러시아 대통령은 "전쟁 개시 후 48시간 내에 우크라이나 수도를 비롯한 주요 도시를 장악해" 전쟁을 일단락 짓겠다고 큰소리쳤지만, 이는 완전한 착각이었다.

전쟁을 일으킨 지 한 달이 지날 무렵, 러시아는 전략 목표를 전면 수정했다. 우크라이나 전역 또는 수도 키이우를 점령하겠다는 것이 아니라 "동부 돈바스 지역의 해방에 집중하겠다"고 했다. 군사력에 관한 한 미국과 함께 '월드 톱 2'로 꼽히던 러시아의 체면이 말도 안 되게 구겨진 것이다. 하지만 이 목표 또한 맘대로

4 니얼 퍼거슨, 앞의 책, 231쪽.

되지 않았다. 한 해가 다 지나도록 러시아가 말하는 목표는 달성되지 않았다.

우크라이나와 러시아가 돈바스 지역에서 치열한 공방전을 벌이던 때 영국 시사주간지 '이코노미스트(The Economist)'에 눈길을 끄는 기사가 하나 실렸다. 우크라이나군이 무려 110년 전 도입한 기관총으로 러시아군에 맞서고 있다는 내용이었다.

국제적으로 화제가 된 이 기관총은 러시아 제국이 1910년 도입한 '맥심 M1910 기관총'이었다. 우크라이나 군이 얼마나 무기가 부족했으면 이런 구닥다리 무기까지 꺼냈겠느냐는 안타까움이 들기도 했지만, 한편으론 "얼마나 대단한 기관총이길래 지금까지 사용될 수 있는 것인가" 하는 감탄도 쏟아졌다.

이 기관총은 사격 때 뜨거워진 총열을 물로 식히는 '수랭식'인데 아주 오래 사격을 해도 총열이 과열되거나 변형되지 않는다는 강력한 장점을 갖고 있다. 우크라이나 군인들은 이 기관총이 사거리 1,000m 이내에 있는 적을 아주 정확히 공격할 수 있고, 3,000m 정도까지 효과적으로 공격할 수 있다고 했다. 맥심 기관총의 탄생은 대영제국 시대로 거슬러 올라간다.

세계 최초의 기관총

미국 메인주에서 태어난 하이럼 스티븐스 맥심(1840~1916)은 만 41세가 되던 1881년 영국으로 건너갔다. 그리고 8년 후 완전히 영국인으로 귀화했다. 뛰어난 발명가였던 그는 1882년 오스트리아 빈을 여행하다 한 미국인 지인으로부터 이런 말을 들었다.

"화학과 전기 같은 건 다 집어치우게. 진정 돈을 벌고 싶다면 유럽인들이 서로를 죽이도록 하는 무엇인가를 발명하게나. 그것도 아주 효율적으로 작동하는 그런 것 말일세."

어렸을 때 라이플 소총의 반동 때문에 뒤로 넘어진 적이 있는 맥심은 누구도 생각하지 못했던 새로운 개념의 총을 머리에 그렸다.

'격발 때 발생하는 반동을 이용해 자동으로 발사되는 총을 만들 수 없을까?'

그가 원한 무기의 작동 원리는 단순했다. 방아쇠를 당기기만 하면 총알이 다 떨어질 때까지 계속 발사되는 완전 자동화 기관총이었다. 그리고 2년이 흘렀다.

1884년 10월, 맥심은 런던에 있는 공장에서 많은 사람이 지켜보는 가운데 자신의 이름을 딴 기관총을 선보였다. 총은 그가 장담했던 그대로였다. 그가 방아쇠를 당기자 엄청난 굉음과 함께 탄창에 있던 모든 총알이 떨어질 때까지 발사됐다. 훗날 영국의 저명한 역사학자인 마틴 길버트가 "제국주의적 정복과 가장 잘 어울리는 무기"라고 불렀던 기관총이 탄생하는 순간이었다.

1분에 500발 이상을 쏠 수 있는 이 기관총은 화력이 라이플 100여 정과 맞먹을 정도였기 때문에 당시 존재했던 것 중 가장 효율적인 살상 무기였다. 나중에 맥심은 영국의 한 과학자가 "이 총 때문에 전쟁이 더욱 끔찍하게 되지 않겠는가"라는 질문을 던지자 "아닙니다. 이 기관총은 사람들이 전쟁을 하는 것을 불가능하게 만들 것입니다"라고 대답했다.

하지만 이 말은 한낱 물거품으로 변해버렸다. 수없이 많은 생명이 이 기관총 앞에 쓰러지게 될 것이기 때문이다. 어쨌든 맥심은 공로를 인정받아 1901년 영국 왕으로부터 기사 작위를 받았다.

맥심 기관총은 지구촌 곳곳으로 퍼져나갔다. 개량형과 파생형으로 발전하면서 영국은 물론이고, 미국과 러시아, 독일, 프랑스, 일본 등 전 세계 30국 이상이 이 총을 도입했다. 구한말 대한제국도 구매자 리스트에 이름을 올렸다. 성능이 우수했던 만큼 수많은 전장에서 사용됐다. 제1·2차 세계대전은 물론이고, 러일전쟁과 6·25 전쟁 때도 활약했다. 북미와 아시아, 오세아니아 등에 걸쳐 이미 거대한 제국을 건설한 영국은 이 기관총의 혜택을 톡톡히 봤다. 대영제국 완성의 막바지 단계, 즉 아프리카 쟁탈전 때 맥심 기관총은 결정적 역할을 했다.

"우리는 가졌고, 그들은 갖지 못한 것"

1893년 10월 25일, 지금의 남아프리카 짐바브웨 중심을 흐르는 샹가니 강 근처에 짙은 전운이 감돌았다. 당시 이 지역을 다스리던 마테벨레 왕국의 군사 3,500여 명은 이날 새벽 2시15분쯤 영국 원정대 700여 명을 향해 전면 공격에 나섰다. 마테벨레의 왕 로벤굴라는 자신감이 넘쳤다. 그의 군대는 수적으로 우세했고,

서양 군인들 못지않게 라이플 소총을 갖춘 병력도 적지 않았다.

하지만 막상 전투가 벌어지자 양측의 희비는 극단적으로 엇갈렸다. 마테벨레군은 적진을 향해 구름처럼 달려들었지만, 영국군이 전진 배치한 맥심 기관총 5정이 불을 뿜자 추풍낙엽처럼 쓰러졌다. 당시 전투 목격자들은 "마테벨레 군인들은 1㎞ 이내로 접근조차 못했다. (맥심 총이)글자 그대로 풀을 베듯이 그들을 쓰러뜨렸다"라고 말했다. 전투는 동이 틀 때쯤 마테벨레군이 철수하면서 끝났다. 마테벨레군은 엄청난 타격을 받았다. 사망자가 1,500여 명에 달했다. 반면, 영국 원정대는 사망자가 4명에 불과했다.

그로부터 1주일 후인 11월 1일, 마테벨레군이 다시 한번 영국 원정대를 공격했다. 4,000여 명의 전사와 2,000여 명의 소총병이 동원됐다. 하지만 이날도 결과는 다르지 않았다. 두 번째 전투에서 사망한 마테벨레 병사는 2,500여 명에 달했다.

이듬해인 1894년 1월까지 약 3개월간 계속된 제1차 마테벨레 전쟁에서 마테벨레 군이 입은 병력 손실은 1만 명이 넘었다. 마테벨레 왕국이 지배하던 영토는 당시 영국 케이프 식민지의 총리에 올라 있던 세실 로즈(Cecil Rhodes, 1853~1902)의 이름을 따 '로디지아'라고 불리게 됐다.

이 전쟁은 맥심 기관총이 사용된 최초의 전투로 기록됐다. 프랑스 태생의 영국 시인 힐레어 벨럭은 그의 시 「모던 트래블러(The Modern Traveller)」에서 이 상황을 이렇게 노래했다.

"어찌 됐든, 우리는 맥심 기관총을 가졌고, 그들은 갖지 못했다."

더 가공할 사실은 맥심 기관총의 실력 발휘가 이제 시작에 불과하다는 것이었다.

1882년 가을, 이집트를 손에 넣은 대영제국에 큰 골칫거리가 생겼다. 이집트 세력권에 있던 지금의 수단 지역에서 이슬람 세력이 급성장해 영국의 통치에 정면으로 도전했다. 전 세계를 이슬람화하는 것이 목표인 그들은 순식간에 수단 전역을 장악했다. 더 이상 상황을 방치할 수 없다고 판단한 영국 정부는 이들을 진압하기 위해 병력을 보냈지만, 오히려 원정 부대가 궤멸되는 참패를 겪었다. 1896년 영국 정부는 수단 지역을 완전 점령하기로 결정하고, 허버트 키치너(Horatio Herbert Kitchener, 1850~1916) 육군 소장을 총사령관으로 한 영국·이집트 연합 원정군을 파견했다.

전투는 1898년 9월 2일 이슬람 세력의 거점이자 전략적 요충지였던 나일강 상류 옴두르만 북쪽으로부터 약 11㎞ 떨어진 케러리 지역에서 벌어졌다. 키치너 장군의 부대는 영국 정규군 8,000명과 이집트·수단군 1만 7,000명으로 구성됐다. 이에 맞서는 이슬람 세력 병력은 기병 3,000명을 포함해 총 5만 명에 달했다.

하지만 이런 병력 비교는 무의미했다. 오전 6시쯤 전투가 시작되자 이슬람 전사들은 용맹스럽게 돌진했지만, 연합 원정군의 무시무시한 화력 앞에 속절없이 쓰러졌다. 연합군은 이슬람 전사들이 2,750m 앞에 접근하자 포탄을 쏘기 시작했고, 이어 약 1,000m 사정거리 안에 들어오자 맥심 기관총이 소나기처럼 총알을 쏟아부었다.

이날 전투에서 이슬람 전사 중 연합군에 50m 이내까지 접근한 사람은 단 한 명도 없었다. 전투라기보다는 차라리 '살육'이었다는 평을 받는 이 격돌에서 이슬람 전사 1만 2,000명이 사망했고, 1만 3,000명이 부상을 당했으며, 5,000명이 포로가 됐다. 반면, 연합군은 사망자가 47명, 부상자는 382명에 불과했다. 이 전투에 기병대 중위로 참전했고 후일 영국 총리가 되는 윈스턴 처칠은 이렇게 적었다.

"야만인을 상대로 한 현대 문명의 위대한 승리였다. 불과 다섯 시간 만에 가장 강력한 무장을 갖췄던 야만인 이교도들을 유럽 군대의 힘으로 쓸어버렸다."

옴두르만 전투 결과 수단은 대영제국 지배하에 들어가게 됐다. 1870년대까지만 해도 아프리카 대륙의 대부분은 아직 유럽 열강들의 세력이 크게 미치지 않은 곳이었다. 대영제국도 아프리카 대륙의 서부와 남부 일부를 장악하고 있을 뿐이었다. 하지만 불과 20여 년 만에 아프리카 대륙 거의 대부분이 유럽 국가들의 쟁탈전에 희생이 됐다. 가장 많은 땅을 차지한 것은 대영제국이었다.

이제 대영제국은 사라졌고, 제국주의자도 더 이상 존재하지 않는다. 하지만, 전 세계를 주름잡았던 영광에 대한 기억과 자부심은 지금도 현대 영국인의 핏줄 속에 면면히 흐르고 있다. 그들은 세계에 진출해야만 더 발전하고 더 잘 살고 더 강해질 수 있다는 걸 본능적으로 가장 잘 아는 사람들이다.

대륙과는 다른 철학으로 세상을 보다

코로나와 백신, 과학

"인류의 대반격이 시작됐다."

2020년 12월 8일, 전 세계 언론이 일제히 영국의 백신 접종 시작 사실을 대서특필 보도했다. 중국의 우한에서 코로나 감염자가 발생했다고 세계보건기구(WHO)에 보고된 지 343일 만에 인류가 백신 접종을 개시한 것이다. 미국보다, 유럽의 어떤 나라보다 빨랐다.

이날 영국 중부 미들랜드의 코번트리 대학병원에서 90세 마거릿 키넌 할머니가 첫 스타트를 끊었고, 전국 70개 병원이 80세 이상 고령자와 고위험 의료진 등을 대상으로 백신 접종에 돌입했다. 영국은 이날을 'V데이'라고 불렀다. 같은 날 우리나라 정부는 "이르면 내년 2~3월부터 해외 백신 4,400만 명분을 확보해 단계적으로 도입할 계획"이라고 밝혔다.

그로부터 약 7개월 후인 2021년 7월 20일 0시. 런던을 비롯해 영국 주요 도시의 나이트클럽이 일제히 문을 열었다.

"5, 4, 3, 2, 1…. 예!"

밖에서 몇 시간씩 기다리던 수백 명의 젊은이들이 클럽 안으로 물밀듯이 쏟아져 들어갔다. 영국은 이날 코로나 규제를 전면 해제했다. 델타 변이 바이러스의 확산으로 하루에도 수만 명씩 확진자가 나오는 상황이었는데도 규제 철폐를 강행했다.

보리스 존슨 총리는 "확진자가 늘고 있지만, 백신 접종으로 환자 발생과 입원·사망 사이에 연결성이 크게 떨어졌다"라고 말했다. 국민들이 백신을 많이 맞아 코로나에 걸려도 중증으로 가거나 사망할 확률이 대폭 줄었다는 것이다. 보리스 존슨 등 영국 정치 지도자들은 백신 개발과 사용 승인, 접종 등 주요 순간마다 "과학적으로 안전하다", "우리는 과학을 따르고 있다"라고 강조했다.

사실, 팬데믹 초기만 해도 영국은 코로나 사태에 대한 대응 실패와 의료 붕괴로 세계로부터 '나쁜 사례' 대표 주자로 꼽혔다. 확진자 폭증과 엄청난 인명 피해가 발생했다. "어떻게 세계 최고 선진국 중 하나라는 영국이 저렇게 망가질 수가 있나?" 하는 충격과 비아냥이 잇따랐다. 어느 순간부터 확진자·사망자 통계도 집계를 하지 않고 있는데, 2022년 9월 현재 총 사망자는 약 19만 명으로 확고한 '유럽 내 넘버원' 자리를 차지하고 있다.

이런 분위기를 한순간에 바꿔놓은 것이 백신 접종이었다. 발 빠르게 백신 접종을 시작한 뒤, 유럽 어느 나라도 쫓아올 수 없을 정도 속도로 진행했다. 이웃 독일과 프랑스보다 10배 가까이 빠를 정도로 접종 속도가 압도적이었다.

백신 접종 전략도 독창적이고 획기적이었다. 당시 코로나 백신은 1차 접종 뒤 종류에 따라 3~4주 후에 2차를 접종하는 것이 원칙이었다. 하지만 파격적으로 영국 보건 당국은 접종 간격을 최대 12주로 확대하라는 지침을 내렸다. 1차만 맞아도 어느 정도 면역력이 생기니 우선 1차 맞는 사람들부터 대폭 늘리자는 전략이었다. 이런 접종 전략은 전례가 없는 것이었다. 전 세계에서 우려와 걱정이 제기되기도 했다. 이때 영국 정부가 내세운 것도 "안전하고 효과적이라는 것이 과학적으로 입증된 것"이라고 했다.

영국의 전략은 그대로 맞아떨어졌다. 전 세계가 영국의 선구자적 행보를 뒤따랐다. 이코노미스트는 "영국 과학이 코로나 팬데믹 초기엔 비난을 받았지만, 곧 세계적인 트렌드를 이끌었다"라고 평가했다. 이때 또 한 번 영국의 진정한 모습을 봤다. 영국은 "과학을 중심으로 움직이는 나라"였다.

이런 모습은 당시 우리나라의 움직임을 비교해보면 더욱 뚜렷해진다. 백신 도입 자체도 대단히 늦었을 뿐 아니라, 다른 나라가 백신을 접종하고 있을 때조차 우리 방역 당국과 정치권은 "다른 나라들이 많이 맞고, 그 안정성이 증명된 뒤에 우리가 맞아도 늦지 않다"라고 말했다.

과학에 기반한 국가 엘리트의 신속한 정책 결정, 정부가 결정하면 '놀라울 정도로' 이를 따르는 국민성, 이 두 가지가 영국이 코로나와 싸움에서 세계적인 리더십을 갖게 된 배경이었다. 그렇다면 실험과 모델, 과학에 대한 영국의 믿음은 어디에서 오는 것일까.

이성이냐 경험이냐

영국과 유럽 대륙은 세상을 보는 눈, 즉 철학이 달랐다. 세상의 진리를 어떻게 탐구할 것인가는 인류와 철학의 오랜 숙제였다. 근대 출범을 전후로 유럽 대륙과 영국은 완전히 다른 길을 걷기 시작했다.

유럽 대륙의 경우 '합리주의' 또는 '이성주의'가 주류를 이뤘다. 참된 지식은 오직 이성을 통해 탐구할 수 있다고 했다. 대표적인 철학자로는 프랑스의 르네 데카르트, 네덜란드의 바뤼흐 스피노자, 독일의 고트프리트 라이프니츠 등을 들 수 있다. 데카르트는 1637년 『방법서설』에서 "나는 생각한다. 고로 나는 존재한다"라고 말한 철학자이다. 스피노자는 "내일 지구가 멸망한다 해도 나는 오늘 한 그루의 사과나무를 심겠다"라고 한 학자이다.

반면, 영국에서는 경험주의가 뿌리를 내렸다. 영국 철학자들은 진리는 실험과 관찰을 통해 얻을 수 있다고 믿었다. 이들은 "이미 감각 속에 존재하지 않는 것은 지성 속에 존재하지 않는다"라고 생각했다. 이 철학을 대표하는 사람들은 프랜시스 베이컨(1561~1626)과 존 로크(1632~1704), 조지 버클리(1685~1753), 데이비드 흄(1711~1776) 등이었다. 베이컨은 자신의 저서 『노붐 오르가눔(신기관, 1620년)』을 통해 아리스토텔레스의 논리학(연역법)을 반대하고 새로운 진리 탐구 방법인 '귀납법'을 제시했다. 그는 "아는 것이 힘이다"라고 말한 주인공이다. 로크는 『인간오성론(1690)』을 통해 모든 지식은 경험에서 온다는 경험론을 확립했다.

사실과 경험을 중시하는 영국의 경험론 전통은 이미 중세 시대부터 발현되기 시작했다. 1214년 옥스퍼드 대학 초대 총장에 취임한 로버트 그로스테스트(1168~1253)는 과학적 연구의 전통을 만든 최초의 학자로 평가되고 있다.

이어 그로스테스트 제자이면서 역시 옥스퍼드 교수를 지낸 로저 베이컨(1220~1292)은 '실험과학'이라는 말을 처음 사용했다. '경이적 박사'라고 불린 그는 지식의 원천으로 관찰과 실험을 중시했다. 비슷한 시기 윌리엄 오컴(1285~1349)은 세상에 대한 지식을 얻을 수 있는 것은 개별적 사물에 대한 경험을 통해서라고 했다. 14세기에 이르면 영국에서 경험주의는 철학과 과학의 지배적인 사조로 자리를 잡게 된다.

과학과 산업이 꽃을 피우다

영국의 철학과 지성계가 경험주의에 흠뻑 빠져들고 있던 그 무렵, 과학 분야에서도 혁명이 불붙었다. 시기적으로는 튜더 왕조를 통해 근대국가로서의 틀을 다진 뒤 청교도 혁명과 명예혁명 등을 거치면서 정치 경제 사회 문화 모든 분야에서 국가적 역량이 폭발적으로 향상되던 때였다.

1628년, 윌리엄 하비는 신체의 장기 중 심장이 피를 뿜어내고 이 피가 동맥과 정맥을 통해 몸을 순환한 뒤 다시 심장으로 돌아온다는 사실을 밝혀냈다. 로크보다 다섯 살 많은 옥스퍼드 대학 선배 로버트 보일은 1662년 닫힌계에서 온도와 질량이 일정한 기체의 압력과 부피는 반비례한다는 '보일의 법칙'을 발견했다.

근대 과학혁명에 가장 큰 공헌을 한 아이작 뉴턴(1643~1727)은 '만유인력의 법칙'을 확립하고 연구 성과를 집대성해 1687년 『자연철학의 수학적 원리(프린키피아)』를 발간했다. 명예혁명이 일어나기 1년 전이었다. 영국 과학계는 1660년 런던왕립학회를 설립했는데, 이는 프랑스의 파리왕립아카데미보다 6년 앞선 것이었다. 베를린아카데미가 등장한 건 1700년이었다. 런던왕립학회에는 영국 왕 찰스 2세도 회원으로 가입했다.

영국 과학은 1페니만 내면 커피가 제공돼 '페니 대학(penny universities)'이라고 불렸던 커피하우스를 통해서 사회 전반으로 확산했다. 1650년 옥스퍼드에 처음 등장한 커피하우스는 1675년쯤에는 전국에 3,000개 이상이 성업했다. 이곳에서는 정치인과 과학자, 일반인 등 누구나 입장이 가능했고, 정치와 사회, 경제, 식민지, 주식, 자연과학 등 모든 분야를 놓고 토론과 논쟁이 벌어졌다. 강연을 들을 수도 있었고, 신문이나 책을 읽을 수도 있었다.

1700년대 중반에 접어들면서 산업혁명의 태풍이 몰아쳤다. 제니방적기(1765)와 수력방적기(1767) 등 목화솜에서 실을 뽑는 획기적인 방적기들이 잇따라 등장했고, 1769년, 제임스 와트는 증기기관에 대한 특허를 신청했다. 18세기 말 증기기관은 거의 모든 산업으로 퍼져나갔다. 석탄 생산과 제철 산업이 눈부시게 발전했고, 통신과 운송 분야도 하루가 다르게 진보를 거듭했다. 1776년, 애덤 스미스는 국부론을 세상에 내놓았다.

영국은 전 세계 산업의 중심이자 공장으로 군림했고, 에스파냐와 네덜란드, 프랑스를 연이어 꺾으면서 전 세계에 제국을 건설해 나갔다. 산업혁명이 영국에서 시작된 배경 중 하나는 실험과 관찰을 중시한 경험주의 철학이 토대이자 밑거름이 됐다. 영국이 매우 실용적이고 현실 중시 성향이 강한 것도 영국인 유전자에 경험주의 철학이 깊이 박혀 있기 때문이다.

1장

'국부' 돈이 승패를 가른다

해적의 나라, 신사의 나라

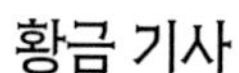

황금 기사

"드레이크의 머리를 자르겠다."

황금 검을 쥐고 있던 엘리자베스 1세의 입에서 뜻밖의 말이 나왔다. 주변에 있던 외국 사신과 신하들, 국민들은 모두 깜짝 놀랐다. 하지만 이는 여왕의 진심이 아니었다. 농담이었다. 여왕은 곧 칼을 옆에 있던 프랑스 사신에게 넘겨주더니 영광스러운 '기사 작위' 수여식을 거행해달라고 했다.

사신은 영국·프랑스가 함께 에스파냐에 맞서는 동맹을 추진하기 위해 주군인 프랑스 앙주공과 엘리자베스 1세의 결혼 문제를 협상하러 온 사람이었다. 결혼 협상을 위해 온 프랑스 사신이 영국 여왕의 부탁을 받고, 에스파냐를 상대로 한 해적질로 유명한 영국 선장에게 작위를 수여한다? 이는 영국 해적들로부터 막대한 피해를 받고 있던 에스파냐에는 대단히 모욕적인 일이었을 것이다. 그렇다고 여왕이 결혼을 한 것도 아니었다. 죽을 때까지

처녀로 살았으니까.

왕위에 오른지 23년. 엘리자베스 1세(재위 1558~1603)는 탁월한 정치 감각과 국가 통치 능력을 겸비한 군주로 성장해 있었다. 이 여왕의 일거수일투족을 대륙의 수많은 시선들이 지켜보고 있었다. 버나드 로 몽고메리 장군은 이 장면을 놓고 "아마도 에스파냐 왕에게 직접적인 모욕을 주는 한편, 프랑스와 에스파냐를 반목시키려고 한 행위였을 것이다"라고 했다.[5] "그녀의 이 행동은 펠리페(당시 에스파냐의 왕)에겐 또 다른 도전장이었다"라는 말도 나왔다.

1581년 4월 4일 런던 남동부 템스강 기슭 데트퍼드(Deptford).

부두에 정박해 있던 300t급 갤리온 '골든 하인드(Golden Hind)'호에서 열린 드레이크 기사 작위 수여식은 이렇게 역사의 한 페이지를 장식했다. 2년 10개월 동안 세계를 한 바퀴 돌고 귀국한 프랜시스 드레이크 선장. 60년 전 마젤란 탐험대에 이어 두 번째로 세계 일주를 달성해 영국을 영광스럽게 만들었고, 타의 추종을 불허하는 약탈 능력으로 엄청난 재물을 획득해 여왕께 바친 혁혁한 공로를 인정받았다.

이제 그는 '드레이크 경(Sir)'이라고 불리게 됐다. 여왕은 그를 '우리의 황금 기사'라고 불렀다. 무엇보다 이날의 의미는 여왕이 국제적 해적을 국가의 공신으로 정식 인정했다는 점이라고 해야 할 듯하다. 그리고 그 파괴력은 7년 후 스페인의 무적함대를 격

5 버나드 로 몽고메리, 『전쟁의 역사』, 책세상, 1995, 418쪽.

파하는 것에서 드러나게 된다.

5세기 중엽, 앵글로색슨이 처음 잉글랜드 땅을 밟은 뒤, 1945년 2차 세계대전이 끝날 때까지의 영국 역사에서 손에 꼽는 명장면들이 있다. 바이킹 침입으로 거의 모든 영토를 잃은 앨프레드 대왕이 절체절명의 위기를 넘기고 애설니 섬에서 재기하는 장면, 시몽 드 몽포르가 '최초 의회'를 소집하는 장면, 헨리 8세가 교황의 그늘에서 벗어나 영국 국교회의 수장이 되는 장면, 청교도 혁명 때 크롬웰이 찰스 1세를 참수하는 장면, 입헌군주제를 수립한 명예혁명 등…. 여기에 개인적으로 드레이크의 작위 수여 또한 빼놓을 수 없는 장면 중 하나라고 생각한다.

해적, 돈과 명예를 한 손에 쥐다

잉글랜드 남서부 데본의 타비스톡에서 프로테스탄트 농부의 12형제 중 맏아들로 태어난 프랜시스 드레이크는 엘리자베스 1세 시대의 탐험가이자 선장, 해적, 해군 장교, 정치인이었다.

어릴 때부터 뱃일을 했고, 20대에는 약탈과 노예무역으로 떼돈을 번 사촌 존 호킨스의 선단에 합류했다. 그는 1570년대 들어 본격적으로 독자적인 '비즈니스'에 뛰어들었다. 특히 노략질에서 탁월한 실력을 발휘했다. 그는 자신의 재능에 대해 자부심이 대단했다. "이 세상 어느 누구도 나보다 항해술을 더 잘 알지 못한다"라고 했다.

1572년, 파나마 지역의 스페인령 마을과 선박 등을 습격해 짭

짤한 수익을 올린 드레이크는 이듬해 다시 파나마 약탈에 나서 20t의 금과 은을 노획하는 '대박'을 터뜨렸다. 플리머스항으로 돌아왔을 때 그는 '영웅' 대접을 받았다. 에스파냐에선 그를 '해적'으로 낙인찍었다.

파나마 지역 약탈로 이름을 날린 그에게 여왕도 큰 호감을 보였다. 1577년, 여왕은 그에게 대서양을 넘어 아메리카 대륙의 서쪽과 태평양 지역 원정에 나서라고 했다. 그가 이끄는 선단은 그해 12월 영국에서 출발했다.

세계를 도는 동안 그가 탐험만 한 것은 '당연히' 절대 아니었다. '자신이 가장 잘하는 일'을 게을리하지 않았다. 예를 들어 페루의 리마 인근 해역에서 스페인의 배 한 척을 나포했는데, 그 배에서 금 36kg과 은 2만 6,000kg, 금으로 된 십자가상, 각종 보석이 쏟아졌다.

1580년 9월, 드레이크가 플리머스항에 닻을 내리자 런던은 온통 그에 대한 이야기로 떠들썩했다. 런던 주재 에스파냐 대사는 그를 "미지 세계의 도둑 왕"이라고 불렀다.

드레이크의 세계 일주로 제일 이득을 본 사람은 여왕이었다. 40만 파운드어치의 전리품 중 절반이 여왕 몫으로 돌아갔는데, 이는 당시 여왕의 일 년 치 수입보다 많은 금액이었다. 드레이크는 1만 파운드를 받았다.

농부의 아들로 태어나 해적왕이라고 불려도 손색없을 만큼 탁월한 약탈 능력을 발휘한 드레이크는 '기사' 작위를 받았고, 전체 인구의 0.1%도 안 되는 최상위 계층에 당당히 합류했다. 해적은 신사가 됐고, '해외 비즈니스'의 길을 여는 주역이 됐으며, 대영제국 해군의 한 축으로 자리를 잡았다. 영국의 진정한 모습을 볼 수 있는 대목이다.

영국의 재정혁명

첫째도 돈, 둘째도 돈, 셋째도 돈

15세기 말엽 이탈리아 원정으로 유럽을 깜짝 놀라게 만든 샤를 8세에 이어 프랑스 왕이 된 루이 12세는 1499년 밀라노 침공을 감행하기 위해 무엇이 가장 필요한지 물었다. 그의 보좌관 답변은 간단하고 명료했다.

"첫째도 돈이요, 둘째도 돈이요, 셋째도 돈입니다."[6]

인류가 지금까지 치른 모든 전쟁에서 이만큼 중요한 건 없을 듯 하다. 전비戰費를 누가 얼마나 많이 효율적으로 마련하느냐는 전쟁의 승패를 좌우할 뿐만 아니라, 국가 재정에 막대한 영향을 끼쳐 정권과 왕조의 흥망을 결정짓는 요소로도 작용했다. 『손자병법』의 저자 손자는 전쟁에 드는 비용과 조달 계획을 제대로 준비한 다음에야 군대를 일으킬 수 있다고 강조했다.

6 맥스 부트, 『전쟁이 만든 신세계』, 플래닛미디어, 2007, 73쪽.

근대 이후 전쟁에는 대규모 병력이 동원되고, 시대를 앞서는 첨단 무기가 대거 등장하면서 전쟁 비용이 급격하게 늘었다. 예를 들어 17세기 후반 영국 스튜어트 왕조의 찰스 2세와 제임스 2세 통치 때 정부의 지출은 일 년에 약 200만 파운드 정도였다. 하지만 윌리엄 3세 시대가 되면 정부 지출은 600만 파운드로 급증했고 18세기엔 900만 파운드로 치솟았다. 이런 사정은 프랑스 등 다른 나라도 마찬가지였다. 콜베르 사후 루이 14세는 심각한 재정 악화에 봉착하게 되는데 그 결정적 원인 중 하나가 바로 막대한 전비 지출 때문이었다.

핵심은 막대한 전쟁 비용을 누가 더 많이, 누가 더 빠르게 마련하는가였다. 이것이 전쟁의 승패를 결정하는 주요한 요인이 됐고, 영국과 프랑스의 운명을 갈랐다. 이를 위한 준비 작업은 선진 금융 시스템을 갖추는 것이었다.

먼저 치고 나간 네덜란드

네덜란드 17주는 현재 '베네룩스 3국'이라고 부르는 벨기에, 네덜란드, 룩셈부르크 등 세 나라 지역과 프랑스 북부 플랑드르 지역을 합친 곳을 지칭했다. 저지대 국가(Low Countries)라고도 불렸다. 이 지역은 15세기 후반 합스부르크 가문의 신성로마제국 황제 막시밀리안 1세가 부르고뉴 여공작 마리 1세와 결혼함으로써 합스부르크 영역에 들어왔다.

막시밀리안 1세가 죽고 손자인 카를 5세가 신성로마제국 황제

자리에 올랐는데, 그의 어머니가 에스파냐의 유일한 왕위계승자였던 덕에 에스파냐 영토도 모두 물려받았다. 합스부르크-에스파냐 왕가는 네덜란드 17주와 중부 유럽, 에스파냐, 남부 이탈리아, 해외 식민지를 거느린 제국이 됐다.

네덜란드 17주에 분리 독립의 싹이 자라기 시작한 건 두 가지 이유 때문이었다. 첫째는 에스파냐의 가혹한 세금 징수였다. 에스파냐는 계속해서 전쟁을 치르는 데다 거대한 영토를 관리하느라 심각한 적자 상태에 빠졌다. 신대륙에서 엄청난 금·은이 쏟아져 들어왔지만 쓰는 돈이 너무 많았다. 특히 펠리페 2세(카를 5세의 아들)의 경우 재위 기간 동안 모두 4번이나 파산선언을 했다. 재정 위기로 쩔쩔맨 에스파냐는 네덜란드 17주 지역을 심하게 수탈했다.

둘째 이유는 이미 유럽 내 무시할 수 없는 세력으로 성장한 신교에 대한 탄압이었다. 네덜란드 북부 지역은 칼뱅주의 개신교가 탄탄하게 뿌리를 내리고 있었는데, 가톨릭의 수호자를 자임하는 에스파냐 왕은 이들 칼뱅 세력을 무자비하게 짓눌렀다.

1566년, 네덜란드 17주 지역에서 성상 파괴 운동이 일어나자 펠리페 2세가 무력 진압에 나섰고 1568년부터 본격적인 네덜란드 독립전쟁, 즉 80년 전쟁이 시작됐다. 네덜란드 17주 중 에스파냐 쪽에 선 남부를 제외하고 북부 7주가 1581년 위트레흐트 동맹을 결성, 독립을 선언했다. 이렇게 탄생한 네덜란드 공화국은 전 유럽 차원의 종교 전쟁인 '30년 전쟁'을 매듭짓는 베스트팔렌 조약(1648)을 통해 국제 사회로부터 독립을 인정받는다.

네덜란드는 경제적으로 무섭게 성장했다. 종교의 자유를 선언한 네덜란드는 모든 유럽을 통틀어 신앙의 억압과 굴레에서 가장 자유로운 곳이었다. 유럽 전역에서 종교적 이유로 탄압받던 인재와 기술, 자본을 블랙홀처럼 빨아들였다. 17세기 전반기는 가히 네덜란드의 전성기라 할 만했다.

원래 저지대는 모직물 산업이 번성한 곳이었다. 11세기 이후 브뤼헤 등 플랑드르 지역에선 영국에서 생산되는 양모를 가져다 유럽 대륙에 유통하거나 직물을 만들어 팔았다. 이베리아 반도에서 이슬람 세력을 몰아내는 '레콩키스타'가 완성된 1492년 에스파냐는 유대인 추방령인 '알함브라 칙령'을 내렸다. 이를 계기로 유대인 수십만 명이 브뤼헤와 앤트워프 등지로 옮기면서 저지대는 무역·금융 중심지로 자리를 잡았다. 네덜란드의 선진적인 금융은 나중에 영국으로 전수돼 대영제국 건설에 혁혁한 공을 세우게 된다.

네덜란드는 청어잡이로도 부를 축적했다. 원래 청어는 더 북쪽에 있는 발트해 수역에서 잡혔는데 해류 변화로 북해 쪽에 대규모 어장이 형성됐다. 청어잡이는 당시 네덜란드 최고 산업으로 부상했다. 전체 네덜란드 인구 중 30%가 뛰어들었다. 청어잡이 번성은 소금 유통에 대한 필요성을 크게 높였고, 조선업 발전을 이끌었다. 네덜란드가 강력한 선단을 보유한 국가로 성장하는 밑거름이 됐다.

대항해시대가 열리고, 동방으로 가는 항로가 개척되자 이번엔 향료 무역을 선점했다. 그 시대 최고의 황금알을 낳는 비즈니스를 장악한 것이다. 네덜란드에 뿌리내린 기업가정신은 날개돋친 듯 거침없이 역량을 발휘했다.

네덜란드 동인도회사는 설립은 영국보다 2년 늦었지만(1602년), 본격적인 동양 비즈니스는 영국을 앞섰다. 질과 양에서도 우세했다. 네덜란드 상인들은 이미 1598년에 22척 이상의 상선을 동양으로 보냈다. 이 배들은 동양의 향료를 가득 싣고 귀국했다. 네덜란드 동인도회사는 발족 당시 자본금이 54만 파운드로 영국 동인도회사의 자본금인 3만 파운드를 압도했다. 1610년까지 출항한 배는 네덜란드가 60척, 영국은 17척이었다.

네덜란드는 인도네시아 자바와 수마트라, 몰루카 제도 등에서 급속히 세력을 확대했다. 이곳에 먼저 진출해있던 포르투갈로부터 항구와 거류지 등을 잇달아 빼앗는 데 성공했다. 인도를 제외한 지역에서 포르투갈이 세력을 그나마 유지한 곳은 중국의 마카오와 인도네시아의 순다 제도 정도였다. 포르투갈은 이후 브라질 쪽으로 눈을 돌렸고, 브라질은 포르투갈 최대의 식민지가 된다.

영국도 당시엔 네덜란드의 기세를 꺾을 수 없었다. 영국은 몰루카 제도의 향료 거래에 끼고 싶었지만, 다른 세력을 허용하지 않으려는 네덜란드의 완력을 이겨낼 수 없었다. 두 나라는 협상을 통해 갈등을 해결하려는 시도를 하기도 했다.

1613년 런던, 1615년 헤이그에서 협상을 했고, 이어 1619년에는 타협안이 마련되기도 했다. 자바의 후추는 반반씩 나누고, 반다 제도와 암보이나, 몰루카 제도 등의 정향과 육두구는 네덜란드가 3분의 2, 영국이 3분의 1을 갖기로 했다.

하지만 현실에서 이런 합의는 지켜지지 않았다. 1623년 암보이나 학살 사건이 발생했다. 네덜란드가 재판 없이 영국인 10명, 일본인 9명, 포르투갈 1명 등을 공개 처형했다. 영국은 분노했지만, 당시엔 동남아 지역에서 네덜란드에 보복을 할 힘이 없었다. 이로써 네덜란드는 동남아의 향료를 거의 독점하다시피 했고, 영국은 자바와 몰루카 등에서 손을 뗄 수밖에 없었다. 17세기엔 향료가 당시 유럽의 최대 수익 상품이었다. 네덜란드의 기세는 대단했다. 동남아에서 쫓겨나다시피 한 영국은 이후 인도에 집중하면서 제국 역사상 최고의 반전을 이뤄냈다.

어제는 동지, 오늘은 라이벌

1651년, 청교도 혁명의 주역 올리버 크롬웰이 항해조례를 공포했다. 내용은 아시아와 아프리카, 아메리카에서 만든 상품을 영국(또는 영국 식민지)으로 수입할 경우, 반드시 영국 배를 이용해야 한다는 것이었다. 유럽 상품의 경우, 영국 배 이외에 제품 생산국 배도 이용할 수 있지만 이 배가 제3국의 상품을 실어 나를 수는 없었다. 이후 1660년과 1663년 내용이 더욱 강화된 2차, 3차 항해조례가 제정됐다. 예를 들어 3차 항해조례는 유럽에서 영국 식민지로 가는 화물은 영국에 들러 한번 내려진 뒤 관세를 낸 후에 다시 목적지로 가도록 했다.

항해조례는 해상 무역·운송으로 번영하고 있던 네덜란드를 겨냥한 것이었다. 특히 네덜란드가 장악하고 있던 서인도제도 설탕 무역이 표적이 됐다. 유럽에선 설탕이 선풍적 인기를 끌고 있었다. 한때 설탕 1kg 가격이 수소 열 마리 수준까지 오르기도 했다. 영국인 한 명당 설탕 소비는 16세기 초 500g에서 17세기에는 2kg, 18세기 말에는 10kg으로 급증했다.

네덜란드는 영국의 항해조례가 자신을 겨눈 비수라는 걸 잘 알았다. 두 나라는 17세기 후반기가 시작하자마자 세 차례에 걸쳐 전쟁을 치렀다. 1차 전쟁(1652~1654년)은 영국의 완승이었다. 로버트 블레이크 제독 등의 활약으로 켄티시 노크 해전과 갑바드 해전, 스헤베닝언 해전 등에서 네덜란드 함대를 격파했다. 네덜란드는 영국의 항해조례를 받아들일 수밖에 없었다.

2차 전쟁(1665~1667)은 그로부터 10여 년 후에 터졌다. 청교도 혁명 이후 왕정이 복고된 영국은 1660년 제2차 항해조례를 제정하는 등 중상주의 정책에 더욱 박차를 가했다. 당시 영국에는 광신적 수준의 맹목적 애국주의 '징고이즘(jingoism)'이 휩쓸었다. 1664년에는 북미에 있는 네덜란드 식민지 '뉴암스테르담'을 점령, '뉴욕'으로 이름을 바꿨다.

영국의 상인과 동인도회사 등 특허회사들은 "지금이 네덜란드의 무역 우위를 무너뜨릴 최고의 적기適期"라고 판단했다. 하지만 이렇게 시작된 전쟁은 영국의 패배로 끝났다. 흑사병이 퍼지고 런던에 대화재(1666)가 발생한 데다 네덜란드 함대가 1667년 6월 '메드웨이 해전'을 통해 영국 템스강과 메드웨이강 지역을 유린하면서 종전 협정이 체결됐다.

3차 전쟁(1672~1674)은 사실 영국과 네덜란드가 벌인 전쟁이라기보다 유럽 최대 골칫거리로 떠오른 프랑스 루이 14세가 네덜란드를 상대로 벌인 네덜란드 전쟁(1672~1678)의 일부였다. 이 전쟁에 앞서 루이 14세는 영국의 찰스 2세와 협약을 체결했다. 프랑스가 네덜란드와 전쟁을 하게 되면 영국이 군 병력을 지원한다는 내용이었다. 영국 함대는 1673년 6~8월 세 차례에 걸쳐 네덜란드 근해에서 우세한 전력을 바탕으로 해상봉쇄를 위한 공격을 펼쳤지만 실패했다. 이후 영국 의회가 더 이상의 전비 지출을 거부함에 따라 찰스 2세는 1674년 2월 네덜란드와 평화 조약을 체결했다.

승패란 관점에서 본다면 영란전쟁은 어느 한쪽의 손을 번쩍 들어 주긴 어렵다. 하지만 국운國運이라는 측면에서 본다면 얘기는 완전히 달라진다. 이 전쟁을 계기로 네덜란드의 상승세가 꺾였다. 무역과 해운, 금융, 산업이 쇠락 경로에 접어들었다. 가령 1668년, 네덜란드 암스테르담에는 36개의 설탕 공장이 있었는데 12년 후에는 20개로 줄었다. 반면, 영국은 제국 건설을 향한 거침없는 도약을 계속했다. 에스파냐의 무적함대를 격파한 데 이어, 해양 비즈니스 분야 선도자인 네덜란드를 좌초시키는 데 성공했다. 영국 함대는 일부 해전에서 지기도 했지만, 전체적인 규모와 전투력에서 네덜란드를 압도했다.

영국과 네덜란드의 경쟁과 대립은 두 나라가 불과 얼마 전까지만 해도 종교의 자유를 위해 함께 손을 잡았던 것을 감안하면 대단히 역설적이다. 종교가 정치와 경제, 사회 등 모든 것을 지배하는 당시 상황을 감안할 때 두 나라는 종교적·정치적 차원의 형제 또는 동지라 할 만했다.

1517년 종교개혁이 막을 올린 이후 영국은 전 세계 개신교의 중추이자 최대 지원 세력이었다. 거의 평생을 국내는 물론 에스파냐·프랑스·로마교황청 등 해외 가톨릭 세력의 반란과 체제 전복 위협에 맞서야 했던 엘리자베스 1세 여왕은 스코틀랜드와 네덜란드에 대규모 병력을 파견했다. 스코틀랜드에서는 칼뱅파 장로교 세력이 가톨릭과 지배 세력에 맞서 투쟁한 끝에 개신교 나라를 만드는 데 성공했다.

네덜란드 파병은 성공적이지 못했지만, 반가톨릭 진영에서 영국이 얼마나 큰 존재감을 갖는지 보여줬고, 결국 에스파냐의 펠리페 2세가 영국 침공 결심을 굳히게 된 결정적 계기가 됐다. 특히 영국 청교도는 칼뱅주의를 기반으로 했기 때문에 네덜란드와는 종교적으로 더욱 가까운 사이일 수밖에 없었다.

하지만 이런 종교적 유대감과 역사적 동지 의식은 '국가의 번영을 위해서'라는 지상명령至上命令 앞에서는 자취를 감췄다. 헨리 8세가 재혼을 위해 로마 가톨릭으로부터 독립을 선언하고, 크롬웰이 중상주의를 위해 같은 종교적 신념을 가진 네덜란드를 무너뜨리기로 한 것은 어찌 보면 같은 모습, 같은 철학의 발로라 할 수 있겠다.

선진 금융을 옮겨 심다

영란전쟁이 끝난 지 얼마 되지 않아 영국과 네덜란드는 한 나라가 됐다. 명예혁명을 계기로 네덜란드 오라네공 빌럼(영어식 발음 윌리엄) 3세(재위 1689~1702)가 부인 메리 2세(재위 1689~1694)와 함께 영국의 공동왕에 오르면서 두 나라는 동군연합同君聯合이 됐다.

윌리엄 3세와 메리 2세는 사촌지간이다. 영국 왕 찰스 1세는 5명의 자녀(성인까지 생존)가 있었다. 이중 첫째가 찰스 2세이고, 둘째 딸은 네덜란드로 시집간 메리 공주, 셋째 아들이 제임스 2세이다. 윌리엄 3세는 메리 공주가 네덜란드 오라녜공 윌리엄 2세와 사이에서 난 아들이고, 메리 2세는 제임스 2세의 딸이었다. 1677년 결혼 때 윌리엄 3세는 27세, 메리 2세는 15세였다. 명예혁명 당시 영국 왕이었던 제임스 2세는 윌리엄 3세에게 장인인 동시에 외삼촌이었다.

두 사람의 결혼은 네덜란드와 영국의 '필요에 따른' 것이었다. 당시 네덜란드는 여전히 프랑스와 전쟁을 치르고 있었다. 한때 프랑스 편에 섰던 영국을 완전히 프랑스에서 떼어 내기 위해 윌리엄 3세는 사촌 동생과 결혼을 추진한 것이다. 영국으로서도 지칠 줄 모르는 루이 14세의 정복 야욕을 억누르기 위해 대륙에 든든한 동맹이 필요했다. 실제로 이후 수많은 전쟁에서 두 나라는 프랑스의 반대편에서 함께 싸우게 된다.

이보다 더 중요한 것은 두 나라의 결합은 영국이 제국으로 도약하는데 결정적인 밑거름을 제공했다는 점이다. 그것은 바로 네덜란드식 선진 금융의 도입이었다. 윌리엄 3세라는 '터널'을 통해 당시 자본주의 최첨단 국가인 네덜란드의 금융 시스템들이 영국으로 이식됐다. 대표적인 것이 공채公債와 중앙은행 등이었다.

영국 의회는 1693년 공채 발행을 승인했다. 네덜란드에서는 이미 17세기 초에 정착돼 강력한 위력을 발휘하고 있던 제도를 영국이 뒤늦게 도입한 것이다. 영국의 공채는 정부가 차입한 원금을 돌려주지 않지만, 평생 일정액의 이자를 지급하는 '영구공채'였다. 이자는 정부가 국민에게 걷는 물품세를 재원으로 삼아 지급하기로 했다. 의회(정부)가 법률로 100% 확실하게 이자 지급을 보증하는 채권은 당연히 투자자들로부터 절대적 신뢰를 받았다.

이듬해인 1694년에는 영란은행(Bank of England)이 설립됐다. 당시 잉글랜드는 비치헤드 해전에서 프랑스에게 대패한 뒤 강력한 해군 육성에 대한 요구가 높았다. 정부는 큰돈이 필요했는데 방법이 없었다. 이때 윌리엄 3세 정부가 추진한 것이 영란은행 설립이었다. 영란은행은 이미 85년 전 설립된 네덜란드 암스테르담 은행을 본떠 만들었다. 영국 최초의 주식회사 은행인 영란은행은 주식을 발행해 마련한 자본금 120만 파운드 전액을 정부에 빌려주고, 연 8%의 이자를 받았다. 이 대출금 중 절반이 잉글랜드 해군 육성에 사용됐다.

공채와 간접세가 일으킨 마술

전 세계 패권을 놓고 겨룬 전쟁, '7년 전쟁(1756~1763)'이 끝난 뒤 영국의 승리 요인을 놓고 수많은 분석과 주장들이 제기됐다. 핵심 중 하나는 영국의 전비戰費 조달 능력이었다. 영국이 프랑스를 압도한 분야 중 하나가 바로 정부가 '돈을 빌리는 능력'이었다는 것이다. 그런 차원에서 영국의 승리는 '공채의 승리'라고 할 만하다. 영국은 전쟁에 드는 돈의 3분의 1 이상을 차입으로 충당했는데, 그냥 빌리는 게 아니라 아주 빠르고 저렴하게 빌렸다. 이런 노하우와 시스템은 앞서 얘기했듯이 네덜란드로부터 한 수 배운 것들이었다.

7년 전쟁 동안 영국이 발행한 공채 규모는 7,400만 파운드에서 1억 3,300만 파운드가 됐다. 채권을 발행해 마련한 돈으로 배와 대포를 만들고, 군사를 끌어모았다. 채권이 세금, 특히 간접세를 통한 상환 시스템을 장착하면서 그 파워는 상상을 초월하는 수준이 됐다. 그야말로 호랑이에게 날개를 달아준 셈이었다.

이런 영국의 우월성은 논문 「근대국가의 재정혁명-조세제도를 통해 본 영국과 프랑스의 재정비교(윤은주)」가 분석을 잘 해놓았다. 저자는 논문에서 "영국은 점점 더 싼 값에 더욱더 많은 신용을 얻음으로써 '무한대'에 가까운 재정 능력을 발휘했다. 자금력에서의 우위가 승전의 관건이었던 셈이다"라고 했다. 논문 내용은 조금 더 상세히 설명할 필요가 있다.

우선 눈에 띄는 점은 영국은 정부 부채가 급증하는데도 이에 대한 상환 부담이 프랑스보다 오히려 적었다는 것이다. 실제로 1788년 영국 정부의 차입금은 국민총생산(GNP)의 181.8%에 달했다. 이는 55% 정도인 프랑스의 3.3배 수준이었다. 그런데 세수입에서 원리금 상환액이 차지하는 비중은 영국이 56.1%, 프랑스는 61.9%였다. 다시 말해, 당시 영국 정부는 프랑스보다 부채

부담이 3배 이상 많았는데 원리금 상환 부담은 더 적었다는 뜻이다.

어떻게 이런 일이 발생했을까. 비결은 어떤 채권을 발행했느냐에 있었다. 1720년 이후 영국에서는 영구공채가 정부 자금 조달의 핵심 수단으로 자리 잡았다. 전체 원리금 변제에서 차지하는 비율이 85%에 달했다. 영구공채는 이자율이 낮았다. 1717년엔 5%로 떨어졌고, 1730년대엔 3%까지로 낮아졌다. 전쟁 때 급히 발행한 단기 채권도 전쟁이 끝나면 영구공채로 바꿨다. 7년 전쟁이 끝난 뒤인 1763년에는 367만 파운드에 달하는 전쟁 채권이 이자 4%의 영구공채로 전환됐다.

이런 상황은 전쟁을 하는 상대방에겐 엄청난 부담이자 동경의 대상이었다. 루이 16세 때 프랑스 재정장관을 지낸 정치인 자크 네케르는 "영국은 지금도 3억 리브르를 더 빌릴 여력이 있다. 그것도 3%의 연이자로 말이다. 영국의 부와 인구로는 불가능할 정도의 능력과 힘이다"라고 했다.

이에 비해 프랑스는 단기부채도 많았고, 장기채권도 금리가 9~10%에 달하는 경우가 많았다. 더군다나 영구공채의 비중은 갈수록 줄었다. 전체 원리금 상환에서 영구공채가 차지하는 비율은 한때 51%에 달했으나 18세기 말에는 18%로 급락했다. 영국의 85%와는 엄청난 차이였다.

영국에서 낮은 금리의 채권 발행이 가능했던 것은 그만큼 신뢰도가 높았기 때문이다. 이 채권을 사면 연체 없이 이자를 꼬박꼬박 받을 수 있다는 확신이 있어야 한다. 채권이 휴지 조각이 되지 않는다는 믿음도 있어야 한다. 영국은 이런 시스템을 제대로 만들어 시장의 신용을 확보했다.

영국 채권의 파워는 간접세와 결합하면서 극대화됐다. '신의 한 수'라 할 만했다. 영국은 채권을 발행할 때마다 특정한 간접세 항목을 만들거나 세율을 올렸다. 일종의 '매칭 시스템'이었다. 1760~1761년 영국 정부는 2,000만 파운드어치의 채권을 발행했는데, 그에 대한 이자는 맥주와 위스키 등에 대한 세금을 올려서 마련했다.

영국은 전통적으로 간접세 비중이 높은 나라였다. 이건 의회의 발달과도 밀접하게 연관돼 있다. 명예혁명 이후, 전체 세입에서 간접세가 차지하는 비중은 무려 80% 안팎에 달했다. 이중 물품세가 45%, 관세가 25% 정도였다. 직접세인 토지세는 20% 미만이었다. 반면, 프랑스의 경우 직접세가 거의 절반을 차지했다.

이런 시스템의 차이는 두 나라의 국가 재정 상태를 결정적으로 갈라놓았다. 간접세는 세금을 올리기도 쉽고, 저항도 적었다. 이에 따라 영국은 프랑스보다 1인당 조세 부담률도 높았고, 증가율도 가팔랐지만, 무리 없이 재정수입을 늘릴 수 있었다. 하지만 직접세에 크게 의존하고 있던 프랑스는 세금을 걷기도 쉽지 않았고 저항도 거셌다. 세금을 재원으로 하는 채권을 발행하는 데도 한계가 있었다. 프랑스 정부는 3번이나 파산을 선언하기도 했다.

번영을 가져오는 사람들

위그노 대탈출

1681년 10월 초 런던에서 발행되는 주간지 '트루 프로테스탄트 머큐리(the True Protestant Mercury)'에 이런 소식이 실렸다. "(프랑스 중서부 해안 지역인) 라로셸을 출발한 600여명의 위그노들이 배 4척을 나눠타고 (영국에) 도착했다."

일행 중에는 혼자 오는 경우도 있었고, 가족이 함께 오는 경우도 있었다. 하지만 배에 탄 사람들의 가장 큰 특징은 여성과 아이들이 유난히 많았다는 점이었다. 남성들은 가족들을 먼저 떠나보내고, 자신들이 나중에 합류하겠다는 생각이었다.

영국으로 가는 일은 매우 험난하고 위험한 일이었다. 거센 바다는 문제도 아니었다. 해안을 지키는 프랑스 군인에 잡힌다면 벌금을 물거나 감옥에 갇히는 신세가 됐는데 이는 그나마 운이 좋은 편에 속했다. 최악의 경우 사형에 처하거나 신대륙에 노예로 팔려 갈 수도 있었다. 하지만 위그노들은 이 모든 위험을 무릅 썼다. 그만큼 프랑스를 벗어나 영국으로 가는 일이 급박했고 절실했다.

위그노의 영국 유입은 1680년대 중반 이후 폭발적으로 늘었다. 수십만 명의 위그노가 종교탄압을 피해 해외로 떠났다. 가히 '위그노 대탈출(The Great Refuge)'이라 할 만했다. 1685년 10월, 프랑스의 '태양왕' 루이 14세가 프로테스탄트의 종교적 자유를 허용한 '낭트 칙령'을 약 90년 만에 폐지한 것이 계기가 됐다.

낭트 칙령은 1598년 앙리 4세가 가톨릭뿐 아니라 개신교의 자유도 허용한 선언이다. 당시 루이 14세는 이 칙령을 폐지하면서 "한 국가에는 한 명의 국왕과 한 개의 종교만 있어야 한다"라고 했다. 위그노들은 자신의 종교를 버리거나 프랑스를 떠나거나 자신의 믿음을 지키면서 국내에 남겠다면 박해를 감수해야 했다.

낭트 칙령 폐지로부터 100여 년(1685~1787)은 프랑스 개신교 역사에서 고난과 핍박의 시기로 규정된다. 프랑스 교회사가들은 이때를 '광야교회시대'라고 부른다. 루이 16세가 '관용 칙령'으로 불리는 베르사유 칙령을 선언할 때까지 위그노들은 고통의 세월을 보냈다.

위그노는 프랑스의 칼뱅주의 신교도를 경멸조로 부르던 말이었다. 1517년 10월, 마르틴 루터가 독일 비텐베르크성 앞 성당 정문에 '95개조 반박문'을 내걸면서 유럽의 종교개혁이 시작됐다.

이후 프랑스 출신의 장 칼뱅이 스위스에서 프로테스탄트를 질적으로 발전시켰고, 칼뱅주의는 스코틀랜드(장로교), 영국(청교도), 중유럽, 네덜란드, 프랑스 등 유럽 전역에 급속히 퍼져나갔다. 프랑스에선 1559년 칼뱅주의 신앙고백인 '개혁파 신조'가 작성되면서 많은 신교도가 생겼고, 이 무렵을 전후로 이들은 '위그노'라고 불리게 됐다. 위그노는 프랑스 남부와 서부 지역에 많이 몰려 살았고, 신도가 가장 많았을 때는 200만 명에 달했다. 전체 프랑스 인구 1,800만 명의 10%가 넘는 규모였다.

위그노는 프랑스의 가톨릭 세력과 충돌했고, 엄청난 박해와 탄압을 받았다. 1562년 3월 가톨릭 세력이 위그노를 공격, 수십 명이 사망하고 200여 명이 부상을 당한 '바시의 신교도 학살' 사건으로 프랑스 신교와 구교 간 전쟁이 시작됐다. '위그노 전쟁'이라고 불리는 프랑스 종교 전쟁은 1598년까지 계속됐다.

이 기간에서 가장 끔찍한 사건은 1572년 8월 성 바르톨로메오 축일 때 발생한 대학살이었다. 파리에서만 위그노 2,000여 명이 살해당했고, 인근 지역까지 따질 경우 최대 3만 명이 학살당한 것으로 알려졌다. 이때도 적잖은 위그노들이 영국 등 해외로 떠났다. 당시 영국은 엘리자베스 1세 여왕이 통치하고 있었다. 이후 위그노는 가톨릭과 계속 갈등과 대립을 거듭하다 앙리 4세의 낭트 칙령으로 잠시 자유를 얻었는데, 루이 14세가 이를 폐지함에 따라 다시 어둠 속으로 들어가게 됐다.

그러나 낭트 칙령의 폐지는 주변국에겐 '축복'이었다. 조국을 떠난 사람들은 영국과 네덜란드, 독일, 스위스 등에 둥지를 틀었다. 위그노는 젊고 창의적인 기능공과 전문가, 지식인들이 주류

였으며, 제철과 염료, 화학, 방직, 금융 등 분야의 인재들이었다. 이들을 받아들인 나라는 각종 산업과 상업이 크게 부흥했다.

인재를 귀하게 여기는 전통

국가적 차원에서 영국이 외국 인재를 영입한 눈에 띄는 사례는 에드워드 3세(재위 1327~1377) 때로 거슬러 올라간다. 프랑스와 백년전쟁을 시작한 왕이다. 영국의 역사학자와 경제학자들에 따르면 에드워드 3세는 백년전쟁 초기인 1351~1367년 저지대 플랑드르 지역에서 126명이 넘는 직물업 종사자들을 영입했다. 이들의 유입은 전쟁과 깊은 연관이 있었다.

백년전쟁 발발 직전인 1336년, 플랑드르 지역을 다스리던 백작이 프랑스 왕에게 충성을 맹세했다. 이를 계기로 이 지역에 정치·경제적 불안정이 크게 고조됐다. 플랑드르의 직물 산업은 영국에서 수입하는 양모에 크게 의존하고 있었기 때문이다. 1349년에는 플랑드르 지역에서 친영 세력에 대한 대대적인 조사가 시작됐고, 2년 후인 1351년에는 이들에 대한 추방령이 내려졌다. 이런 상황을 면밀히 지켜보던 에드워드 3세는 추방령이 내려지기 열흘 전, "모든 플랑드르 출신 망명자들을 환영한다"라는 입장을 발표했다. 플랑드르 출신 망명자들은 런던에서 북동쪽으로 약 80㎞ 떨어진 콜체스터 지역에 집중적으로 정착했다.

에드워드 3세의 행보는 전쟁을 피해 고국을 떠나게 된 불쌍한 사람들에게 피난처를 제공하는 소극적 수준을 넘어서는 것이었다. 그는 영국의 직물 산업을 발전시키겠다는 뚜렷한 목적의식을 갖고 있었다. 당시 영국에는 제대로 된 산업이라고는 거의 없었고, 양털이 최고의 수출 상품이었다.

즉, 그는 양털 수출을 금지하는 한편, 해외에서 직물업자를 영입하는 전략을 채택한 것이다. 영국의 경제사학자 윌리엄 애슐리는 "에드워드 3세의 이민 정책은 자신의 왕국 안에 생산력과 부의 근원을 만들어 내겠다는 것이었다"라며 "이런 전략은 유럽의 주요국 중 처음"이라고 말했다. 에드워드 3세의 결단으로 영국의 직물업이 뿌리를 내리기 시작했고, 향후 산업혁명을 거치면서 세계의 공장으로 군림하게 된다.

16세기 중반 대륙에서 대규모 이민 물결이 형성되기 시작했다. 프랑스 내 위그노 세력이 커지고, 가톨릭과 충돌을 빚으면서 이들의 종교적 탈출이 시작됐다.

가장 큰 혜택을 입은 나라는 영국과 네덜란드였다. 특히 네덜란드로 간 위그노가 제일 많았다. 어느 나라보다 종교적 자유를 맘껏 누릴 수 있었기 때문이다. 당시 네덜란드는 위그노에게 시민권을 부여했고, 적극적인 수용의 상징으로 암스테르담에 프랑스어로 예배를 보는 '왈룬 교회'까지 세워줬다. 그 결과 1700년경 암스테르담 전체 인구의 약 25%가 위그노들로 구성되기에 이르렀다.

영국에선 튜더 왕조 시절부터 대륙 출신 칼뱅교도가 주축인 종교적 난민이 등장하기 시작했다. 이때의 이민은 이전과는 차원이 달랐다. 수십 명, 수백 명 수준이 아니라 수천 명에 달하는 엄청난 규모였다. 특히 엘리자베스 1세 통치기 때 본격화됐다. 영국으로 오는 이민에는 두 개의 큰 그룹이 있었다. 하나는 프랑스 종교 전쟁의 여파로 가톨릭의 박해를 피해 온 위그노였고, 다른 하나는 에스파냐와 독립전쟁을 치르고 있던 네덜란드 저지대에서 오는 개신교도들이었다. 1560년대에 영국에 정착한 이들 해외 칼뱅교도들은 6,000~7,000명에 달했다. 이들은 런던을 비롯해, 노리치와 캔터베리, 사우샘프턴 등에 공동체를 이루며 살았다.

이민자들을 통해 새로운 기술과 산업, 자본이 유입됐다. 이 무렵 옛 옷감보다 가볍고 부드러운 '신직물'이 보급되기 시작했는데, 이를 만드는 기술을 가져온 것은 저지대에서 온 칼뱅교도들이었다.

또, 영국에 온 위그노들은 대부분 중산층 이상의 지식인과 기술 보유자들이었다. 뉴질랜드 매시대학교 역사학과 로빈 그윈 교수는 『위그노의 유산』이라는 책에서 "영국에 온 위그노 중에는 방직공 같은 기술자, 숙련된 기능공, 은세공인, 시계 제작자 등을 비롯해 성직자·상인·군인·교사 등 전문직 종사자들이 많았다. 농부 출신은 거의 없었다. 거의 대부분 도시에 살던 사람들이었다"고 했다. 이들은 향후 영국 산업혁명의 산파 역할을 했다. 프랑스 물리학자 데니스 파핀은 "17세기 후반 영국에 건너와 초기 형태의 엔진과 증기 압력 요리 기구를 발명한 사람들은 위그노였다"라고 말했다.

이들은 런던 이외의 지방 도시의 번영에도 기여했다. 저지대에서 온 칼뱅교도 수천 명이 안착한 노리치의 경우, 1590년대엔 그 수가 1만 5,000여 명으로 불어나 있었다. 런던에 이어 영국에서 인구가 둘째로 많은 도시가 됐다. 엘리자베스 1세 여왕이 이곳을 특별 방문하기도 했다.

역사적으로 프랑스와 가까웠던 스코틀랜드는 어땠을까. 스코틀랜드에는 이미 칼뱅주의 일파인 장로교가 강하게 뿌리를 내리고 있었다. 하지만 스코틀랜드에 정착한 위그노는 수백 명에 불과했다. 같은 잉글랜드 섬인데도 위그노들이 스코틀랜드에는 가지 않고 주로 남쪽 지역으로 간 이유에 대해 역사가들은 그 지역에서 발달한 시장과 도시들, 특히 런던의 매력을 꼽는다. 잉글랜드 남부 지역은 다른 어느 곳보다 경제적인 활기가 넘쳤고, 일자리를 얻을 기회가 많았다. 종교적 자유와 성공의 기회가 동시에 제공되는 곳, 그곳이야말로 종교적 난민들에겐 최고의 약속의 땅이었던 것이다.

어느 시대, 어느 나라든 외국에서 온 사람들은 차별을 받거나 왕따를 당하는 일이 일쑤지만 위그노들은 영국 사회에서 환대를 받았다. 16세기 저명한 과학자·경제학자·철학자이자 의회의 의원이었던 윌리엄 페티 경은 "망명자(위그노)라는 인적 자원은 우리에게 매우 소중하다"라고 했다.

종교와 출신을 따지지 않는다

인류 역사를 통해 종교적 이유로 가장 박해를 많이 받은 민족으로는 단연 유대인을 꼽을 수 있다. 가톨릭 등 다른 종교가 원리주의에 지배될 때, 흑사병 같은 치명적인 전염병이 퍼졌을 때, 나치 등 광신적 애국주의가 휩쓸면서 희생양이 필요할 때 어김없이 유대인이 박해를 당했다.

1095년 십자군 전쟁이 시작된 이후 유럽 곳곳에선 유대인에 대한 추방과 박해가 잇따랐다. 1290년 여름 영국에서도 유대인들에게 추방령이 내려졌다. 이로부터 1년 이내에 여성과 아이들을 포함해 모두 1만 6,000명에 달하는 유대인이 해외로 쫓겨났다.

당시 왕인 에드워드 1세가 왜 유대인을 추방했는지에 대해선 여러 주장이 제기된다. 십자군 전쟁에 참전할 정도로 신앙심 깊은 에드워드 1세가 가톨릭 교리에서 절대 금하는 고리대금업에 철퇴를 내린 것이라는 종교적 해석이 있다. 당시 유대인의 경쟁자로 등장한 이탈리아 대부업자들에게 혜택을 주기 위한 것이라는 정치경제학적 설명도 나온다. 유대인이 금화를 깎아내 금괴를 만든다는 괴소문도 돌았다. 이유와 원인이 무엇이었든간에, 에드워드 1세는 정치적 계산을 통해 유대인 추방에 나선 것이다. 이때 영국을 떠난 유대인들이 옮겨간 곳이 플랑드르 지방의 브뤼헤였다.

그로부터 약 370년이 지난 1656년 유대인에 대한 영국의 입국금지가 해제됐다. 아이러니한 점은 종교적 측면에서 상당히 강경한 원리주의를 고수하는 청교도 세력이 이런 조치에 나섰다는 것이다. 영국의 실용주의를 엿볼 수 있는 또 하나의 대표적 사례라고 하겠다.

청교도 혁명을 통해 권력을 장악한 올리버 크롬웰은 1650년대 들어 네덜란드의 유대계와 접촉했다. 그 무렵 네덜란드는 영국의 항해조례 실시 등을 계기로 영국과 군사적 충돌 국면에 접어들었다. 암스테르담을 중심으로 번창하고 있던 네덜란드 무역·금융계를 주무르던 유대인들은 위기 탈출을 위해 지속적으로 국력을 키우고 있는 영국으로 진출을 꾀하고 있었다.

당시 네덜란드 유대계는 집단 이주처로 스웨덴을 생각하고 있었는데 영국이 유대인에 우호적이라는 소문이 전해지면서 방향을 틀었다. 실제로 1640년대 중반 영국의 설교가 로저 윌리엄스는 "기독교는 유대인과 이방인에 대해 차별을 두는 것을 금지해야 한다. 이것이 하느님의 뜻이요 명령이다. 종교의 자유는 모든 국가에서 인정되어야만 한다"라고 말하기도 했다. 한편, 크롬웰도 네덜란드 유대인들의 실력을 잘 알고 있어 이들에게 관심을 갖고 있었다.

1655년, 네덜란드 유대인 세력의 대표적인 랍비 '마나세 벤 이스라엘'이 영국을 방문해 크롬웰을 만난 뒤, 이듬해인 1656년 영국은 유대인들의 이주를 허용했다.[7] 영국으로 넘어온 유대인들은 국내외적으로 계속 전쟁을 치르는 크롬웰에게 상당한 재정적 지원을 했다. 영국의 무역과 금융 부문도 유대인들의 가세로 더욱 탄력을 받게 됐다.

7 홍익희, 『유대인 이야기』, 행성비, 2013, 439쪽.

이후 유대인들의 이주 물결이 다시 한번 크게 휘몰아친 것은 명예혁명 때였다. 네덜란드 총독이던 윌리엄 3세가 영국 왕으로 즉위하면서 수많은 네덜란드 사람들이 영국으로 넘어왔다. 이때 윌리엄 3세를 따라온 사람은 무려 3만 명에 달했는데 이중 절반 이상이 금융업 등에 종사하던 유대인이었다.[8]

윌리엄 3세는 네덜란드 총독 때부터 이들 유대인들의 도움을 많이 받아왔다. 네덜란드가 프랑스와 전쟁을 치를 때 막대한 전비를 지원해 준 것도 유대인들이었다. 그가 1만 2,000여 명의 보병과 4,000여 명의 기병을 이끌고 영국을 침공했을 때 군자금을 대여해준 것도 유대인 은행가였다. 영국으로 거점을 옮긴 유대인들은 이후 영국의 재정·금융 혁명의 주역으로 활약했다. 영란은행 설립과 공채 등 각종 금융 시스템을 도입하고 발전시킨 사람들이 바로 이들이었다.

영국이 종교적 배경이나 출신 등을 따지지 않고 인재를 영입한 사례로 빼놓을 수 없는 것이 왕정복고 후 왕위에 오른 형제 국왕, 찰스 2세와 제임스 2세의 조치였다. 친 가톨릭 정책으로 종국에는 명예혁명을 촉발하게끔 한 이 형제 국왕이 가톨릭과 상극 관계인 프랑스의 위그노를 받아들이는 정책을 시행한 것이다.

실제로 찰스 2세는 특별이민법을 제정해 위그노의 '기술 이민'을 받아들였고, 동생인 제임스 2세는 '신교 자유령(Declaration of Indulgence)'을 선포해 위그노 영입에 나섰다. 프랑스가 낭트 칙령 폐지로 위그노를 몰아낸 반면, 영국은 이들을 받아들이는 데 여

8 홍익희, 앞의 책, 445쪽.

념이 없었다. 제임스 2세가 발표한 포고령은 1687년 2월엔 스코틀랜드, 그해 4월엔 잉글랜드 지역에 적용됐다. 이때를 전후해 약 4만~5만 명의 위그노들이 바다를 건너 영국으로 옮겨왔다.

자본·인재를 향한 유혹은 계속된다

2020년 5월 말 영국의 프리티 파텔 내무장관이 홍콩 관련 중대 발표를 했다. 중국은 2019년 6월 홍콩 민주화 시위를 계기로 홍콩에 대한 탄압을 본격화했다. 홍콩에서 반중反中 활동을 원천 봉쇄하고 처벌하는 국가보안법을 만들고, 친중親中 인사들만 정계에 진출하도록 하는 선거법 개정에 나섰다.

이런 상황에서 영국은 중국이 홍콩보안법을 철회하지 않을 경우, 홍콩 시민 가운데 영국해외시민(BNO · British National Overseas) 여권을 가진 사람들에게 영국 체류 가능 기간을 연장해주고, 영국 시민권 획득 기회를 줄 수 있다고 발표한 것이다. BNO 여권은 영국이 1997년 7월 홍콩을 중국에 반환하기 이전 홍콩인들에게 발급해 준 여권이다. 이 여권을 갖고 있으면 언제든 비자 없이 6개월간 영국에 머무를 수 있다. 하지만 중국은 누가 뭐라든 아랑곳없이 6월 말 홍콩보안법을 강행했다. 영국은 2021년 1월 31일을 기해 BNO 여권 소유자와 가족에게 5년간 영국 내 거주와 취업을 허용하고 그 이후 아예 시민권을 주는 특별제도 시행에 돌입했다.

이때를 전후로 홍콩인들의 헥시트(HKexit·Hongkong+Exit, 홍콩탈출)가 본격화되기 시작했다. 홍콩 정부는 2022년 8월 "지난 1년 동안 이민 등의 이유로 홍콩을 떠난 사람이 11만 3,200명이었다"라고 발표했다. 홍콩 학생도 줄고 있다. 2020년 10월부터 1년 동안 홍콩 초중고생 81만 명 가운데 3만 명이 자퇴했다. 영국 주택관리청은 영국 이주 자격을 갖춘 홍콩인이 최대 540만 명에 달할 것으로 추산했다.

홍콩 '사우스차이나모닝포스트(SCMP · South China Morning Post)'는 영국 정부에 정보공개 청구를 통해 얻은 자료를 인용해 2019년부터 2022년 6월까지 BNO 여권을 발급받은 홍콩인이 54만 명을 넘었다고 보도했다. 이들 중 실제로 몇 명이 영국으로 완전히 이주할 것인지는 예견하기 어렵다. 영국 정부는 5년간 32만 명 이상이 영국으로 옮겨올 것으로 전망했다.

영국이 홍콩인들을 환대하는 모습은 불과 몇 년 전 중동 난민을 차단해야 한다며 목소리를 높였던 것과는 낯설 정도로 다르다. 중동과 북아프리카 지역에서 민주화 운동이 들불처럼 번졌던 '아랍의 봄'과 시리아 내전 등이 촉발한 대규모 난민 위기 때 영국은 다른 유럽 국가들과 함께 난민 차단에 적극적으로 나섰다. 또 폴란드 등 동유럽 국가에서 밀려오는 이주민 행렬을 막기 위해 아예 유럽연합에서 탈퇴하는 '브렉시트'를 단행해야 한다고도 했다.

그랬던 영국이 홍콩인에 대해선 왜 이리 관대한 것일까. 우선 영국과 홍콩의 특별한 인연을 거론할 수 있다. 홍콩은 1841년 제1차 아편전쟁 때 영국 해군에 의해 점령을 당한 이후 무려 156년

간 영국의 지배를 받았다. 아시아에서 인도에 이어 가장 애착이 가는 곳이 아닐 수 없다. 영국의 날개 속에서 홍콩의 아시아에서 가장 번영한 곳으로 성장했다. 그런 곳이 공산당 독재국가인 중국에 의해 짓밟히는 장면을 보면서 영국이 손을 내밀지 않을 수 없었을 것이다.

하지만 그것이 전부일 수는 없다. 홍콩인 유입이 동유럽의 폴란드 주민들처럼 영국 경제에 부담이 되는 존재였다면 이 같은 환대는 결코 없지 않았을까 싶다. 홍콩인들은 교육 수준이 매우 높고, 경제적으로도 부유한 경우가 많다. 이는 홍콩인들이 영국에 이민을 올 경우, 영국에 긍정적 영향을 미칠 가능성이 크다는 것을 의미한다.

한마디로 영국에 도움이 되는 사람들이라는 뜻이다. 실제로 한국 못지않게 영국 집값이 급등하는 원인 중 하나로 "홍콩에서 유입되는 자금"이 지목됐다. 2020년 7월부터 2021년 3월 사이 홍콩인들이 사들인 런던 시내 주택은 1,932가구에 달했다. 런던 이외에도 브리스틀과 맨체스터 등 지방 도시에서도 홍콩인들의 부동산 구매가 줄을 이었다.

영국에 뿌리를 내린 이주민들이 영국 사회에서 출세와 성공을 거둔 사례는 셀 수 없이 많다. 정치권에서도 마찬가지다. 가장 최근 케이스로는 리시 수낙 총리를 들 수 있다. 보리스 존슨 영국 총리가 2022년 7월 사퇴를 발표한 뒤 그의 뒤를 이을 가장 강력한 후계자 중 한 명이 재무장관을 지낸 수낙이었다.

수낙은 최종 후보 2인까지 진출했고, 그 이전까지 예선전 성격의 당내 투표에서 줄곧 1등을 유지했다. 1980년생인 그는 재무장관이 된 지 6개월여만에 차기 총리감이라는 평가를 받을 정도로 영국 보수당 내 '떠오르는 별'이 됐다. 그가 특히 주목을 받은 것은 그가 인도계 이민 3세라는 점, 그의 아내가 인도의 세계적인 IT 기업 인포시스의 나라야나 무르티 회장의 딸 악샤타이기 때문이다. 무르티 회장은 '인도의 빌 게이츠' '인도 IT계의 간디'로 불리는 인물이다.

수낙의 할아버지는 인도가 대영제국 통치를 받던 시절, 북부 펀자브에서 태어난 뒤 동아프리카 케냐로 이민을 갔다. 수낙의 아버지가 태어난 곳도 케냐였다. 수낙의 어머니도 아프리카에서 태어난 인도계 여성이었다. 그녀는 케냐 바로 밑에 있는 탄자니아에서 태어났다. 2차 대전 이후 무장 투쟁과 독립, 쿠데타 등으로 얼룩진 아프리카에서 많은 사람들이 해외에 빠져나갔고, 적잖은 인재들이 영국에 정착했다.

수낙의 아버지는 영국에서 의사가 됐고, 어머니는 약사가 됐다. 수낙 본인도 엘리트 코스를 밟아 630년 역사를 가진 명문 기숙학교인 윈체스터 스쿨을 거쳐 최고의 수재들만 들어갈 수 있다는 옥스퍼드대 PPE(철학·정치학·경제학) 전공을 졸업했다. 이후 미국 스탠퍼드 대학에서 경영학 석사(MBA)를 땄다. 그가 부인 악샤타를 만난 곳도 이곳이었다.

이처럼, 영국이 해외에서 오는 모든 사람을 받지는 않는다. 체를 치듯 인재를 골라 받는다. 이 인재들은 나라를 더욱 강하고 부유하게 만든다. 이런 선순환적인 해외 인재 영입을 역사적으로 가장 잘했던 나라가 세계에서 가장 큰 제국을 건설했던 영국이라고 하면 지나친 말은 아닐 듯싶다.

2장

'법치' 왕보다 법이 먼저다

의회라 쓰고 세금이라 읽는다

브렉시트 찬성파의 '빨간 버스'

2016년 6월, 영국의 브렉시트(Brexit·영국의 EU 탈퇴) 국민투표를 생각할 때마다 떠오르는 게 있다. '탈퇴파' 주역이었던 보리스 존슨이 EU 탈퇴 찬성을 독려하며 전국을 돌아다닐 때 탔던 빨간색 대형버스다. 영화의 '스틸컷'처럼 지금도 뇌리에 선명히 남아 있다.

버스에 적힌 대형 슬로건은 두 문장이었다. "우리는 EU에 매주 3억 5,000만 파운드를 보내고 있습니다(We send the EU £350 million a week).", "이 돈을 우리 NHS 예산으로 보냅시다(Let's fund our NHS instead)."

영국의 NHS(National Health Service)는 우리나라의 건강보험에 해당한다. 코로나 팬데믹 사태에서 봤듯 영국 의료 시스템은 꽤 취약하고 허점이 많다. 영국 정부와 국민 모두 NHS 재정에 문제가 있다는 걸 알고 있다. 하지만 현재로선 해결책이 마땅치 않다. 국가가 국민의 모든 병원비를 무료로 책임진다는 건 대단히 큰 재정 문제를 낳을 수밖에 없다. 그래서인지 이 슬로건의 위력은 폭발적이었다. 이민자 유입 차단 등 이슈와 함께 탈퇴파 승리에 큰 기여를 했다.

탈퇴파의 '3억 5,000만 파운드' 주장은 교묘하게 사실을 왜곡한 것이다. BBC와 뉴욕타임스 등 영국과 미국의 주요 언론들이 팩트 체크(사실 확인)에 나섰다. 영국이 EU에 매주 보내는 총액이 3억 5,000만 파운드인 것은 맞지만 이 중 일부를 다시 돌려받았다. 각종 보조금 명목으로 EU에서 받는 돈이 있기 때문에 실제 내는 금액은 1억 5,000만 파운드 정도였다. 예를 들어 영국 교육과 과학, 농업 등 분야에서 지원금을 유럽연합으로부터 받았다. 브렉시트 투표가 끝난 뒤 탈퇴파들은 발 빼기·잡아떼기에 나섰다. 탈퇴파였던 리엄 폭스 전 국방장관은 "투표 전에 얘기한 많은 것을 다시 생각해야 할지도 모르겠다"라고 말하기도 했다.

영국 입장에서 봤을 때, 과연 브렉시트가 좋은 것이냐, 나쁜 것이냐는 지금도 그렇고, 앞으로도 오랫동안 논쟁의 주제가 될 것이다. 하지만 개인적으로 의회민주주의 탄생지라는 곳에서 직접 눈으로 본 정치인들의 '뻔한' 거짓 주장은 충격이었다.

그런데 이때 별안간 이런 생각이 들었다.

'나는 그동안 내가 국가에 낸 돈, 세금이 어떻게 쓰이고 있는지에 대해 한 번이라도 제대로 생각한 적이 있었던가. 투표할 때 이걸 기준으로 했던 적이 있었던가. 국가가 세금을 어디에 어떻게

쓰고 있는가에 대한 관심, 이것이야말로 어쩌면 민주주의의 진정한 힘이 아닐까.'

영국 역사를 들여다보면 이 같은 사실이 또렷하게 드러난다. 역사 발전을 이런 관점에서 한번 생각해 보면 어떨까.

"왜 당신들은 맘대로 내 돈을 가져가나? 그리고 그 돈을 왜 당신들 맘대로 쓰나?"

지금 당장 국내 정치판에서 벌어지고 있는 일을 한번 꼼꼼하게 들여다보자. 누가 돈을 마구 쓰자고 하는지, 그 돈을 누가 내고 있는지, 과연 재원 마련 방안은 생각을 하고 쓰자고 하는지 말이다.

전쟁과 세금, 의회

전쟁은 끊임없이 계속됐고, 왕은 만족이란 있을 수 없다는 듯 '탐욕스럽게' 세금을 걷는다. 이는 동서고금 다 마찬가지다. 이런 왕의 독주에 제동을 거는 정치 세력으로 등장한 것이 영국의 의회였다. 그리고 17세기 말에 이르면 의회는 드디어 왕을 대신해 나라를 통치하게 된다.

프랑스와 영국은 민주주의를 발전시켜온 발자취가 크게 다르다. 프랑스의 경우 1789년 대혁명을 통해 아주 빠르고 급격하게 '혁명적으로' 왕정에서 민주공화정으로 전환했다. 하지만 영국은 오랜 세월 동안 여러 사건을 거치며 서서히, 급격하지 않게 입헌군주제로 바뀌었다.

영국에서 의회(parliament)라는 말은 13세기부터 사용되기 시작했다. 이 단어는 프랑스어 'parler(이야기하다)'에서 유래했다. 당시 영국 왕이 나라를 통치하기 위해 둔 조직으로는 '상서청', '회계청', '왕실(내실)', '자문회의' 등이 있었다. 이중 귀족과 대주교, 주교, 수도원장, 영주들, 왕의 주요 관리 등으로 구성된 '대자문회의'가 의회라고 불리게 됐다. 이 조직이 왕에 대한 자문에 그치지 않고, 점점 더 왕권에 강하게 대항하면서 민주주의는 싹을 틔우기 시작했다.

입헌군주제가 확립되기 이전, 절대 권력을 가진 영국 왕이 중요한 통치 행위를 할 때 도움을 받거나 자문을 구하는 집단, 기구 또는 조직의 역사는 '웨식스 왕국' 시대로 거슬러 올라간다. 앨프레드 대왕으로 대변되는 웨식스 왕국을 비롯해 앵글로색슨의 왕국들은 전국에서 주요 인사들을 불러 모았다. 이들 모임은 '위테나게모트(witenagemot)' 또는 '위턴(witan)'이라고 했다. 구성원은 왕족과 귀족, 주교와 수도원장, 왕실 고위 관리 등이었다. 정복왕 윌리엄이 창건한 노르만 왕조(윌리엄~윌리엄 루퍼스~헨리 1세~스티븐) 때에도 이 같은 기능을 하는 조직이 있었는데 명칭은 '대자문회의(Great Council)'였다.

의회 초기 발전은 노르만 왕조에 이어 영국을 다스린 플랜태저넷 왕조 때 이뤄진다. 영국 의회 탄생 초기 왕위는 존왕, 헨리 3세, 에드워드 1세, 에드워드 2세, 에드워드 3세로 이어진다.

영국 역사상 가장 드라마틱한 장면 중 하나는 존왕(재위 1199~1216) 때 '마그나 카르타(Magna Carta·1215)'가 등장하는 순간이다. 당시 프랑스에 있던 영국 땅을 놓고 프랑스 왕과 갈등하다 전쟁이 터졌고, 막대한 전비를 조달하려 세금을 마구 걷던 존왕은 결국 대헌장에 서명하게 된다. 이때의 주인공은 영주들이었다. 마그나 카르타의 주요 내용은 세금을 걷을 땐 자문회의(후일 의회) 동의를 거쳐야 한다는 정도의 소극적 저항 수준이었다.

영국 여행을 갈 때 런던에서 서쪽으로 약 120㎞ 거리에 있는 스톤헨지는 필수 코스 중 하나이다. 세계문화유산으로 지정된 영국 선사시대 거석巨石 유적이다. 이곳에 가는 김에 가까운 솔즈베리와 윈체스터를 꼭 한번 둘러보라고 권하고 싶다.

윈체스터는 앨프레드 대왕의 도시이고, 솔즈베리에선 마그나 카르타를 만나볼 수 있다. 솔즈베리는 스톤헨지에서는 남쪽으로 10㎞, 윈체스터에서는 서쪽으로 30여㎞ 떨어진 곳에 있다. 이곳 대성당에는 현존하는 마그나카르타 사본 4부 중 하나가 보관돼 있다. 무려 800여 년 전에 만들어진 대헌장 사본은 현재 솔즈베리 대성당 이외에 대영도서관에 2부, 링컨성에 1부가 보관돼 있는데 영국에서는 솔즈베리 대성당의 사본이 가장 잘 보존된 것으로 평가하고 있다.

선각자, 인류에 의회를 선물하다

존에 이어 왕에 오른 헨리 3세(재위 1216~1272)는 9세 때 왕이 됐다. 그도 프랑스와 전쟁을 계속했다. 헨리 3세는 몇 차례 프랑스 원정에 나섰지만 패했고, 1259년 파리 조약이 체결됐다. 그 결과 가스코뉴를 제외한 모든 프랑스 지역 땅을 프랑스에 넘겨줬다. 계속되는 왕의 실정과 가중되는 세금은 영주들을 분노케 했다.

이때 등장한 영웅적 인물이 시몽 드 몽포르다. 그는 프랑스 귀족 출신으로 왕인 헨리 3세의 매부이기도 했다. 그는 1231년 레스터 백령의 상속자가 됐다.

1258년, 영주들은 왕에 대항하기 위해 몽포르를 중심으로 뭉쳤다. 이들은 '옥스퍼드 조항'을 만들어 왕에게 승인을 강요했다. 주요 내용은 의회라고 불리게 된 대자문회의를 1년에 세 번 열어야 한다는 것, 영주들로 구성된 15인 회의를 둬야 한다는 것, 세금은 왕실이 아니라 회계청에 내도록 해야 한다는 것 등이었다.

하지만 왕의 존엄과 위세는 쉽게 사라지지 않는 것이었다. 게다가 영주들은 잘 뭉치지도 않았고, 치열한 소명의식이 있었던 것도 아니었다. 얼마 후 왕은 교황으로부터 옥스퍼드 조항을 지키겠다는 맹세의 취소를 허락받았다. 영주들은 다시 몽포르를 영국으로 불러들였고, 몽포르의 지휘 아래 왕과 에드워드 왕자를 잡아 가뒀다. 힘의 균형이 영주들 쪽으로 크게 기울었다.

이때 몽포르의 위대함이 다시 빛을 발했다. 그는 1264년과 1265년 잇따라 대자문회의(의회)를 소집했다. 역사에서 '최초의 의회'라고 불리는 의회였다. 최초라고 불리는 이유는 몽포르의 의회가 영주와 주교들은 물론 역사상 처음으로 지방의 젠트리, 즉 하급 기사와 시골 젠틀맨, 도시 대표들까지 소집했기 때문이다. 왕과 영주, 고위 성직자가 아닌, 지금으로 따지면 부유한 상류층이라고 할 수 있는 계층의 대표들을 국가 정책 결정의 장으로 이끌어낸 것이었다. 몽포르가 영국 의회를 만든 아버지 중 한 사람으로 추앙받는 것도 바로 이 점 때문이다.

하지만 영광의 순간도 잠시. 영주들의 시기와 몽포르의 독선, 왕에 대한 국민들의 지지 등이 맞물리면서 헨리 3세가 다시 세력을 얻었고, 몽포르는 1265년 이브샴 전투에서 대패했다. 몽포르의 몸은 갈가리 찢겼다.

영국인들은 자신들이 만든 의회에 대한 자부심이 대단하다. 하늘을 찌르고도 남을 정도다. 처칠은 의회를 가리켜 "전 세계 자유의 성스러운 전당"이라고 치켜세웠다. 한 역사가는 "불멸을 얻지 못한 인간이 세운 가장 고상한 기념탑"이라고 말했다. 그런데 영국의 의회를 말할 때 절대 빼놓을 수 없는 인물이 바로 몽포르다. 벤담은 13세기에 의회의 기본적 틀을 만든 그를 놓고 "몽포르는 인류에 대한 최고 시혜자"라고 했다.

모범의회

헨리 3세에 이은 에드워드 1세(재위 1272~1307)는 웨일스를 합병했다. 현재의 영국은 잉글랜드와 웨일스, 스코틀랜드, 북아일랜드를 합친 나라이다. 웨일스를 영국으로 편입한 인물이 에드워드 1세다. 그는 스코틀랜드도 공략을 했고, 스코틀랜드 왕관을 쓰기도 했지만, 워낙 민족적 저항이 거셌던 스코틀랜드와의 합병은 앤 여왕 시절인 1707년에야 이뤄지게 된다.

웨일스와의 전쟁은 1270년대 후반에 시작되고, 1280년대 전반기에 절정에 달했다. 스코틀랜드 공략은 1290년대 초반 시작됐다. 영화배우 멜 깁슨이 메가폰을 잡고 주연도 맡았던 명작 〈브레이브하트(1995)〉가 이때를 배경으로 한 것이다. 이 영화는 1297년 잉글랜드에 맞서 스코틀랜드의 저항을 이끌었던 젠트리 출신 윌리엄 월러스의 이야기를 다뤘다. 바로 에드워드 1세 때였다. 왕은 또 프랑스와의 전쟁도 빼먹지 않았다.

전쟁은 돈 먹는 하마다. 그것도 무지막지하게 많이 먹는다. 각종 제도와 법을 도입해 '잉글랜드의 유스티니아누스' 또는 '법률 제정자'라고 불리는 에드워드 1세 때의 전쟁 비용을 보면 왕과 의회의 갈등과 충돌을 이해할 수 있다. 당시 왕은 1년 수입이 3만 파운드 안팎이었는데, 1282~1284년 웨일스 전쟁 때 들어간 비용은 6만 파운드였다. 또 1297년 프랑스 원정 때 소요된 전비는 40만 파운드에 달했다.

많은 돈이 필요하게 된 에드워드 1세는 의회를 소집하는데 이때 의회를 '모범의회(Model Parliament·1295)'라고 부른다. 그 이후 영국 의회들이 이 모범의회를 본떠 의원들을 구성했기 때문이다. 이 의회 참석자는 432명이었다. 대주교 2명을 비롯한 성직자가 90명, 백작과 남작 등 귀족이 48명, 37개 주에서 각 2명씩 뽑힌 기사 74명, 버러(자치구)와 도시를 대표하는 시민 대표 220명이었다.[9]

의회는 왕에게 자문을 제공하는 정치적 역할, 최고 법정 역할도 했지만 가장 중요한 것은 세금에 대한 정당성 제공이었다. 왕이 전쟁 등에 쓸 돈을 마련해 주는 것이다. 비록 아직까지는 '들

9 나종일·송규범, 『영국의 역사 상』, 한울, 2005, 148쪽.

러리' 수준의 역할이었지만, 왕이 세금을 걷을 때 의회의 뜻을 물어봐야 한다는 건 민주주의 역사에서 대단히 큰 의미를 가진 것이다. 존왕~헨리 3세~에드워드 1세를 거치면서 이런 시스템이 정착하게 된 것이다.

귀족원과 평민원

의회는 에드워드 2세(재위 1307~1327)를 거쳐 에드워드 3세(재위 1327~1377) 때 더욱 체계적인 모습을 갖춰갔다. 동성애자였던 에드워드 2세는 프랑스 지역 가스코뉴의 기사 피에르 드 가베스통을 좋아했다. 당연히 여론이 안 좋았다.

나라 재정은 이전까지의 전쟁에 따른 부채로 허덕였는데 그의 통치기에도 전쟁은 계속됐다. 왕은 또 다른 총신 휴 데스펜서에 휘둘렸는데, 이에 보다 못한 영주들이 들고일어났다. 왕비와 왕세자까지 등을 돌리자, 에드워드 2세는 결국 왕위를 내놓게 됐다. 당시 실세이자 왕비의 정부인 모티머가 왕을 살해하라고 명령을 내렸다. 왕은 불에 달군 쇠꼬챙이로 항문을 찔러 죽이는 방식으로 죽임을 당했다고 한다. 동성애자에 대한 형벌 차원이었다.

이어 등장한 에드워드 3세는 백년전쟁을 시작한 왕이다. 그는 프랑스에 있는 가스코뉴 땅과 프랑스 왕위를 놓고 프랑스 왕과 전쟁을 벌였다. 왕은 전쟁을 하면서 막대한 돈이 필요했고, 결국 의회에 손을 벌리게 됐다. 그는 50년간 영국을 다스리면서 의회를 무려 48번이나 열었다. 의회 구성은 에드워드 1세 때 '모범의회'처럼 당시 영국 사회를 대표하는 모든 계급을 포괄했다. 즉 성직자와 귀족, 젠트리와 도시 대표 등이었다.

당시 의회에서 주목할 것은 귀족원(House of Lords)과 구별되는 평민원(House of Commons)이 등장했다는 사실이다. 의회가 소집되면 처음엔 귀족과 평민이 함께 하는데, 이후 실제 토의에 들어가게 되면 평민들은 귀족들과 별개로 웨스트민스터 수도원의 참사회 회의장이나 휴게실에 따로 모였다.

현대의 의회는 상원과 하원으로 나뉘는데, 그 전형이 에드워드 3세 때 만들어진 것이다. 어느 나라이건 의원내각제를 택하고 있는 나라에선 하원이 절대적인 권한을 갖는다. 정부를 구성하는 것도 하원이고, 총리와 각 부처 장관도 하원에서 뽑는다. 이에 비해 상원은 하원을 견제하는 역할이나 명예직에 불과한 경우가 많다.

젠트리의 성장

천일의 앤

런던 버킹엄궁에서 템스강을 따라 동쪽으로 약 4.5㎞ 거리에 있는 런던탑은 개인적으로 앤 불린과 동의어로 느껴졌다. 어렸을 때 TV로 본 〈천일의 앤〉이라는 영화의 감동은 수십 년이 지난 지금도 아련한 여운이 남아 있는데, 앤이 참수를 당한 곳이 바로 이곳이다. 2007년 여름 처음 런던탑에 갔을 때, '이곳에서 앤의 목이 잘렸구나' 하는 생각에 감회에 젖었던 기억이 난다.

왕과 세상 모든 걸 태워버릴 듯이 불같은 사랑을 했고 왕비에까지 오르지만, 결국 왕자를 낳지 못한 앤은 간통과 근친상간 등의 혐의로 런던탑에 갇힌 뒤, 참수형을 당했다. 앤은 마법으로 왕을 유혹했다는 혐의도 받았다. 앤은 화형 판결을 받았지만, 남편 헨리 8세(재위 1509~1547)가 참수로 감형했다. 형이 확정되자 앤은 시녀에게 "내 목이 가늘어서 다행이다"라고 말했다고 한다.

참수는 당시 흔히 사용되던 도끼 대신 칼을 쓰기로 했고, 프랑스에서 칼을 잘 쓰는 사람을 데려와 형을 집행했다. 비련의 주인공 앤은 그녀가 이 세상에 남긴 딸 때문에 더욱 극적으로 역사의 주목을 받는다. 그 딸이 바로 엘리자베스 1세 여왕이다.

앤의 남편 헨리 8세는 머리가 좋았고, 여러 방면에서 재능도 뛰어났다. 라틴어, 프랑스어, 에스파냐어를 알았고, 석학들과 천문학과 신학·수학을 논했으며, 승마와 사냥, 활쏘기, 마상 창 시합에도 능했다. 화려하고 방탕한 삶을 즐겼다. 하지만 정략결혼과 자신의 왕위를 이을 왕자를 얻는 문제가 그의 인생과 통치에 먹구름을 드리웠다. 이와 함께 영국 역사도 거대한 소용돌이에 휘말리게 된다.

헨리 8세

"형제의 아내를 취하면… 자손을 보지 못 하리라."

30대 중후반에 접어든 헨리 8세는 이 성서 구절이 몹시 마음에 걸렸다. 아들을 얻지 못한 자신의 처지가 이것 때문일지 모른다는 생각에 불안했고, 갈수록 걱정이 커졌다. 6세 연상인 에스파냐 출신의 왕비 캐서린은 원래 형 아서의 부인이었다. 형이 결혼한 지 반 년도 안 돼 사망하는 바람에 동생인 헨리가 캐서린과 다시 결혼했다. 모두 아버지 헨리 7세가 밀어붙인 정략결혼이었다.

사실, 아버지의 이런 결정은 영국의 미래를 위한 것이었다. 백년전쟁 이후 유럽의 강국으로 부상한 프랑스를 견제하기 위해 영국과 에스파냐는 동맹을 추진했다. 두 나라는 1489년 '메디나 델 캄포' 조약을 맺었는데 함께 프랑스를 상대로 전쟁에 돌입하고, 두 왕가의 결혼을 추진한다는 내용이었다.

1501년, 당시 16세인 에스파냐 캐서린 공주가 영국으로 건너와 헨리 7세의 맏아들 아서(당시 15세)와 결혼했다. 병약했던 아서가 사망하자 동맹을 깨고 싶지 않았던 헨리 7세는 차남인 헨리를 캐서린과 결혼시켰다. 문제는 헨리 8세와 캐서린 사이에 아들이 생기지 않는다는 것이었다. 헨리 8세는 40대가 된 왕비와의 사이에 결혼 7년 만에 얻은 딸(후에 메리 1세) 하나만을 뒀다. 메리 이외 자식은 생길 때마다 사산하거나 유아 때 사망했다.

이 무렵 헨리 8세는 왕비의 시녀로 왕궁에 들어와 있던 앤 불린의 매력에 푹 빠졌다. 20대인 그녀는 젊고 아름다웠다. 프랑스에서 익힌 교양이 몸에 배어 있었다. 어려운 자리에서도 할 말은 하는 당돌함은 왕을 더욱 안달 나게 했다. 왕에게 그녀는 세상의 모든 것이 되었다. 두 사람의 사랑을 가로막을 것은 이 세상에 아무것도 없었다. 만약 장애물이 나타난다면 무슨 수를 써서라도 없애 버리면 될 일이었다.

집권 후반기에 들어선 헨리 8세는 1527년 캐서린 왕비와 이혼하겠다는 뜻을 밝히기 시작했다. 한발 더 나아가 캐서린은 원래 형수였기에 자신과의 결혼 자체가 '원천 무효'라고 주장했다. 하지만 헨리 8세가 이혼을 주장한 진짜 이유는 앤 불린 때문이었다. 캐서린과 헤어진 뒤 왕자를 낳아줄 것이 틀림없는 앤을 왕비로 삼으려 했던 것이다.

계획은 나라 안팎에서 난관에 부딪혔다. 우선, 왕비 캐서린이 물러서지 않았다. 캐서린은 "전 남편 아서와 결혼은 했지만, 실제 잠자리는 하지 않았다"라면서 자신이 당시 처녀였다고 주장했다. 따라서 종교적으로, 법적으로 이혼은 불가하다고 맞섰다.

헨리 8세의 이혼을 가로막는 최대 걸림돌은 나라 밖에 있었다. 에스파냐 왕이자 신성로마제국 황제인 카를 5세와 교황이었다. 헨리 8세가 이혼하려면 교황 승인이 있어야 했는데, 교황은 이혼에 반대한다는 뜻을 분명히 밝혔다. 교황의 뒤에는 카를 5세가 있었다. 당시 유럽 대륙에선 카를 5세가 최고 강자로 군림했는데, 1527년 카를 5세가 로마를 점령하고 교황을 손에 넣은 이후 교황은 카를 5세의 꼭두각시에 불과했다.

특히 카를 5세는 캐서린과 특별한 관계였다. 캐서린은 카를 5세에게 어머니의 여동생, 즉 이모가 되는 것이었다. 모든 상황을 종합해 볼 때, 캐서린과 이혼하겠다는 헨리 8세의 의도는 관철되기 어려웠다. 이제 헨리 8세는 아예 로마 교황과의 결별을 결심하게 됐다.

대륙과는 너무 다른 종교개혁

유럽 대륙에서 진행된 종교개혁과 영국의 종교개혁은 성격이 전혀 달랐다. 영국의 실용주의 또는 현실주의를 대표하는 사례를 들라면 영국의 종교개혁을 첫손가락에 꼽고 싶다.

종교개혁은 1517년 마르틴 루터가 비텐베르크 대성당 문에 95

개조 반박문을 붙임으로써 시작됐다. 대륙의 종교개혁은 철저하게 신앙적 차원에서 진행됐다. 하지만 영국에선 헨리 8세의 이혼과 재혼이 결정적인 동인으로 작용했다. 헨리 8세는 새롭게 등장한 개신교와 의회라는 두 개의 무기를 양손에 들고 로마 교황과 기존 가톨릭에 대대적인 공세를 취했다. 영국 사회 분위기도 반성직주의 쪽으로 빠르게 움직였다.

헨리 8세는 대륙의 루터파를 정치적으로 이용했지만, 루터를 좋아하진 않았다고 한다. 그는 교황과 전면전을 벌이기 전에는 자신이 "루터의 적"이라고 선언했다. 젊은 시절 정통 가톨릭 신자를 자부했던 헨리 8세는 루터를 논박하는 논문을 써서 교황으로부터 '신앙의 옹호자'라는 칭호를 받기도 했다.

루터도 헨리 8세에 대해 극도의 반감을 드러냈다. 헨리 8세를 향해 "악당이자 광대, 적그리스도의 도구", "지독히 부패한, 벌레 같은 존재"라고 험담했다. 하지만 이런 개인적 감정이나 대립은 정치 세계에서는 큰 의미가 없는 것이었다.

의회는 헨리 8세에게 적극적으로 협력했다. 의회에 진출한 젠트리들은 대륙에서 넘어온 새로운 교리에 빠져들었고, 기존 가톨릭 교회와 성직자에 대한 공격 때 선봉에 섰다. 1529년 소집된 의회는 1536년까지 '왕의 입맛에 맞게' 중요한 법들을 통과시켰다. 이때 의회를 '종교개혁의회'라고 불렀다.

1532년, 헨리 8세는 이른바 '성직자의 항복'을 받아내는 데 성공했고, 의회는 1533년 3월에는 로마에 상소하는 것을 막는 '상소제한법'을, 1534년 초에는 '왕위계승법'을, 그해 말에는 영국 종교개혁의 화룡점정이라고 할 수 있는 '수장법'을 제정했다. 이로써 영국 왕은 1,000년 가까이 이어져 내려온 교황과의 공생 관계를 끊어내고, 영국 땅에서 정치적인 의미는 물론, 종교적인 의미에서도 최고 자리에 오르게 됐다.

영국은 어떤 외부 세력의 간섭도 받지 않은 완전한 주권국가가 됐다. 교황으로부터도 말이다. 헨리 8세는 1533년 1월 앤 불린과 비밀리에 결혼을 하고, 3개월 후에는 앤을 여왕의 자리에 올려놓았다. 그해 9월 엘리자베스 1세가 태어났다.

수도원 해산과 젠트리의 성장

헨리 8세의 개혁은 정치와 종교뿐 아니라 사회·경제 분야에서도 혁명적 수준의 변화를 일으켰다. 대표적인 것이 수도원 해산이었다. 당시 수도원은 잉글랜드 전체 토지의 거의 3분의 1을 소유하고 있었는데, 왕과 의회는 이 수도원을 정면으로 겨냥했다. 1536년 연 수입 2,000파운드 이하의 작은 수도원 300여 곳을 해산했고, 이후 규모가 큰 수도원 500여 곳을 없애버렸다.[10]

수도원 해산은 영국 사회를 크게 변화시켰다. 우선, 영국 사회가 기존 가톨릭에서 벗어나 개신교 쪽으로 빠르게 이동하는 계기가 됐다. 하지만 무엇보다 큰 사회적 변화는 영국의 사회 계층에 지각변동을 일으켰다는 점이었다.

해산된 수도원의 땅과 재산은 일단 국왕에 귀속됐는데, 시간

10 나종일·송규범, 앞의 책, 285쪽.

이 흐르면서 대부분 매각됐다. 이 매각 토지·재산은 기존 젠트리나 부유농인 요먼 등에게 돌아갔는데, 더욱 부유해지고 사회적 신분이 상승한 요먼들이 대거 젠트리에 합류함으로써 영국 개혁의 중심 세력인 젠트리는 수가 크게 늘어나고 입지 또한 탄탄해졌다. 이들은 다음 세기에 청교도혁명과 명예혁명을 주도하게 될 터였다.

누가 왕의 목을 치는가

마리 앙투아네트

스위스 제네바에서 열린 크리스티 경매에서 다이아몬드 팔찌 한 쌍이 746만 스위스 프랑, 우리 돈으로 약 97억 원에 낙찰된 적이 있다. 각각 1~4캐럿짜리 다이아몬드 56개가 달린 이 팔찌의 경매 소식이 외신의 주목을 받은 이유는 보석의 화려함이나 비싼 가격 때문이 아니라 팔찌의 주인이 프랑스의 마리 앙투아네트 왕비였기 때문이다. 이 팔찌는 마리 앙투아네트가 결혼한 지 6년, 왕비가 된 지 2년이 되던 1776년에 구매한 것이었다. 프랑스 대혁명이 발생하기 13년 전이었다. 팔찌의 당초 낙찰 예상가는 200만~400만 달러(24억~49억 원)였는데 실제 경매에선 2~4배 비싼 가격에 팔렸다.

합스부르크 공국의 여제女帝 마리아 테레지아의 딸로 태어나 15세 때 한 살 많은 프랑스의 루이 16세와 결혼한 마리 앙투아네트는 만 38세 생일을 불과 2주일 앞두고 파리 콩코드 광장에서

기요틴(단두대)에 목이 잘린 비운의 주인공이다. 1793년 10월 16일이었다. 그의 남편 루이 16세도 9개월 전 같은 장소에서 같은 방법으로 목이 잘렸다.

왕과 왕비의 참수는 프랑스 대혁명의 하이라이트 같은 장면이다. 프랑스는 혁명 발발 이후, 루이 16세의 폐위와 제1공화정 수립(1792), 왕과 왕비 참수(1793), 나폴레옹 등장(1795), 제1제정(1804), 왕정복고(1815년), 제2공화정(1848), 제2제정(1852), 제3공화정(1870~1940)으로 이어졌다. 대혁명에서 제3공화정에 이르기까지 숱한 우여곡절을 겪으면서 결국 왕이 없는 나라를 만들었다.

영국에서도 혁명 세력에 의해 왕이 참수되는 사건이 발생했다. 엘리자베스 1세가 세상을 떠난 뒤 스코틀랜드의 제임스 6세가 잉글랜드의 제임스 1세(재위 1603~1625)로 즉위, 스튜어트 왕가 시대가 열렸다. 그다음 왕이 찰스 1세(재위 1625~1649)인데, 그가 바로 청교도혁명 때 참수형을 당한 왕이다. 왕의 목이 잘리는 시기만 놓고 보면 영국이 144년 앞선 것이다. 혁명 세력이 권력을 잡고 왕의 목을 치는 것은 비슷한데 그 혁명 세력이 누구였는지, 그리고 이후 역사는 어떻게 흘렀는지는 두 나라가 전혀 다른 모습을 보였다.

삼부회

1789년 7월 14일, 파리 시민들은 상이군인회관에서 탈취한 무기로 무장한 뒤 바스티유 감옥을 습격, 프랑스 대혁명의 문을 열었다. 당시 프랑스는 여러 가지로 최악의 상황이었다.

프랑스는 7년 전쟁(1756~1763)의 패배로 해외 식민지 경쟁에서 영국에 크게 뒤처지게 됐다. 와신상담하며 복수할 기회를 기다리다 1775년 발발한 미국 독립전쟁에 개입했는데, 막대한 전비戰費 지출로 국가 재정은 더욱 깊은 수렁에 빠졌다. 프랑스는 1780년대까지 세수의 절반 이상을 국채 이자를 갚는 데 써야 했다.

1787년과 1788년에는 끔찍한 흉년이 덮쳤다. 빵 가격은 하늘 높은 줄 모르게 치솟았고, 시민들은 배고픔으로 고통받았다. 1789년 7월 중순 빵 가격은 18세기 중 최고가를 기록했다.

앙시앵 레짐(Ancien Régime·구체제)의 모순은 빠르게 폭발의 지점을 향해 치달았다. 먹고 살기 힘들어진 세상에 분노한 민중들의 폭동과 시위가 잇따르자 루이 16세는 1787년 제1신분과 제2신분, 즉 귀족과 성직자 144명으로 구성된 명사회를 소집했다. 하지만 면세 혜택을 받는 특권층이었던 이들이 세제 개혁안을 받아들일 가능성은 없었다. 제3신분(평민)을 포함한 삼부회를 개최하라는 요구가 빗발쳤고, 결국 1789년 5월 5일 175년 만에 베르사유 궁전에서 삼부회가 열렸다. 참석자는 성직자 290명, 귀족 270명, 평민 585명이었다.

변혁에 에너지를 주고 투쟁을 이끌어갈 이념과 혁명 주역들도 충분히 성숙했다. 근대 이후 물질문명은 빠르게 발전했고, 산업혁명은 폭발적인 생산력 발전과 함께 변혁을 주도할 새로운 계급, 부르주아를 탄생시켰다. 영국의 여러 혁명과 미국의 독립전쟁을 지켜보면서 그들은 자유와 평등, 인권, 박애, 재산권, 국가 주권 등의 가치에 눈을 크게 떴다.

삼부회에 참여한 제3신분, 즉 평민 대표는 빠르게 권력 중심으로 다가갔다. 자신들이 국민의 98%를 대표한다고 주장하면서 1789년 6월 17일 별도로 국민의회를 결성했다. 이들은 대혁명이 터지자 봉건제 폐지를 선언하고, 인권선언을 발표했다. 헌법 제정에도 착수했다.

루이 16세와 마리 앙투아네트는 이런 시대의 변화를 받아들이지 못했고, 파멸로 빠져들었다. 1791년 6월 루이 16세는 가족과 함께 오스트리아 망명을 시도하다 붙잡혀 파리 탕플탑에 갇혔다. 이 사건은 또 한 번 프랑스 국민들을 분노와 충격에 빠뜨렸고, 왕에 대한 실망과 함께 공화정에 대한 확신으로 이어졌다.

1792년, 보통선거로 뽑힌 국민공회는 9월 21일 첫 회의 때 왕정을 폐지하고 공화제를 선포했다. 전 세계 역사에서 가장 유명한 왕 중 한 명으로 꼽히는 '태양왕' 루이 14세(재위 1643~1715)가 구축한 절대왕정이 80년이 못 돼 붕괴한 것이다.

로베스피에르와 기요틴

루이 16세는 새로 생긴 혁명 정부로부터 국가반역죄로 기소돼 1793년 1월 19일 재판에서 사형을 선고받고 이틀 뒤 콩코드 광장에서 공개 참수형을 당했다. 그는 단두대 칼날이 떨어지기 직전, 군중들을 향해 "프랑스인들이여, 나는 무고하게 죽는다"라고 말했다.

재판에서 왕에 대한 참수를 결정적으로 이끌어낸 주인공은 막시밀리앙 드 로베스피에르였다. 삼부회 소집 때 '제3신분' 대표로 참석한 그는 급진적인 자코뱅당 일원이 됐다. 왕의 재판에서 로베스피에르는 "왕은 무죄일지 모른다. 그러나 그가 무죄가 되는 순간 혁명이 유죄가 된다. 이제 와서 혁명을 잘못이라고 할 수 있는가. 왕을 죽여야 한다. 혁명이 죽을 수는 없기 때문이다"라고 주장했다.

이후 로베스피에르는 전쟁 내각인 '공안위원회'를 접수, 1794년 7월까지 공포정치를 실시했다. 로베스피에르와 그가 이끄는 산악파(자코뱅당 내 빈민과 노동자, 급진적 지식인들로 구성된 좌익 파벌)는 '상퀼로트'라는 세력의 절대적인 지지를 받았다.

상퀼로트는 반바지(퀼로트)를 입지 않은 사람, 즉 긴바지를 입은 근로자라는 뜻으로 귀족 또는 부유한 시민이 아닌 노동자나 무산계급 등 급진적 민중들을 가리켰다. 공포정치 기간 중 약 30만 명이 체포되고, 1만 5,000명이 단두대에서 처형됐다. 왕과 왕비는 물론, 혁명 동지였던 조르주 당통도 그의 단두대 칼날을 피해 가지 못했다. 하지만 로베스피에르 본인도 결국 단두대 위에서 생을 마감했다. 역사의 아이러니가 아닐 수 없다.

찰스 1세와 청교도

이제 장소와 시간을 한 세기 반 전인 1640년대 영국으로 옮겨 보자. 스튜어트 왕가가 시작될 무렵, 영국에선 종교 문제가 나라를 뒤흔드는 빅이슈로 등장했다. 영국 교회는 헨리 8세가 영국국교회를 설립한 이후 가톨릭과 국교회, 퓨리턴 등으로 세력이 나뉜다.

특히 칼뱅의 가르침을 바탕으로 한 퓨리턴은 엘리자베스 1세 때인 1570년대에 처음 용어가 사용되기 시작했는데, 이들은 지방 젠트리와 런던 등 도시 시민들 사이로 빠르게 퍼져나갔다. 미래를 이끌어갈 주역들이 퓨리터니즘을 받아들인 것이다. 엘리자베스 1세 시절 수면 아래 잠재했던 종교적 갈등은 제임스 1세 등장과 함께 본격적인 불꽃이 튀게 됐다.

스코틀랜드에서 온 제임스 1세는 교회 개혁안을 놓고 퓨리턴과 격하게 대립했다. 그렇다고 그가 가톨릭에 우호적이지도 않았다. 1604년 소집된 첫 의회가 가톨릭에 적대적 성향을 보이자 왕도 가톨릭에 대한 억압 정책을 시행했다.

이에 화가 난 가톨릭 신자들이 왕과 의회 모두를 폭약으로 날려버리려 꾸몄던 계획이 '폭약 음모 사건(1605)'이다. 계획은 미수로 끝났지만, 이때 체포돼 처형된 '가이 포크스'는 이후 저항의 상징이 됐고, 매년 11월 5일이 되면 영국 전역에서 화려하게 열리는 불꽃놀이 '가이 포크스 데이'의 기원이 된다. 폭약 음모 사건으로 영국은 가톨릭에 대한 반감이 더욱 강해졌고, 개신교의 중심지로 입지를 다지게 됐다.

1618년 유럽 대륙에서 '30년 전쟁'이 터지고, 영국도 전쟁의 포화 속으로 끌려들어 갔다. 개신교도인 제임스 1세의 사위 프리드리히(팔츠의 선제후)가 보헤미아 왕으로 추대되고, 영국인들이 프리드리히 지원에 나서면서 가톨릭과 개신교의 전쟁 속으로 휘말렸다. 이 전쟁의 파장과 후유증은 찰스 1세 때에 본격화됐다.

팔츠를 구원하기 위해 파병된 영국 군대는 찰스 1세 때 질병과 굶주림으로 괴멸 수준의 참패를 당했다. 가톨릭의 종주국을 자부하는 에스파냐와 전쟁을 치르기 위해 필요한 전비戰費를 놓고 왕과 의회는 갈등을 거듭했다. 1627년에는 프랑스와도 전쟁에 돌입했다. 전쟁과 종교, 왕과 의회의 대립은 다가올 혁명의 전조였다.

1628년 3월, 세 번째 소집된 의회는 찰스 1세에게 '권리청원'을 내밀었다. 의회 승인 없이는 세금과 기부금 등을 걷을 수 없고, 자유인은 이유를 제시하지 않고는 구속할 수 없다는 등의 내용이었다. 이 권리청원은 마그나 카르타 등과 함께 영국 헌정의 빛나는 금자탑으로 자리 잡는다. 하지만 모순은 해결되지 않았다. 영국은 본격적인 내전과 혁명의 길로 접어들게 됐다.

공화정, 처음이자 마지막 경험

유럽 대륙이 30년 전쟁의 종반기에 접어든 1640년대 전후 영국에선 혁명의 분위기가 한껏 무르익었다.

왕권신수설을 주창한 아버지 제임스 1세에 이어 아들 찰스 1세 또한 왕의 절대적 권한을 믿는 인물이었다. 하지만 스코틀랜드 출신의 스튜어트 왕가가 잘 몰랐던 게 있었다. 잉글랜드에선 이미 의회가 만만치 않은 존재로 성장해 있었다는 점이었다. 끊임없이 계속되는 전쟁, 국민들을 상대로 가혹하게 징수되는 세금, 여기에 빠르게 세력을 확장한 청교도가 맞물리면서 왕과 의회는 전쟁을 피할 수 없는 단계로 다가가게 됐다

우선 찰스 1세는 결혼과 신하 등용에서 의회와 갈등을 빚었다. 가톨릭 신자인 프랑스 왕녀를 부인으로 맞은 데다, 가톨릭 의식을 장려하고 청교도를 억압한 윌리엄 로드를 캔터베리 대주교로 임명해 잉글랜드 청교도와 스코틀랜드 장로교의 불신과 분노를 샀다.

1628년 3월 소집된 세 번째 의회와 '권리청원'에 합의했지만, 찰스 1세는 의회와 잘 지낼 생각이 전혀 없었다. 왕과 의회는 턴세·파운드세 징수 문제, 종교 문제 등으로 사사건건 충돌했다. 그러자 왕은 의회 없는 통치를 선택했다. 1629년 의회를 해산하고 이후 11년간 의회는 열지 않았다.

1640년 의회가 다시 소집된 건 찰스 1세가 전쟁에 쏟아부을 돈이 필요했기 때문이었다. 1637년 장로교가 국교인 스코틀랜드에 다른 국교를 강요하는 정책을 도입하자 스코틀랜드 지역에서 반란이 일어났다. 반란을 진압하려던 찰스 1세의 계획은 성공을 거두지 못했고, 돈이 궁해진 왕이 다시 의회를 소집했다. 일단 의회가 소집되자 왕의 대권에 대한 의회의 반발이 폭발적으로 분출됐다. 왕의 각종 권한을 대폭 줄이고, 왕이 총애했던 신하들을

사형에 처했다.

한편, 이 과정에서 의회 내에 분열이 나타났다. 특히 종교 문제를 놓고 생각이 크게 갈라졌다. 주교제 폐지 등 급진적 주장을 하는 '뿌리와 가지파' 등의 과격파와 옛 제도의 폐단은 없애더라도 기존 제도는 유지하자는 온건 퓨리턴 등이 대립했다. 양측은 왕권에 관한 입장도 갈리면서 결국 왕당파와 의회파로 나뉘게 됐다.

1641년 말 아일랜드 봉기 진압 문제와 관련, 의회가 군대 지휘관을 임명하는 법안이 제출되자 왕과 의회의 대결은 돌아올 수 없는 다리를 건너게 됐다. 이듬해인 1442년 8월, 찰스 1세는 노팅엄에서 군대를 일으켰다.

왕당파는 능력 있는 지휘관과 실전 경험이 있는 기병대를 중심으로 전투를 이끌어 갔다. 반면, 의회파는 인구 50만 명이 넘는 유럽 최대 도시 런던과 결속력이 강한 해군의 지원을 받았다.

초반 전세는 왕당파에 유리하게 돌아갔다. 이런 불리한 전세를 뒤집으며 혜성같이 등장한 인물이 올리버 크롬웰이었다. 잉글랜드 동부 헌팅턴의 젠트리 출신인 크롬웰은 내전이 시작되자 고향으로 가서 60명의 기병대를 조직해 의회군에 합류했다.

크롬웰은 오합지졸의 시민군과 달리 엄격한 규율과 투철한 신념을 가진 기병대, 즉 철기병(the Ironsides)를 앞세워 왕의 군대를 격파해 나갔다. 크롬웰은 철기병을 토대로 신형군(New Model Army)를 편성했고, 이 군대는 1645년 6월, 네이즈비에서 국왕군에 결정적인 패배를 안겼다. 승기를 잡은 의회군은 여세를 몰아 계속 승전보를 올렸고, 1646년 5월, 찰스 1세는 의회파와 손을 잡은 스코틀랜드군에 투항했다. 이듬해 1월 스코틀랜드는 찰스 1세를 잉글랜드 의회에 넘겼다.

전쟁에서 승리한 의회파는 또다시 분열했다. 전쟁 승리 이후 어떤 정부와 개혁 교회를 만들 것인가를 놓고 장로파와 독립파로 갈라졌다. 최종적으로 의회를 장악한 건 군을 기반으로 한 독립파였다. 찰스 1세의 처형을 결정한 것도 독립파가 장악한 의회였다.

1648년 12월, 토머스 프라이드 대령이 이끄는 군 병력이 의회에 진입, 장로파 의원들 입장을 막고 독립파 의원들을 들여보냈다. '둔부의회' 또는 '잔여의회'라고 불리는 이 의회는 찰스를 재판하는 특별 법정을 설치했다.

찰스 1세는 재판에서 자신의 무죄를 주장했다. 아니, 국왕은 재판을 받을 수 없다고 했다. "어떤 법정도 국왕에 대해 재판권을 행사할 수 없다. 왕의 통치권은 신에게서 부여받은 것이다"라고 주장했다.

하지만 1649년 1월 27일, 특별법정은 찰스 1세에 대해 "이 나라의 선량한 백성에 대한 압제자요, 배반자요, 살인자이자 공적"이라며 사형을 선고했고, 3일 후인 1월 30일 찰스 1세는 화이트홀 궁전에 마련된 단두대에서 목이 잘렸다.

당시 의회를 쥐락펴락했던 크롬웰도 처음엔 찰스 1세와 사이가 나쁘지 않았다고 한다. 그러다 찰스 1세가 왕비에게 보낸 편지가 발견되면서 상황이 180도 달라졌다. 편지에는 "지금은 크롬웰을 비롯한 의회파에게 사로잡혀 있어 좋은 말로 속이고 있다. 나중에는 남김없이 (이들의)목을 칠 것이다"라는 내용이 담겨 있었다.

찰스 1세는 참수 당일 오전에 셔츠를 두 벌 달라고 했다. 그는 "날씨가 너무 추워 내가 몸을 떨 수 있다. 그러면 국민들이 내가 두려움에 떠는 것이라고 잘못 생각할 수 있다. 내가 그런 비아냥을 받을 이유가 없다"라고 말했다. 영국 역사에 따르면 집행인은 도끼를 단 한 번 휘둘러 찰스 1세의 목을 잘랐다.

왕을 제거한 의회는 이제 영국 역사에서 가장 혁명적인 정치 실험에 돌입했다. 아예 군주정을 폐지하고 공화정을 수립했다. 영국은 처음이자 지금까지 마지막인 '왕 없는 나라'가 됐다. 영국이 다시 왕정으로 복귀한 건 이로부터 11년이 지난 1660년의 일이었다.

누구도 법 위에 존재할 수 없다, 그가 비록 왕일지라도

장수 국왕, 단명 국왕

1926년에 태어난 엘리자베스 2세는 1952년에 왕위를 물려받았다. 2022년 그는 왕이 된 지 만 70년이 됐다. 5세기 중엽 앵글로색슨이 잉글랜드에 들어온 이후 처음 있는 전인미답前人未踏의 기록이었다. 과거 어떤 왕도 이만큼 긴 길을 걸어본 적이 없으며, 앞으로 왕좌에 앉게 될 어떤 후손도 이에 필적하긴 어려울 것으로 보인다. 오래 왕을 하려면 본인의 능력과 자질, 품성은 물론 천운天運이 따라야 한다. 어린 나이에 왕위를 물려받아야 하고, 큰 병 없이 오래 살아야 한다. 국내적으로 반란이나 역모를 차단 또는 진압해야 하고, 국외적으로 외세 침입을 막고 외국과의 전쟁을 이겨내야 한다.

엘리자베스 2세에 이어 영국의 장수 국왕 2위는 대영제국 절정기를 누렸던 빅토리아 여왕이었다. 1837년부터 1901년까지 64년간 왕좌에 있었다. 3위는 조지 3세(재위 1760~1820)로 60년,

4위는 헨리 3세(재위 1216~1272) 56년, 5위는 에드워드 3세(재위 1327~1377) 50년이었다. 대영제국의 기틀을 닦았던 엘리자베스 1세(재위 1558~1603)는 45년 동안 왕위에 있었다.

단명했던 국왕들도 있다. 정복왕 윌리엄(재위 1066~1087) 이후 자연사나 병사, 전사 등이 아닌 이유로 왕좌에서 쫓겨나거나 물러난 사람은 모두 8명이었다. 기준을 윌리엄으로 한 건 그 이전과 이후 영국 왕의 존재감이 크게 달라졌기 때문이다. 우선 왕권이 대단히 굳건해졌다.

그리고 앨프레드 대왕으로 대표되는 웨식스 왕가의 혈통이 완전히 끊어지고, 윌리엄의 혈통이 계속 이어졌다. 이후 지금까지 모든 왕은 부계父系나 모계母系 쪽으로 어떻게든 윌리엄과 연결된다는 뜻이다. 왕좌에서 쫓겨난 왕들 중 재위 기간이 5년이 채 되지 않는 경우는 단 4명이었다. 에드워드 5세(2개월), 에드워드 8세(11개월), 리처드 3세(2년 2개월), 제임스 2세(3년 10개월)였다.

에드워드 5세와 리처드 3세는 랭커스터 가문과 요크 가문이 왕권을 둘러싸고 치열하게 싸우던 장미전쟁 때 잠시 왕위에 올랐던 인물들이다. 장미전쟁 개전의 후유증을 극복하고 왕국을 안정시킨 에드워드 4세(재위 1461~1483)에 이어 왕위를 물려받은 에드워드 5세는 만 13세가 안 된 소년이었다.

이 꼬마 왕에게 최대 위협은 선왕의 동생, 즉 작은 삼촌인 글로스터 경 리처드였다. 선왕은 동생 리처드를 왕과 왕국의 보호자로 지명하는 유언을 남겼는데, 이를 빌미로 런던에 입성한 리처드는 조카 주변에 있는 유력자들을 모두 제거한 뒤 결국 스스로 왕좌에 올라 리처드 3세가 됐다. 리처드는 그해 7월 대관식을 가졌는데, 다음 달 에드워드 5세와 동생 요크의 리처드는 런던탑에서 질식사했다. 암살의 배후가 누구인지는 밝혀지지는 않았지만, 그게 누구인지는 쉽게 알 수 있지 않을까 싶다.

재밌는 것은 비슷한 시기에 우리나라, 즉 조선에도 '데칼코마니' 같은 사건이 발생했다는 것이다. 세종대왕의 둘째 아들 수양대군은 1453년 계유정난으로 정권을 잡은 뒤, 2년 후 조카인 단종을 폐하고 스스로 왕에 올랐다. 그가 바로 조선의 7대 왕 세조이다.

리처드 3세의 권세는 오래가지 못했다. 튜더 왕조의 시조始祖인 헨리 튜더가 보즈워스 전투(1485년 8월)에서 리처드 3세의 군대를 상대로 압승을 거뒀다. 전투는 초반부터 헨리 튜더 쪽으로 기울었지만, 리처드 3세는 도망가지 않고 왕관을 쓴 채 끝까지 싸우다 쓰러졌다. 이후 헨리 튜더는 헨리 7세로 대관했다.

단명 순위 둘째에 오른 에드워드 8세는 사랑하는 여인과의 결혼을 위해 왕위를 걷어찬 인물이다. 그는 왕위에 오른 지 1년도 안 된 상황에서 2번째 이혼 소송을 진행하고 있는 미국인 심프슨과의 결혼을 국민들이 반대하자 아예 국왕 자리를 버렸다. 어쨌든 그 덕에 동생인 조지 6세가 왕 자리에 올랐고, 조지 6세의 딸인 엘리자베스 2세도 왕위에 오를 수 있게 됐다.

재위 기간이 넷째로 짧은 제임스 2세(재위 1685~1688)는 영국 정치사에 큰 획을 그은 인물이다. 좋은 뜻이 아니라 나쁜 뜻에서다. 그는 국민과의 계약을 어기고, 법에 의한 지배를 거부해 혁명을 초래한 장본인이었다. 그는 청교도혁명 때 참수를 당한 아버지 찰스 1세(재위 1625~1649)와 함께 국민(의회)에 의해 쫓겨난 영국 국왕 중 한 명이다. 근대 이후 영국의 의회민주주의는 이 두 사람의 통치를 극복하면서 성취한 것이라고 해도 과언이 아닐 것 같다.

법의 지배를 거부한 왕의 최후

스튜어트 왕조의 4번째 왕인 제임스 2세는 여느 왕 부럽지 않게 좋은 조건에서 통치를 시작했다. 나라 곳간은 넉넉했고, 2만 명에 가까운 상비군을 두고 있어 안위에 대한 걱정도 없었다. 왕에 대한 국민들의 충성심은 높았고, 왕권을 견제할 수 있는 유일한 세력인 의회는 약하고 순종적이었다.

문제는 독실한 가톨릭 신자였던 그가 법치를 무시했다는 점이었다. 그는 가톨릭을 세상에 널리 전파하는 것을 자신의 사명으로 생각했다. 그는 의회와 갈등을 빚었다. 가톨릭을 제외한 비국교회와 상인층을 대표하는 휘그당은 물론이고, 지주층과 국교회를 대표하면서 국왕의 대권을 지지했던 토리당과도 대립했다.

당시 잉글랜드에서는 심사율과 관용령이 계속 충돌했다. 제임스 2세의 형이자 직전 왕인 찰스 2세(재위 1660~1685)는 1672년 가톨릭 교도에게 좀 더 많은 종교적 자유를 허용하는 관용령을 공포했다. 하지만 의회는 이를 법의 지배에 대한, 그리고 의회의 입법권에 대한 도전으로 여기고 무산시켰다. 그리고 한발 더 나아가 가톨릭이 공직을 가질 수 없도록 규정한 심사율을 제정했다.

형에 이어 왕권을 잡은 제임스 2세는 심사율 폐지를 의회에 요구했다. 당연히 의회는 거절했고, 왕은 의회를 해산했다. 왕은 이어 궁정과 군대, 국교회 주교, 각 지방 주요 직위에 가톨릭교도를 대거 앉혔다. 그러면서 심사율 효력을 정지시키고, 새 관용령을 선포했다. 제임스 2세의 행위는 '법에 의한 지배'를 부정하는 것이었다. 왕은 또 군대를 런던 근교에 주둔시켜 의회 세력에 압력을 가했다.

이런 상황에서 1688년 터진 두 개의 '사건'이 급속히 위기로 발전했다. 왕비의 왕자 출산과 일곱 주교들의 항거였다. 제임스 2세의 두 번째 왕비 모데나가 결혼 15년 만에 아들을 낳았다. 제임스 2세는 첫째 왕비와 사이에 8명의 자녀를 두었는데, 6명이 숨지고 딸 2명만 살아남았다. 그중 큰딸이 오라녜공 윌리엄과 결혼한 뒤, 자신의 뒤를 이어 왕위에 오르는 메리 2세(재위 1689~1694)이고, 작은딸은 언니의 뒤를 이어 스튜어트 왕가의 마지막 왕이 된 앤(재위 1702~1714) 여왕이다.

왕자의 탄생은 잉글랜드를 통째로 뒤흔들었다. 영국 국민과 의회는 제임스 2세가 물러나면 개신교도인 큰딸 메리가 왕위를 이어받을 것이라고 기대하고 꾹 참고 있었다. 하지만 독실한 가톨릭 신자인 현재 왕에 이어, 역시 가톨릭 신자인 왕비의 영향을 받고 자랄 왕자가 또다시 잉글랜드를 가톨릭의 나라로 만들려 한다면 그건 도저히 참을 수 없었던 것이다. 생각만 해도 끔찍한 일이 아닐 수 없었다. 영국의 종교계와 의회는 절체절명의 순간이 다가오고 있음을 직감했다.

또 하나의 사건은 캔터베리 대주교와 6명의 주교 등 일곱 명이 국왕의 가톨릭 정책에 반발한 것인데, 왕은 이들을 런던탑에 가뒀다. 하지만 법정에서 배심원들이 이들 7인의 주교에게 무죄를 선고했고, 이들이 석방되는 날 국민들은 불을 밝히고 총을 쏘고, 종을 울리며 기뻐했다.

1688년 6월 30일 밤 토리당과 휘그당, 종교계를 대표하는 7명의 지도자가 서명한 밀서가 런던에서 출발했다. 군대를 이끌고 영국에 와 달라는 내용이 담긴 이 편지는 네덜란드의 오라녜공 윌리엄 3세에게 전달됐다. 윌리엄은 국왕인 제임스 2세의 딸의 남편이었다. 즉, 제임스 2세의 사위였던 것이다. 동시에 그는 찰스 1세의 외손자였다. 그는 이미 여러 차례 전투를 통해 군사 지도자로서의 능력을 인정받는 군주였다.

'영국으로부터의 초청'을 받은 윌리엄은 그해 11월 대군을 이끌고 잉글랜드 남서부 토베이에 상륙했고, 이에 놀란 제임스 2세는 싸울 의욕을 잃고 프랑스로 쫓겨났다. 딸과 사위에 의해 쫓겨나는 가련한 신세가 됐다. 이 역사적 사건이 '명예혁명'이다.

새로 소집된 의회는 1689년 초 메리와 윌리엄을 공동 왕으로 추대하고, 왕은 권리선언(Declaration of Rights)과 권리장전(Bill of Rights)을 잇따라 승인했다. 권리장전은 권리선언에 다음 왕위계승 순서 등을 추가해 법률로 만든 것이다. 권리장전은 제임스 2세의 불법행위를 12가지로 열거하면서 잉글랜드 왕국의 통치에 관한 기본 원칙을 천명했다. 주요 내용은 다음과 같다.

✠ 왕권이 의회의 동의 없이 법 집행을 유보하거나 면제하는 것은 불법이다.

✠ 의회 허락 없이 세금을 걷는 것은 불법이다.

✠ 왕에게 탄원하는 것은 신민의 권리이며, 탄원을 이유로 기소하는 것은 불법이다.

✠ 의회 동의 없이 평시에 상비군을 유지하는 것은 법에 위배된다.

✠ 의원을 뽑는 선거는 자유로워야 한다.

✠ 유죄 판결 이전에 벌금이나 몰수를 약속하는 것은 불법이고 무효이다.

의회는 제임스 2세가 법의 지배를 부정하고 국민과의 가장 기본적인 계약을 파기했고, 나라를 탈출해 왕위를 버렸다고 규정했다. 또한 국왕이라도 국가의 기본법을 침해·파괴할 수 없다는 확고부동한 원칙을 세웠다.

현실 정치 세계의 변화와 발전은 철학과 정치사상의 발전과 손발을 맞췄다. 존 로크 등 위대한 철학자가 등장해 세상의 변화에 대한 해석과 정당성을 제공했다. 특히 영국 경험주의 철학의 사실상 창시자라고 할 수 있는 존 로크는 명예혁명을 대표하는 철학자라고 해도 과언이 아니다. 영국의 경험주의는 프랜시스 베이컨을 거쳐 로크에 이르러 체계화되었고, 정치철학 쪽으로 로크는 토머스 홉스와 함께 사회계약설을 확립했다.

그는 명예혁명과 거의 때를 같이 해 『통치론(1690)』을 세상에 내놓았는데, 이런 저술을 통해 왕권신수설을 부정하고 인간은 자유로운 존재이며, 그 생명과 자유, 재산에 대한 기본적 권리를 갖는다고 주장했다. 정부의 역할은 이 자연법적 기본권을 지키고 보호하는 일에 그쳐야 하며, 만약 정부(또는 왕)가 그 범위를 벗어나 권력을 휘두른다면 국민은 이에 저항하고 위임했던 권한을 회수할 수 있다고 주장했다.

이런 관점을 갖고 제임스 2세의 통치와 명예혁명을 생각한다면, 결론은 하나로 이어질 것 같다.

"누구도 법 위에 존재하지 않는다. 그가 비록 왕일지라도."

왕의 시대가 저물다

권리장전 내용에는 왕위 승계 서열도 규정했는데, 윌리엄·메리 다음에는 그들의 자녀, 그다음은 메리의 동생인 앤, 그다음은 앤의 자녀 순으로 이어지도록 했다. 하지만 윌리엄·메리는 뒤를 이을 자녀가 없었기에 왕위는 앤으로 넘어갔고, 앤 또한 왕위를 이을 자녀가 없어 결국 다음 왕위는 하노버 왕국의 절대군주이자 9인의 선제후 중 한 명이었던 조지 1세로 넘어가게 됐다.

이로써 영국에는 하노버 왕조 시대가 열렸다. 조지 1세는 제임스 1세의 외증손자였다. 제임스 1세의 딸 엘리자베스가 팔츠의 선제후인 프리드리히 5세와 결혼했고, 이들의 외손자가 조지 1세였다.

54세에 영국 왕이 된 조지 1세는 영국 일에는 별 관심이 없었다. 하노버 일에 더욱 열심이었다. 이 때문에 영국 왕에 오른 지 몇 년이 안 돼 영국 내각회의에는 참석하지도 않았다. 이런 상황은 다음 왕인 조지 2세 때도 마찬가지였다.

국왕이 없는 내각회의는 여러 대신 가운데 한 명이 주재하게 되는데, 이 시기 두각을 나타낸 사람이 로버트 월폴이었다. 바로 영국의 초대 총리(prime minister)로 불리는 인물이다. 그의 재임 기간은 통상 1721년부터 1742년으로 인정되고 있다. 초기에는 동료이자 매부였던 타운센드와 권력을 분점하다 조지 2세 즉위 이후 타운센드를 제거한 다음에는 권력을 혼자 독차지했다. 그는 1742년 권좌에서 물러났다.

영국 총리실 관저를 흔히 '다우닝가 10번지'라고 한다. 이 건물에도 월폴의 이야기가 담겨 있다. 청교도혁명을 이끈 올리버 크롬웰의 참모 중에 조지 다우닝이란 사람이 있었다. 그는 웨스트민스터와 가까운 지역을 눈여겨보다 1684년 거리를 조성하고 집을 지었다. 이 때문에 이 거리가 '다우닝 거리(Downing Street)'로 불리게 됐다. 이 거리의 10번지가 바로 지금의 총리 관저다.

1732년 당시 왕인 조지 2세가 월폴에게 이 집을 선물하려 했고, 월폴은 "정부에 하사해서 재무장관의 거처로 사용하는 것이 좋겠다"라고 건의했다. 이에 따라 재무장관들이 18~19세기에 이곳에서 살았고, 총리는 이곳에 집무실만 뒀다가 1877년 총리가 입주하면서 총리 관저가 됐다.

3장

'실용' 이기는 전략이 최선이다

전쟁에서 이기는 법

전쟁은 속임수다

"전쟁이란 국가의 중대사이다. 생사를 가르고, 존망을 좌우한다. 어찌 살펴보지 않을 수 있겠는가孫子曰: 兵者, 國之大事, 死生之地, 存亡之道, 不可不察也."

인류 역사상 최고의 병서兵書 중 하나로 꼽히는 『손자병법』은 이렇게 시작한다. '아무리 어려운 책이나 글이라도 여러 번 되풀이해 읽으면 그 뜻이 저절로 드러난다讀書百遍義自見'는 말을 믿고 이 책을 수차례 읽어도 모든 내용을 꿰기는 쉽지 않다.

재밌는 건 영국 역사, 특히 대영제국의 탄생과 성장 스토리를 보면 볼수록 손자병법이 계속 떠오른다는 점이다. 개인적인 경험이지만 영국이 상대를 꺾고 전투와 전쟁에서 이기는 모습을 보면서 '손자병법이 담고 있는 전략과 전술, 개념, 철학과 어쩌면 이토록 상통할까'라며 감탄한 적이 한두 번이 아니었다.

손자병법을 읽다 보면 책 곳곳에 빨간 줄을 치고 별표를 해 놓게 된다. 새겨두고 기억해 두면 좋겠다는 내용들이 처음부터 끝까지 계속 등장하기 때문이다. 그중에서도 가장 핵심을 들라면 단연 두 문장을 꼽고 싶다. 하나는 제1편 '계計'에 나오는 '전쟁은 속이는 도이다兵者, 詭道也'라는 것이고, 다른 하나는 제5편 '세勢'에 있는 '무릇 전쟁이란 정공으로 맞서고 변칙으로 승리한다凡戰者, 以正合, 以奇勝'는 부분이다.

손자병법에 관한 한 최고 권위자로 인정받는 베이징대 리링 교수는 이 병서에 대한 해설서를 내놓으며 제목을 『전쟁은 속임수다(兵以詐立)』라고 달았다. 송병락 서울대 경제학과 명예교수는 저서 『전략의 신』에서 손자병법이 제시한 전략을 '기정奇正 전략'이라고 부르면서 역사상 가장 유명한 기정 전략으로 인천상륙작전을 예로 들었다. 송 교수는 "남도 알고 나도 아는 방법으로 싸우면 누가 이기는가"라고 물으며 "이기기 위해서는 상대가 예상하지 못하는 기상천외한 전략이 있어야 한다"라고 말했다.

'정으로 맞서고 기로써 승리한' 전투는 동서양을 통틀어 그 사례가 수도 없이 많다. 그래야 이길 수 있기 때문이다. 그런 만큼 이를 강조하는 격언도 무수하다. 프로이센과 독일제국의 참모총장으로 프로이센-오스트리아 전쟁(보오전쟁)과 프로이센-프랑스 전쟁(보불전쟁)을 승리로 이끌어 오늘날 독일 탄생에 결정적 공헌을 한 헬무트 폰 몰트케는 이렇게 말했다.

"여러분은 적 앞에 펼쳐진 길이 세 갈래라는 걸 알게 될 것이다. 그중에서 적은 네 번째 길을 택할 것이다."

서양 쪽 병서의 최고봉 『전쟁론』의 저자 카를 폰 클라우제비츠는 "전쟁이란 자국의 의지를 상대 국가에 강요하기 위한 폭력적인 행위"라고 정의했다. 일단 전쟁에 돌입하면 목표는 단 하나, 무조건적인 승리이다. 문제는 '어떻게 하면 이길 수 있는가'일 것이다.

영국 역사에서 획을 긋는, 또는 대영제국이 건설되는 과정에서 가장 상징적인 전쟁(전투)을 떠올릴 때면 빼놓을 수 없는 4개의 장면이 있다.

첫째, 앨프레드 대왕의 대對 바이킹 항전. 둘째, 엘리자베스 1세 여왕의 스페인 무적함대 격파(칼레 해전). 셋째, 7년 전쟁. 넷째, 나폴레옹 전쟁, 특히 트라팔가르 해전과 워털루 전투이다.

앨프레드 대왕은 잉글랜드를 바이킹의 침범으로부터 지켜냈다. 만약 그가 패했다면 어쩌면 지금 영국은 바이킹의 나라가 돼 있을지도 모른다. 엘리자베스 1세는 칼레 해전 승리를 통해 당시 세계 최강으로 군림하던 에스파냐를 꺾었다. 이로써 영국은 유럽, 더 나아가 세계 무대에 화려하게 데뷔했다.

7년 전쟁은 세계 패권을 놓고 겨룬 승부에서 영국이 프랑스를 이긴 분수령이었다. 이어 나폴레옹 전쟁을 통해 프랑스는 영국의 패권에 도전했지만 결국 실패했고, 대영제국의 기반은 더욱 탄탄해졌다.

영국이 외형상으로 더욱 강력한, 즉 땅도 크고 돈도 많고 인구도 많은 에스파냐, 프랑스를 상대로 결정적일 때마다 승리를 거둘 수 있었던 건 과거의 형식과 관행, 기존 전법戰法에서 벗어났기 때문이다. 적이 예상치 못한 방법으로, 적이 원치 않은 시간에, 적이 취약한 곳에서 싸울 수 있었기 때문이다.

즉, 내가 가장 잘 싸울 수 있는 작전과 장소, 시간, 방법을 골라 전투를 한 것이다. 이쯤이면 '내 방식대로 만든 승리 공식'이라 할 만하다. 대표적인 것이 세계 3대 해전 또는 세계 4대 해전으로 자주 거론되는 칼레 해전과 트라팔가르 해전이다. 역사상 가장 유명한 해전 중 2개를 영국이 차지하는 것도 눈에 띄는 점이다.

무적함대, 해상 게릴라전에 무릎 꿇다

대항해시대의 선구자들

유럽이 '대항해시대'를 열었을 때 선두에는 포르투갈과 에스파냐가 있었다. 그중 포르투갈은 단연 선봉이었다. 포르투갈은 1415년 지브롤터 해협에 있는 모로코 지역의 세우타를 점령, 해외 영토 개척을 시작했다. 이 나라는 '항해왕' 엔리케 왕자의 주도로 아프리카 서안을 돌아 인도로 항해하는 바닷길을 열었다. 유럽인들이 그때까지 한 번도 가 보지 않은 곳에 속속 진출했다.

1488년 바르톨로메우 디아스가 아프리카 최남단 희망봉을 발견했고, 1498년 바스쿠 다가마가 아프리카 대륙을 돌아 인도 캘리컷에 도착, 인도 항로를 개척했다. 포르투갈은 1510년 인도의 고아를 점령, 최초의 상관을 설치했다. 이어 말라카(1511)와 페르시아만의 호르무즈(1515) 등에 요새를 구축했다. 아프리카 모잠비크의 소팔라와 일본의 나가사키 사이에 구축한 요새와 거류지가 40개 이상에 달했다.

이들 거점을 바탕으로 동양의 향료를 가져다 유럽에 팔아 '떼돈'을 벌었다. 하지만 포르투갈은 기본적으로 국력이 센 나라는 아니었다. 인구가 150만 명 안팎에 불과한 작은 나라였다.

카스티야(이사벨 여왕)와 아라곤(페르난도 2세)의 통합으로 탄생한 에스파냐도 15세기 후반, 본격적인 해외 개척에 돌입했다. 이사벨 여왕의 후원을 받은 크리스토퍼 콜럼버스가 1492년 아메리카 신대륙을 발견했고, 포르투갈 태생의 에스파냐 항해가 페르디난드 마젤란이 이끈 탐험대는 1519년 8월 세비야에서 출발, 지구를 한 바퀴 돈 뒤 1522년 9월 세비야로 귀환했다.

특히 아메리카 신대륙은 에스파냐의 독무대에 가까웠다. 포르투갈이 '무역' 쪽에 관심이 컸다면 에스파냐는 정복에 무게를 뒀다. 에르난 코르테스는 1519년 아즈텍 제국(멕시코)을 멸망시켰고, 1531년엔 코르테스와 친척 간인 프란치스코 피사로가 180명의 군인과 말 27마리로 잉카 제국(페루)을 무너뜨렸다. 에스파냐는 이곳에서 엄청난 양의 은을 획득했다. 이 부는 에스파냐가 유럽의 강대국으로 군림하는데 밑거름이 됐다.

아메리카와 인도, 동남아시아, 아프리카 등에서 쏟아져 들어오는 후추와 계피 등 향신료, 금·은을 비롯한 귀금속, 노예무역 등으로 스페인과 포르투갈은 풍요가 넘쳐났다. 유럽은 부러움이 가득 찬 눈으로 이 두 나라를 바라봤다.

몸풀기 시작하는 섬나라

영국의 해양·무역 관련 활동은 튜더 왕조 시대에 들어 기지개를 켜기 시작했다. 튜더 왕조를 연 헨리 7세는 보조금까지 주면서 조선 산업을 육성했다. 최초로 보조금을 받은 캐닌지즈 조선소는 100여 명의 목수·노동자를 고용해 총 3,000t의 선박을 만들었다. 1485년 의회는 처음으로 항해법을 제정했다.

헨리 8세는 유럽 최초로 왕실 소속의 상설 함대를 창설하고, 이를 관할하는 일종의 중앙부처 '해군국' 등을 만들었다. 이 조직들이 속도와 화력이 뛰어난 배들을 만들고 해군을 육성했다. 그 아들 에드워드 6세 때는 런던 상인들이 아프리카의 모로코와 기니 등으로 무역로 개척에 나섰다.

남동생 에드워드 6세와 언니 메리 1세에 이어 왕이 된 엘리자베스 1세 때에 이르러 영국의 해외 진출은 더욱 본격화했다. 젠트리 출신인 험프리 길버트와 월터 롤리, 리처드 그렌빌 등이 대서양을 건너 북아메리카 지역에 식민지를 개척했다. 롤리는 지금의 노스캐롤라이나 지역에 도착, 이 땅을 처녀(virgin) 여왕에게 바치며 버지니아(Virginia)라고 이름을 붙였다.

식민지 개척은 나중에 대박을 터뜨렸지만, 이 당시만 해도 훨씬 활발하고 수지 남는 비즈니스는 약탈과 노예무역이었다. 1560년대에 존 호킨스, 1570년대엔 프랜시스 드레이크가 두드러진 활약상을 보였다. 특히 드레이크의 활약은 에스파냐에 적잖은 피해를 입혔다. 에스파냐가 그를 잡으려고 거액의 현상금을 내걸 정도였다. 그렇지 않아도 개신교와 가톨릭으로 갈라져 증폭되던 영국과 에스파냐의 관계는 악화 일로를 걸었다.

영국 왕들은 한발 더 나아가 이들 해적선에 사략선(적의 배를 나포하는 면허를 가진 민간 무장선)이라는 인가를 내려 그들의 활동을 합법화했다. 수익의 일정 부분도 상납받았다. 엘리자베스 1세 치세였던 1585년에서 1604년까지 카리브해에서 에스파냐 선박들을 공격하기 위해 영국에서 출항한 배는 일 년에 100~200척에 달했다. 역사가들은 이런 해적 활동을 대영제국의 맹아 또는 첫발로 평가하기도 한다. 제국을 향한 걸음마는 다름 아닌 '포르투갈, 에스파냐 등의 떡고물을 찾아다니는 해적질'이었던 것이다.

16세기 벤처투자가

엘리자베스 1세 여왕은 당대 해외 개척 또는 국가 공인 해적질에 대한 영국 내 최대 후원자이자 벤처투자가였다. 1577년, 여왕의 명에 따라 프랜시스 드레이크가 해외 원정에 나섰다. 당시 포르투갈과 에스파냐에만 알려져 있던 '황금알을 낳는 곳'을 찾아 나선 드레이크는 대서양을 건너 아메리카 대륙에, 태평양을 건너 마침내 향료의 본고장 동남아시아에 도착했다. 그는 '향료의 섬들'로 알려진 '몰루카 제도'에서 리넨과 금·은을 주고 향료를 대량으로 구입해 귀국했다. 드레이크의 탐험에 돈을 댔던 투자자들은 5,000%나 되는 수익을 올렸다. 영국인들이 얼마나 열광했을까.

영국은 전투와 해상 노략질로 얻은 물건도 해외 개척에 최대한 활용했다. 대표적인 예가 에스파냐 무적함대의 자산이었다. 1588년, 에스파냐의 무적함대는 '칼레 해전'에서 영국 해군에게 참패했는데, 이때 영국이 노획한 에스파냐와 포르투갈의 배들, 그리고 그 안에 있던 화물들이 영국의 동양 진출 때 요긴하게 사용됐다.

1592년, 탐험가이자 해군 장교인 월터 롤리 등이 포획한 포르투갈의 무장상선 또한 보물단지였다. 이 배는 당시 영국에선 한 번도 보지 못한 대형 선박이었다. 그 안에서 각종 보석, 향료와 함께 인도·중국·일본과의 무역에 대한 정보가 담긴 '소중한' 책자가 발견됐다.

이런 상황들이 누적되면서 해외 진출을 원하는 영국 상인들의 욕구는 화산처럼 폭발했다. 1570년대부터 스페인, 발트해, 레반트로 왕래하는 무역상사들이 설립되었다. 1555년부터 러시아 교역을 독점하던 머스코비상사는 1588년경이 되면 매년 100척의 상선을 운항시킬 정도가 됐다. 그들의 활동은 시간이 갈수록 더욱 왕성해졌다.

그들은 모임을 갖고 투자금을 모으는 한편, 엘리자베스 1세 여왕에게 해외 원정의 필요성과 절박성을 호소했다. 1599년 1차 해외 개척 청원에 실패한 런던 상인들은 결국 그해 말 여왕에게서 동인도 무역에 대한 특허를 획득하는 데 성공하게 됐다.

정면 대결을 원했던 아르마다

영국의 거센 도전과 야심, 기득권을 지키려는 에스파냐의 저항.

이제 이 두 나라의 격돌은 피할 수 없는 단계로 접어들었다. 영국 해적의 약탈에 분노하고 있던 에스파냐의 왕 펠리페 2세는 엘리자베스 1세가 1585년 네덜란드(에스파냐령)에서 일어난 개신교 반란을 지원하자 더 이상 영국을 그대로 놔 둬선 안 되겠다고 판단했다. 당시 펠리페 2세는 유럽의 절대 강자였다. 서유럽 대륙의 땅 5분의 1, 인구의 4분의 1을 통치했다. 펠리페 2세의 수입은 엘리자베스 1세보다 10배나 많았다.

그러던 차 1587년, 영국 내 가톨릭 세력의 후원을 등에 업고 호시탐탐 영국 왕위를 노리던 스코틀랜드 출신의 메리 스튜어트가 반역을 꾀하다 참수를 당했다. 메리는 헨리 7세의 외증손녀이자 엘리자베스 1세의 고종사촌의 딸이었다. 가톨릭의 종주국을 자처하는 에스파냐의 영국 공격 결심은 확고해졌다.

이제 에스파냐가 자랑하는 무적함대가 나설 때가 됐다. 에스파냐 해군은 당대 최강으로 평가받았다. 1571년, 유럽은 레판토 해전에서 이슬람 세력을 상대로 대승을 거뒀다. 1453년 콘스탄티노플을 점령한 오스만튀르크는 지중해 동부와 북아프리카 인근 해역을 장악한 뒤 서지중해 쪽으로 진출하려 했다. 오스만튀르크가 베네치아의 마지막 주요 소유지였던 키프로스마저 차지하려 하자, 베네치아는 로마와 에스파냐에 도움을 청했다.

1492년 그라나다를 탈환해 이베리아반도에서 이슬람 세력을 완전히 몰아내(레콩키스타·Reconquista, 711~1492) 기독교의 수호자라는 자부심을 갖게 된 에스파냐는 이 부름에 적극적으로 응했다. 레판토 해전에서 기독교 세력이 완승을 거뒀는데, 그 승리의 주역은 화승총으로 무장한 에스파냐군이었다. 그 막강 전력이 '무적함대'라는 이름으로 다시 전선에 등장한 것이다.

에스파냐와 영국은 긴박하게 움직였다. 펠리페 2세는 무적함대를 이용해 네덜란드 남부를 평정한 파르마 공작의 병력 3만 명을 영국으로 실어 날라 엘리자베스 1세를 제거하겠다는 전략이었다. 영국은 이런 에스파냐의 동태를 낱낱이 파악하고 있었다. 그리고 선수를 쳤다.

1587년 4월, 여왕의 명령을 받은 드레이크가 카디스 항을 기습, 에스파냐 선박 30척을 박살 냈다. 이 때문에 무적함대 출항은 1년 이상 늦춰졌다. 드레이크는 이 작전 성공에 대해 "에스파냐 왕의 수염을 살짝 그슬린" 것뿐이라고 말했다.

1588년 여름, 영국해협 일대에서 두 나라 해군이 대결을 펼쳤다. 무적함대는 총 130척으로 구성됐다. 주력인 갤리온 20여 척을 비롯해 60~70척이 전투함정이었다. 선원은 8,000여 명, 병사가 1만 8,000여 명이었다. 이에 맞서는 영국 함대는 모두 197척이었는데 이중 갤리온이 20여 척, 그 외 전투력을 갖춘 함정이 40여 척이었다. 외형상 비슷한 듯 보이지만 속을 들여다보면 양측의 전략·전술은 완전히 달랐다.

에스파냐 함대의 전법은 레판토 해전 때의 판박이였다. 일단 적 함대와 거리를 좁힌 뒤 대형 함포로 타격을 입힌다. 이를 위해 에스파냐 갤리온에는 사정거리는 짧지만 무거운 대포 수십 문이 장착됐다. 이후 더 접근해 쇠갈퀴로 적선을 끌어당긴 뒤 무적함대가 자랑하는 '바다 위 보병'이 화승총과 머스킷으로 엄청난 총알을 쏟아붓는다. 마지막으로 적선에 올라 육박전으로 전투를 종결짓는다.

한마디로 아르마다는 해상에서 지상전 같은 정면 승부를 원했다. 권투로 치면 전설적 파이터인 복서 조지 포먼이나 마이크 타이슨처럼 엄청난 파괴력을 바탕으로 상대방을 피하지 않고 근접전 인파이팅을 하는 것이었다. 하지만 실제 전투에서 이런 일은 발생하지 않았다. 영국 함대에 가까이 갈 수도, 쇠갈퀴를 걸 수도 없었다.

엘리자베스 1세는 함대 총사령관에 자신의 사촌인 하워드 경을, 부사령관에 해적 출신의 드레이크와 호킨스를 임명했다. 바다 위에서만큼은 세상에서 자신이 제일이라고 자부하는 드레이크는 해전에서 재능을 유감없이 발휘했다.

영국 함대의 전술과 항해 능력은 상대를 압도했다. 영국 배들은 속도가 빠르고 움직임도 민첩했다. 선원들 또한 매우 유능했다. 영국 함선들은 빠르게 움직이며 무적함대를 공격했지만, 해전 경험이 전혀 없는 37세의 사령관 메디나 시도니아 공작이 지휘하는 에스파냐의 무적함대는 느릿느릿 이에 제대로 대응하지 못했다. 메디나 시도니아 공작은 자신의 무적함대에 대해 "젠장, 너무 느려터졌어"라고 불평했다.

나비처럼 날아 벌처럼 쏜 영국 함대

칼레 해전은 1588년 7월 31일부터 8월 8일까지 영국 해협과 도버 해협 일대에서 벌어졌다. 총 6차례 격돌이 있었는데, 무적함대가 원했던 스타일의 전투는 한 번도 없었다. 하워드 사령관은 "무적함대는 너무나 강하기 때문에 감히 그들 진영으로 전진할 수 없었다"라고 했다.

영국 함대는 '아웃복싱' 방식으로 상대를 다뤘다. 상대를 압도하는 항해술과 기동력을 바탕으로 무하마드 알리처럼 '나비처럼 날아서 벌처럼 쏘는' 싸움을 했다. 영국 함정들은 무적함대와 거리를 두고 주변을 맴돌거나 쫓아다니면서 뒤로 처지는 적 함정을 상대로 장거리 함포로 타격을 입히는, '깃털을 조금씩 뽑아내는' 작전을 썼다.

처음 4차례 전투는 '사소한 접촉' 수준이었다. 양측의 함정과 인명 손실도 미미했다. 그러는 사이 무적함대가 칼레 인근까지 북상해 정박하게 됐다. 이곳에서 플랑드르에 있는 에스파냐 최고의 육군 전력인 파르마 공작의 군대를 만나면 되는 것이었다.

하지만 이튿날 밤, 영국군은 무적함대가 전혀 예상치 못한 기습공격을 펼쳤다. 바로 화공火攻이었다. 영국군은 배 8척에 폭발물을 가득 싣고 무적함대가 정박해 있는 항구로 띄워 보냈다. 2척은 막았지만, 나머지 6척이 무적함대 한중간으로 파고들었다. 엄청난 폭발이 계속 이어졌다. 무적함대는 부랴부랴 닻줄을 끊고 허둥지둥 바깥 바다로 흩어졌다.

다음 날 오전, 간신히 전열을 가다듬은 무적함대와 영국 함대가 일전(그라블린 전투)을 펼쳤다. 이 전투에서 영국 함대의 우수한 함포가 위력을 발휘했다. 16세기 초반, 헨리 8세는 "지옥이라도 정복할 만큼 많은" 대포를 갖겠다고 선언했다. 이어 역사상 처음으로 무쇠 대포를 만들었다.

이 대포는 제작비가 기존 청동 대포의 5분의 1에 불과했다. 가격이 싼데도 성능은 우수했다. 또, 나무 바퀴 4개가 달린 이동식 포 받침대는 포탄을 발사한 뒤, 포를 뒤로 빼고 다시 장전하는 과정을 효율적으로 만들었다. 이 받침대 덕분에 영국 함포의 재장전 속도는 두 배나 빨랐다.[11] 그 결과 칼레 해전에서 에스파냐 함정의 대포가 한 발을 쏠 때 영국 함정 대포는 세 발을 쐈다. 무적함대가 소총을 쏠 때 영국 함대는 기관총을 쏘는 셈이었다.

그라블린 전투 때 많은 사상자가 발생했다. 무적함대는 완패했다. 하지만 고통은 더 이어졌다. 화공 때 닻을 끊어 버린 무적함대 배들은 닻을 내릴 수 없었고, 스코틀랜드와 아일랜드를 빙 돌아 귀환하는 과정에서 폭풍우와 암초 등에 난파돼 5,000명 이상이 사망했다.

칼레 해전은 영국의 일방적인 승리로 끝났다. 위풍당당하게 출항했던 130척 중 다시 고국으로 돌아온 배는 절반도 되지 않았다. 1만 4,000여명의 병사와 선원을 잃었고 생존자는 1만 명 미만이었다. 반면, 영국의 손실은 배 7척, 사망자 100여 명, 부상자 400여 명에 그쳤다. 불과 17년 전 얻었던 무적함대라는 에스파냐의 명성은 이렇게 허무하게 무너졌다.

11 맥스 부트, 앞의 책, 104쪽.

적도 속이고 우리편도 속인다

태양왕

루이 14세(재위 1643~1715)는 세계사를 통틀어 가장 유명한 군주 중 한 명이다. 역사는 그를 '태양왕'이라고 부른다. '절대주의'를 대표하는 인물, 베르사유 궁전에서의 사치스럽고 화려한 생활…. 그가 한 말, "짐은 곧 국가이다"라는 말은 너무도 유명한 말이 되었다. 볼테르는 그의 시대를 고대 그리스 황금기에 뒤지지 않는다며 "인류 역사상 가장 위대한 시대 중 하나"라고 말했다.

선왕인 루이 13세 부부가 23년 만에 본 아들이기에 그는 태어나자마자 '신의 선물'이라는 칭호를 얻었다. 하지만 이제 만 다섯 살밖에 안 된 그는 아직 나라를 통치할 수 없었고, 국정은 재상인 마자랭이 맡았다. 두 차례 '프롱드의 난'을 겪는 등 위기도 있었지만, 결국 이겨낸 뒤 마자랭 사후 1661년부터 친정을 시작했다.

루이 14세가 직접 국정을 관장하면서 프랑스 국력은 승승장구했다. 특히 그에겐 유능한 신하들이 많았다. 가장 눈에 띄는 인물이 장 바티스트 콜베르 재무총감이었다. 콜베르는 프랑스 중상주의를 대표하는 정치가인데, 무역과 산업을 장려해 국부를 증가시키고, 재정·세제 등을 개혁했다.

콜베르는 해군력 강화에도 심혈을 기울였다. 1661년 20척이던 해군 전함을 1690년에는 270척 이상으로 늘렸다. 그가 키운 프랑스 함대가 비치헤드 해전에서 잉글랜드-네덜란드 연합 함대를 격파하기도 했다. 또 콩데와 튀렌 등 군을 이끄는 지휘관들은 당대를 호령하는 인물들이었고, 장군 보방은 공성술과 방어요새 건축으로 이름을 날린 군사공학자였다.

루이 14세는 튼튼한 재정과 막강한 군사력, 뛰어난 인재들을 자산으로 본격적인 영향력 확장에 나섰다. 그가 1715년 사망할 때까지 일으킨 대규모 전쟁만 네 차례에 달했다. 에스파냐 일부 영토에 대한 상속권을 주장하며 일으킨 권리이전 전쟁(1667~1678)을 비롯해 네덜란드 전쟁(1672~1678), 9년 전쟁(아우크스부르크동맹 전쟁, 팔츠 계승 전쟁, 1688~1697), 에스파냐 왕위계승 전쟁(1701~1713) 등이었다. 루이 14세의 목표는 프랑스와 자신의 영광과 부귀, 라인강과 알프스산맥 및 피레네산맥에 이르는 '천연 국경선'까지 프랑스 영토 확장, 합스부르크 세력의 파괴였다.

17세기 후반 내내 유럽은 루이 14세의 이런 공격적 성향 때문에 심한 속앓이를 했다. 그의 야욕을 꺾을 만한 힘이 유럽 대륙의 다른 나라에는 없었다. 하지만 1700년을 전후해 루이 14세와 한번 붙어보겠다고 하는 나라가 등장했다. 바로 영국이었다.

사실, 영국은 17세기 중반만 해도 유럽의 열강으로 대우받기에는 부족한 부분이 많았다. 예를 들어 청교도혁명 이후 왕정복고로 왕위에 오른 찰스 2세(재위 1660~1685)는 1670년에 루이 14세와 '도버협약'이라는 비밀 협약을 맺었다. 프랑스가 네덜란드와 전쟁을 할 때 영국이 병력 6,000명을 지원해 주고 찰스 2세는 조만간 가톨릭으로 개종을 한다는 내용과 함께, 찰스 2세가 루이 14세로부터 매년 23만 파운드의 지원금을 받는다는 내용도 들어 있었다. 영국 왕이 프랑스 왕에게서 돈을 받는 처지였던 것이다.

하지만 해군에 관한 한 둘째가라면 서러울 능력을 갖춘 데다, 청교도혁명과 명예혁명 등을 거치며 시대를 앞서가는 민주적 시스템을 장착한 영국은 어느새 엄청난 강국으로 성장하고 있었다. 이런 상황에서 네덜란드 군주인 동시에 영국의 왕이 된 윌리엄 3세를 매개로 네덜란드의 선진적인 금융 제도가 유입되면서 영국 경제는 한 단계 높은 수준으로 올라서게 됐다. 경제력과 군사력을 모두 갖춘 영국은 프랑스에 정면 대결 도전장을 던질 정도가 됐다.

누가 세계를 통치할 것인가

"1700년에 프랑스는 경제 규모에서 영국의 두 배, 인구수로는 세 배였다."

영국의 역사학자 니얼 퍼거슨에 따르면 18세기 초 프랑스와 영국은 객관적 국력國力 면에서 격차가 컸다. 퍼거슨이 언급한 당시 영국의 인구는 잉글랜드와 스코틀랜드를 합친 것이다. 온라인 백과사전 위키피디아에 따르면 당시 프랑스 인구는 2,100만 명, 잉글랜드는 520만 명이었다. 여기에 스코틀랜드 인구가 약 100만 명 정도였다. 잉글랜드와 스코틀랜드는 앤(재위 1702~1714) 여왕 통치 때인 1707년 하나로 합쳐져 '그레이트 브리튼 통합 왕국'을 출범시켰다.

근대국가의 틀을 갖춰나가는 과정에서 영국은 종교적 이유 또는 무역 이익을 위해 주변국과 여러 차례 마찰을 빚고 전쟁을 벌였다. 상대가 프랑스인 경우도 있었고, 에스파냐와 네덜란드와도 전쟁을 했다. 예를 들어, 17세기 후반에 영국과 네덜란드는 3차례에 걸쳐 전쟁을 벌였다. 이 충돌은 상업적 동기 때문이었다. 시장과 무역을 둘러싸고 다툼을 벌인 것이다. 이런 전쟁은 대부분 일시적인 것이었고, 단기간에 끝났다. 그리고 어제의 적이 오늘의 동지가 되고, 내일은 반대 상황이 되는 등 영원한 적도 영원한 동지도 없는 그런 충돌이었다.

하지만 명예혁명 이후 상황은 완전히 달라지게 됐다. 영국과 프랑스는 유럽을 넘어 전 세계 패권을 놓고 대결을 펼치게 됐다. 명예혁명이 일어난 지 6개월밖에 안 된 1689년 5월 영국은 프랑스를 상대로 선전포고를 했다. 바로 한 달 전 부인 메리 2세(재위 1689~1694)와 함께 잉글랜드 공동 왕으로 대관식을 치른 오라녜 공 윌리엄 3세(재위 1689~1702)가 9년 전쟁 참전을 선언한 것이다.

이를 시작으로 1815년 나폴레옹 전쟁이 끝날 때까지 두 나라 간 전쟁은 한 세기 이상이나 계속됐다. 이른바 '제2차 백년전쟁'이었다. 영국과 프랑스의 전쟁은 세계사를 완전히 바꾼 사건이었

다. 바로 "누가 세계를 통치할 것인지를 결정하는" 전쟁이었다.[12]

글로벌 전쟁

17세기 말에서 19세기 초 유럽에서 잇따라 터진 대형 전쟁들은 이전과는 큰 차이가 있었다. 가장 두드러진 건 지구촌 곳곳에서, 많은 나라들이 동시에 뒤엉켜 싸우는 '글로벌 전쟁'의 성격을 띠게 됐다는 점이다. 중세와 근대 초기 전쟁들은 주로 개별 국가 간에 벌어지거나 소수 국가들이 참여하는 데 그쳤고, 전장戰場도 일부 지역에 국한됐다. 그러다 18세기를 거치면서 참전국도 크게 늘고, 전투도 유럽을 넘어 전 세계 곳곳에서 벌어지는 양상으로 바뀌었다.

그 개막전이 9년 전쟁이었다. 모든 분쟁이 그렇듯 이 전쟁도 그 밑바닥에 여러 동인動因과 복선이 복잡하게 깔려 있었다. 이 전쟁은 1688년 프랑스의 루이 14세가 전격적으로 팔츠를 침공함으로써 막이 올랐다. 그가 내건 명분은 팔츠 선제후의 남자 혈통이 끊겼고, 동생의 아내, 즉 제수가 팔츠 선제후의 딸이므로 프랑스 왕가가 팔츠를 지배해야 한다는 것이었다. 하지만 다른 유럽 나라들은 동의하지 않았다. 많은 나라의 이해관계가 이리저리 얽혀 있는 유럽 정치 지형에서 이런 주장은 강자가 힘으로 주변 약소국을 장악하겠다는 협박과 다르지 않았다.

12 니얼 퍼거슨, 앞의 책, 70쪽

루이 14세의 머릿속엔 또 다른 셈법도 있었다. 당시 유럽은 오스만튀르크와 전쟁을 벌이고 있었다. 초기엔 오스만튀르크의 기세가 등등했지만, 유럽 각국이 신성동맹을 결성해 반격에 나섰다. 궁지에 몰린 오스만튀르크는 유럽국 중 유일한 동맹인 프랑스에 도움을 청했다.

루이 14세는 주판알을 튕겼다. 오스만이 완패해 발칸반도마저 라이벌인 합스부르크가家 손에 들어간다면 자신이 열세가 될 수 있다고 생각했다. 또, 합스부르크와 오스만이 싸우고 있는 지금이야말로 라인강 일대에 영향력을 확대할 수 있는 절호의 기회라고 판단했다.

다른 나라들은 힘을 합쳐 프랑스에 맞서기로 했다. 오스트리아와 에스파냐, 스웨덴, 바이에른, 작센 등이 아우크스부르크동맹을 결성해 루이 14세에 대항했다.

이때 잉글랜드의 참전은 다른 이유 때문이었다. 루이 14세가 명예혁명으로 쫓겨난 영국의 전 국왕 제임스 2세에게 병력과 자금을 지원했고, 제임스 2세는 아일랜드에 상륙해 왕위 탈환을 위한 전쟁을 일으켰다. 윌리엄 3세와 메리 2세 여왕 입장에서 보면, 왕관을 쓴 지 한 달밖에 안 됐는데 왕권에 대한 도전에 직면하게 된 것이다. 묵과할 수 없는 일이었다. 이런 의미에서 9년 전쟁은 영국에게는 '왕위계승 전쟁'의 성격을 띠었다. 당연히 영국은 프랑스의 반대편, 즉 아우크스부르크동맹에 합류했다.

전쟁은 프랑스에게 신통한 결과를 안겨주지 못했다. 바다에선 한때 비치헤드 해전(1690)에서 영국-네덜란드 연합군을 격파하기도 했지만, 곧 노르망디 해안의 라오그 해전(1692)에서 프랑스 함대가 완패했다. 대륙 전투에서도 초기엔 프랑스가 우세했지만, 1695년 연합군이 나무르 요새에서 루이 14세에게 패배를 안겼다. 결국, 양측은 1697년 라이스바이크 조약을 체결했다. 루이 14세는 1678년 이후 점령한 모든 영토를 돌려주고, 윌리엄 3세의 잉글랜드 왕위를 공식 인정해야 했다.

잇따라 체면 구긴 프랑스

9년 전쟁을 통해 유럽 패권을 장악하려다 실패한 루이 14세는 이번엔 에스파냐 왕위계승 전쟁(1701~1714)에 뛰어들었다. 에스파냐에서 합스부르크가家 출신 카를로스 2세가 후사 없이 사망하자 왕위는 그의 유언에 따라 루이 14세의 손자인 앙주공 필리프에게 넘어갔다. 루이 14세의 입장에서 보면, 손자가 에스파냐 왕이 되면 프랑스와 에스파냐가 하나로 합쳐지면서 자신의 부르봉 왕가가 유럽의 최강이자 독보적 존재가 되는 것이고, 유럽 패권 장악이라는 자신의 꿈이 실현되는 것이었다. 하지만 그건 그만의 꿈이었다. 다른 유럽 국가들이 이를 눈뜨고 지켜볼 일은 없었다.

전쟁을 앞두고 나라별 짝짓기가 활발해졌다. 프랑스와 에스파냐 쪽엔 나폴리와 시칠리아, 헝가리, 바이에른, 쾰른 등이 붙었다. 나폴리와 시칠리아는 에스파냐의 지배를 받는 왕국이었고,

헝가리는 오스트리아(합스부르크)에서 분리·독립을 원하고 있었다. 바이에른·쾰른 등은 합스부르크가 강해지는 것을 싫어했다.

다른 편에선 영국이 오스트리아와 손을 잡았고, 여기에 네덜란드와 브란덴부르크(프로이센), 사보니아(사르데냐) 등이 합류했다. 에스파냐와 사이가 나쁜 포르투갈, 에스파냐에서 독립하려는 카탈루냐 등도 이쪽 편에 섰다.

전세는 엎치락뒤치락했고, 전쟁은 결국 위트레흐트 조약(1713)과 라슈타트·바덴 조약(1714)으로 종결됐다. 승부를 굳이 따지자면 영국과 오스트리아 우세승이었다. 특히 영국은 최대의 승자였다. 루이 14세의 손자 필리프는 펠리페 5세로 에스파냐 왕에 올랐지만, 프랑스 왕위는 물려받지 못했다. 루이 14세의 꿈이 좌절된 것이다.

반면 독일 하노버 왕조의 후예인 앤 여왕은 영국 왕위를 공식 인정받았다. 영국은 또 프랑스로부터 허드슨만과 아케디아 등 미국 식민지 일부를 할애받고, 에스파냐에서 지브롤터·미노르카섬을 얻었다. 프로이센도 땅을 일부 얻었고, 네덜란드는 상업적 특권을 승인받았다. 포르투갈은 브라질에 대한 식민지 특권을 인정받았다. 이 정도면 프랑스와 에스파냐는 땅을 칠 노릇이라 해도 과언이 아닐 듯하다.

프랑스 루이 14세는 죽기 직전 증손자인 루이 15세에게 이런 유언을 남겼다.

"너는 이웃 나라와 싸우지 말고 평화를 유지하도록 힘써라. 이 점에서 짐이 밟은 길을 따르지 말라. 국민들의 괴로움을 덜어주는 정치를 하여라. 아쉽게도 짐은 행하지 못하였다."

하지만 이후에도 프랑스 행보는 루이 14세의 유언처럼 되지는 않았다.

말버러공 존 처칠

초대 말버러 공작인 존 처칠은 이름에서 유추할 수 있듯이 우리가 잘 알고 있는 윈스턴 처칠 총리의 조상이다. 2차 대전의 영웅 버나드 로 몽고메리 장군은 말버러에 대해 "대단한 외교적 수완을 가진 군사적 천재"라고 평가했다. 그러면서 "나는 영국군이 유럽 최고의 군대 가운데 하나로 부상한 것은 다름 아닌 말버러 덕분이라고 늘 생각해왔다"라고 말했다.

1650년생으로 만 17세 때 군문에 들어선 말버러는 직업군인으로서 탁월한 성과를 보였다. 행정과 전술 등에서 빈틈없이 역량을 보여줬다. 9년 전쟁에 참전한 그는 '월코트 전투' 당시, 아우크스부르크동맹 총사령관이었던 왈데크 왕자로부터 "젊은 나이에도 다른 어떤 장군들보다 뛰어난 군사적 역량을 보여줬다. 그는 내가 아는 가장 용맹한 군인 중 한 사람이다"라는 칭찬을 듣기도 했다. 에스파냐 왕위계승 전쟁은 말버러가 세계 전쟁사에 뚜렷한 족적을 남기게 한 무대였다. 그는 주요 전투에서 연전연승했고, 단 한 번도 패한 적이 없었다. 그의 대표적 승리가 블렌하임(블레넘) 전투였다.

에스파냐 왕위계승 전쟁이 터진 지 4년째가 된 1704년, 전반적인 전세는 프랑스와 그 협력국들이 주도권을 잡고 있었다. 루이 14세는 이제 오스트리아 빈 포위 작전에 나섰다. 이를 통해 합스부르크 세력을 이번 전쟁에서 쫓아낼 셈이었다. 연합군 총사령관으로 임명된 말버러는 전세를 단번에 뒤집을 '한 방'이 필요했다. 하지만 상황이 만만치 않았다. 영국 국내에서는 청교도 혁명과 내전 등을 거치면서 상비군에 대한 반감이 컸고, 군대의 일거수일투족에 대해 사사건건 간섭을 했다. 연합군 내 주요 세력 중 하나인 네덜란드 쪽에선 아군 주력 부대를 네덜란드 가까이에 주둔시키라고 압력을 가했다.

말버러는 다뉴브강을 정조준했다. 그곳에서 프랑스와 결정적인 전투를 벌여 네덜란드와 오스트리아에 대한 위협을 일거에 걷어내겠다는 계산이었다. 이를 위해선 누구도 생각하지 못한 '계책'이 필요했다. 그건 바로 적인 프랑스는 물론 우방인 네덜란드도 속이는 것이어야 했다.

말버러가 이끄는 영국-네덜란드 연합군은 1704년 5월 중순, 지금의 독일 쾰른에서 서쪽으로 약 32㎞ 떨어진 베드부르크에서 행군을 시작했다. 그는 네덜란드에 "라인강의 지류인 모젤강 쪽으로 이동한다"라고 했다. 안심한 네덜란드가 그의 움직임에 동의했고, 군대까지 내주었다. 네덜란드 영향권에서 벗어난 말버러는 모젤강이 라인강과 합류하는 코블렌츠에 도착한 뒤, 모젤강 쪽으로 가지 않고 기수를 곧장 남쪽으로 돌려버렸다.

이때도 적들은 말버러가 어디로 가는지 알지 못했다. 말버러가 눈속임을 위해 비축 물자를 라인강으로 보내자 사람들은 그가 알자스 쪽으로 가는 것으로 생각했다. 프랑스군은 말버러군을 추격하면서 엉뚱한 곳에서 진지를 쌓고 병력을 강화했다. 하지만 말버러는 상대가 전혀 예상치 못한 곳, 다뉴브강에 나타났다. 이 행군으로 말버러는 적을 완전히 농락했고, 적의 취약 지점을 타격할 수 있었다. 제2차 포에니 전쟁 때 카르타고의 명장 한니발이 전투 코끼리를 이끌고 알프스산맥을 넘어 이탈리아반도의 로마 본토를 공격한 것이나 제2차 대전 초기 독일군이 펼쳤던 '전격전'과 어깨를 나란히 하는 전술이었다.

양측은 독일 남부의 도시 뮌헨에서 서북쪽으로 약 90㎞ 지점에 있는 블렌하임에서 격돌했다. 말버러가 이끄는 영국-네덜란드 병력에 오스트리아 합스부르크 왕가 쪽 최고의 사령관 외젠이 이끄는 부대가 합류하면서 총병력은 5만 2,000명이었다. 상대는 프랑스와 바이에른 선제후국 중심으로 5만 6,000명의 병력을 갖췄다.

이날 새벽 2시, 말버러군 40개 기병 중대의 진군으로 시작된 전투는 오후 9시까지 계속됐다. 프랑스-바이에른은 참패했다. 포로 1만 4,000여 명을 포함해 약 4만 명의 병력을 잃었다. 말버러 측도 4,500명이 전사하고 7,500명이 부상을 당했지만 승자의 노래를 부를 수 있었다. 이 전투는 에스파냐 왕위계승 전쟁의 판세를 완전히 바꿨을 뿐 아니라 루이 14세의 꿈을 좌절시킨 결정적 계기가 됐다.

클라이맥스로 향하는 두 나라

한동안 평온했던 유럽에 전쟁의 먹구름이 다시 몰려온 것은 1740년이었다. 계기는 오스트리아 왕위계승 문제였다. 합스부르크 가문의 카를 6세가 사망하면서 오스트리아 왕위를 장녀인 마리아 테레지아에게 물려줬는데, 바이에른 등이 "여자는 왕위에 오를 수 없다"라는 내용의 '살리카법'을 들어 반대했다. 참고로 마리아 테레지아는 모두 16명의 자녀를 낳았는데, 그중 한 명이 프랑스 루이 16세의 부인 마리 앙투아네트였다.

그동안 꾸준히 군사력을 키운 프로이센의 프리드리히 2세가 오스트리아의 알짜배기 땅 슐레지엔을 집어삼키면서 유럽이 전쟁의 불길에 휩싸이게 됐다. 오스트리아 왕위계승 전쟁(1740~1748)이 터진 것이다.

이번 팀 구성은 프로이센과 바이에른 쪽에 프랑스와 스페인, 제노바, 모데나, 스웨덴이 붙었다. 반대쪽 오스트리아 합스부르크 진영엔 영국과 하노버, 네덜란드, 러시아 등이 함께했다.

결과는 1748년 엑스라샤펠(또는 아헨) 조약으로 끝났는데 프로이센은 슐레지엔을 얻어 최대 승자가 됐고, 마리아 테레지아도 합스부르크 가문 계승을 인정받아 오스트리아는 물론, 헝가리와 보헤미아, 크로아티아 등의 왕에 올랐다. 그녀의 남편 프란츠 1세는 신성로마제국 황제로 즉위했다.

영국과 프랑스는 전쟁 때 얻은 땅을 서로 돌려주었다. 영국은 캐나다 루이스버그 요새를 프랑스에 돌려줬고, 프랑스는 인도

마드라스를 영국에 반환했다. 하지만 이 전쟁은 '끝나지 않은' 전쟁이었다. 슐레지엔을 잃은 마리아 테레지아는 와신상담의 자세로 복수의 칼을 갈았고, 8년 후 잃었던 땅을 되찾기 위한 전쟁을 벌였다. 영국과 프랑스도 최후의 승자를 가릴 결정적 한판을 준비해야 했다. 이 유럽의 전쟁은 북미와 인도 등 식민지 전쟁을 동반하면서 진정한 세계 전쟁으로 번졌다.

세계의 통치자를 가린다, '7년 전쟁'

대세를 가른 전쟁

7년 전쟁(1756~1763)은 오스트리아 마리아 테레지아 입장에선 프로이센의 프리드리히 2세에 대한 '복수전'이었다. 하지만 얽힌 당사자들이 많았다. 기본적인 대립 구도는 프로이센 대 오스트리아, 프랑스 대 영국이었다. 전쟁은 크게 세 곳에서 전개됐다. 유럽 대륙, 북미, 인도였다.

유럽의 거의 모든 나라가 참전했고, 해외 식민지에서도 전투가 벌어진 까닭에 영국의 처칠 총리는 이 전쟁을 '18세기의 세계대전'이라 불렀다. 전쟁은 결론적으로 영국·프로이센 편이 이겼다. 양측은 1763년 파리 조약을 맺었다. 특히 영국은 1759년 프랑스를 상대로 세계 곳곳에서 승전고를 울렸는데, 그 이후 전투는 '마무리 작전' 수준에 불과했다. 영국은 이 전쟁을 통해 세계의 최강자, 확고한 대영제국의 틀을 완성했다.

① 유럽 대륙(포메라니아 전쟁)

마리아 테레지아는 200여 년간 합스부르크의 숙적이었던 프랑스를 우군으로 끌어들이고, 러시아와 동맹을 맺었다. 프로이센을 반드시 꺾겠다는 집념의 발로였다. 이에 프로이센은 프랑스의 라이벌인 영국과 동맹을 맺었다. 전쟁은 프랑스 해군이 영국령 마요르카섬을 공격하면서 시작됐다. 프로이센은 작센을 순식간에 점령했다.

전쟁 중 프로이센은 한때 참패 수준까지 몰렸다. 오스트리아와 러시아에 연전연패했고, 나라는 망하기 직전이었다. 하지만 엘리자베타 여제가 죽고 표트르 3세가 뒤를 이은 러시아가 갑자기 전쟁을 중단하고 이탈하는 바람에 전황이 완전히 바뀌었다. 자살까지 생각했던 프리드리히 2세는 기력을 회복하고 전세를 뒤집기 시작했다. 프랑스군도 영국·하노버 연합군에 대패하면서 의욕을 상실했다. 전후 조약에 따라 참전국들은 유럽을 전쟁 이전 상태로 되돌리기로 했지만, 프로이센의 슐레지엔 점령은 인정하기로 했다.

② 북미(프렌치-인디언 전쟁)

7년 전쟁 개전 1년 전 북미에선 프렌치-인디언 전쟁이 발발했다. 이 전쟁은 7년 전쟁과 맞물렸고 1763년 함께 끝났다. 프랑스-영국 대결은 필연적이었다. 프랑스 이민자들은 북미 인디언들을 상대로 모피 교역을 하면서 세력을 확장했고, 영국 이민자들은 정착촌을 확대하면서 영역을 넓혔다. 두 세력은 오하이오강 유역에서 맞부딪쳤다.

초기에 프랑스가 우세했다. 세인트로렌스와 오하이오강을 중심으로 한 지역에서 계속 승리를 거뒀다. 하지만 1758년 8월부터 흐름이 달라졌다. 영국은 그해 8월 노바스코샤의 루이스버그에서, 이듬해에는 크라운포인트(현재의 뉴욕주)와 타이콘데로가 요새에서 승리를 거뒀다. 승부를 가른 한판 대결은 1759년 9월 프랑스군의 핵심 거점인 퀘벡 요새에서 벌어졌다. 당시 32세의 제임스 울프가 이끄는 영국군이 몽캄이 지휘하는 프랑스군을 격파했다. 이듬해 영국은 몬트리올에서도 프랑스를 몰아냈다. 프랑스가 완전히 축출된 북미는 이제 대영제국의 품에 들어가게 됐다.

③ 인도

프랑스와 영국은 1600년대에 인도와 교역을 시작했다. 영국은 엘리자베스 1세 때인 1600년 동인도회사를 설립했고, 프랑스는 1664년에 세웠다. 두 나라의 동인도회사는 유럽에서 오스트리아 왕위 계승 전쟁 때도 인도의 지배권을 놓고 맞붙었다.

1756년 프랑스와 동맹을 맺은 벵골의 태수 시라지-웃-다울라가 병력 5만 명을 이끌고 캘커타의 영국인들을 몰아냈다. 하지만 영국 동인도회사의 서기에서 군대 지휘관까지 오른 입지전적 인물 로버트 클라이브가 승부를 뒤집었다. 그는 1757년 캘커타를 되찾은 데 이어 그해 6월 최대 승부처였던 플라시 전투에서 시라지-웃-다울라 군대를 격파, 결정적 승리를 거뒀다. 1761년에는 퐁디셰리까지 점령함으로써 영국은 인도에서 프랑스 세력을 몰아내는 데 성공했다. 이제 인도는 향후 200년 동안 대영제국의 거대한 시장이며, 군사·경제·문화의 보고가 될 것이었다.

④ 그 외

영국군은 카리브해에 있는 프랑스와 에스파냐 식민지도 공격했다. 프랑스의 풍요로운 설탕섬들, 즉 과달루페와 마르티니크, 도미니카를 정복했다. 에스파냐령 쿠바를 손에 넣었고, 필리핀 마닐라를 공격해 에스파냐군을 상대로 승리를 거뒀다. 포르투갈 근해와 프랑스 서부 연안에서 벌어진 해전에서도 모두 대승을 거뒀다.

영국의 '성동격서聲東擊西'

7년 전쟁에 임하는 영국의 내각에는 탁월한 '전쟁 지도자' 윌리엄 피트가 있었다. 그의 머릿속에는 전 세계에서 벌어지는 전쟁의 거대한 상황판이 들어 있었다. 그의 전략은 명확했다. "프로이센을 지원해 프랑스와 그 동맹국들을 유럽에 묶어 놓는다. 그사이 영국은 전 세계 식민지에서 승리를 쟁취한다"라는 것이었다. 그는 실제로 북미 지역에서 프랑스를 상대를 승리를 거둔 뒤 "라인강둑에서 캐나다를 얻었다(won Canada on the banks of the Rhine)"라고 자랑스레 말했다.

손자는 손자병법에서 '전쟁은 속이는 도'라고 말하면서 이런 설명을 붙였다.

"능력이 있으면서도 없는 척한다. 군대를 움직이면서 가만있는 척한다. 먼 곳을 치면서 가까운 곳을 노리는 척한다. 그들이 방어·준비하지 않는 곳을 공격하고, 그들이 생각하지 못한 곳으로 출격한다."

동쪽에서 큰 소리를 내면서 실제로는 서쪽을 공격한다는 성동격서聲東擊西는 적의 관심을 다른 쪽으로 돌려놓고 적의 빈 곳, 약한 곳을 공격하는 것이다.

피트는 이런 전략을 수행하기 위해 철저히 준비했다. 그는 1755년 12월 하원에 출석해 말했다.

"우리는 전쟁을 선포하기 전에 가능한 한 충분히 그리고 제대로 인원이 배치된 해군을 양성해야 합니다."

피트는 결국 의회에서 5만 5,000명의 해군 육성 약속을 받아냈다. 영국 해군의 선박 보유량은 7년 전쟁 시작 초기 25만t였으나 종전 무렵엔 34만t로 늘었다. 이에 비해 프랑스는 최대 선박 보유량이 14만 7,000t에 불과했다. 최신에 전투함인 전열함은 프랑스가 70척, 영국은 105척을 보유했다.

전쟁 지도자 피트

피트는 '위대한 하원의원'으로 불렸다. 7년 전쟁 당시 그는 총리가 아니었다. 심지어 국왕과도 사이가 좋지 않았다. 직책은 지금으로 따지면 여당 원내 대표와 내무장관이었다. 하지만 그는 의회와 내각, 영국을 이끄는 실질적 리더였다. 그는 전쟁 직전 이렇게 말했다.

"나는 내가 이 나라를 구할 수 있다고 확신하고 있습니다. 그 누구도 할 수 없는 그 일을…."

피트의 막강한 영향력은 탁월한 연설 능력과 국민들의 직접적인 지지에서 나왔다. 역사학자 바질 윌리엄스는 "영국 역사에서 왕의 지명이나 의회의 선택이 아닌, 국민들의 목소리에 의해 최고 권력에 오른 사람은 피트가 처음이었다"라고 했다. 영국의 어떤 정치인도 피트만큼 단시간에 국민들의 신뢰와 존경을 한꺼번에 받는 경우는 없었다. 런던은 사상 처음 '명예 런던시 자유상'을 그에게 수여했다. 피트에게 이런 상을 주는 도시들이 줄을 이었다. 체스터, 우스터, 노리치, 베드포드, 솔즈베리, 스털링, 야머스, 튜크스베리, 뉴캐슬….

그는 청렴으로도 국민의 마음을 얻었다. 이튼 칼리지와 옥스퍼드에서 공부한 그는 만 27세 때 하원에 입성했고, 오스트리아 왕위계승 전쟁이 진행 중이던 1746년 재무성 육군 담당 회계 총괄 책임자를 역임했다. 당시 이 직책을 맡는 사람은 운용 자금의 이자를 챙기고, 외국으로 가는 보조금의 0.5%를 받았다. 아무도 비난하지 않는 관행이었다. 하지만 피트는 단 한 푼도 이런 이득을 취하지 않았다. 당연히 동료 의원들과 내각, 국민들 사이에 칭찬이 자자했다.

피트는 상황을 정확히 꿰뚫어 봤고, 미래를 위한 전략에 탁월했다. 당시 영국엔 2차 세계대전 때 독일 히틀러와 협상하고 양보했던 체임벌린 총리 같은 사람들이 있었다. 대표적인 사람이 뉴캐슬 공작인 토머스 펠럼홀스 총리였다. 그는 유럽 대륙에 있는 영국 동맹국들에 자금을 지원하는 조약을 추진했다. 그러면 그 동맹국들이 나서서 프랑스가 영국을 침략하겠다는 생각을 포기하도록 할 것이라고 생각했다. 일종의 주화론主和論이었다. 하지만 피트는 프랑스와의 전쟁에 대비해야 한다고 주장했다.

1756년 초, 피트는 펠럼홀스 총리가 미노르카섬에 대한 방비를 소홀히 하고 있고, 이는 곧 프랑스의 침공을 부를 것이라고 주장했다. 실제로 그해 6월 미노르카는 프랑스군의 기습을 받아 함락되었다. 이 일로 펠럼홀스 총리는 자리에서 물러났고, 피트에 대한 국민들의 지지는 더욱 확고해졌다. 이제 정권을 좌우하게 된 피트는 1758년부터 자신의 전략을 본격적으로 가동하기 시작했고, 초기에 곳곳에서 프랑스군에 밀리던 영국군은 전세를 뒤집기 시작했다.

피트는 1761년 관직에서 물러났다. 이미 7년 전쟁의 판세를 영국의 승리로 만들어 놓은 상황이었다. 그는 전쟁이 끝난 후, 즉 1766년 총리에 올라 2년간 재직했다. 당시 영국 의회는 북미 식민지에 대해 과도한 세금을 부과하려 했는데, 피트는 이에 반대했고 결국 자리에서 물러났다.

동인도회사

영국 동인도회사가 1차 항해단을 출발시킨 것은 무역독점권을 획득한 지 2개월 만인 1601년 2월이었다. 목표는 동남아 향료 산지였다. 4척으로 구성된 항해단은 4개월 항해 후 인도네시아 수마트라섬 아체에 도착했다. 이들은 수마트라와 자바 등에서 향료를 사들인 뒤 귀국했는데 항해는 성공했지만, 비즈니스는 변변찮은 수준이었다. 후추가 빨리 팔리지 않아 출자자들도 현물 배당을 받았다. 2차 항해단은 1604년 3월에 출발했는데, 이번에는 자바섬과 몰루카 제도 등에서 사들인 향료 판매가 성공해 투자자들이 출자금 이외에 95%의 수익을 챙겼다.

영국이 인도에 처음 발을 내디딘 것은 1608년이었다. 3차 항해단의 헥터호가 그해 8월 24일 인도 동쪽 뭄바이(옛 봄베이) 위쪽에 있는 수라트 앞바다에 닻을 내렸다. 이 배의 선장 호킨스는 무굴제국의 수도 아그라에 도착해 자한기르 황제를 알현하고 영국 국왕 제임스 1세의 친서를 봉정했다. 이후 17세기 내내 영국은 포르투갈의 방해를 뚫고 인도의 곳곳에 무역 거점을 마련하는 데 주력했다. 포르투갈은 1610년대에 인도의 고아와 수라트 지역에서 영국의 진입을 무력으로 저지하려 했지만 실패했다.

1613년 동인도회사는 수라트에 첫 상관을 설치했다. 인근 지역 상관까지 총괄하면서 최초의 프레지던시(프레지던트가 있는 곳)가 되었다. 하지만 이 지역에서 많은 사람들이 굶어 죽는 대기근이 휩쓸고, 무굴제국의 강력한 대항 세력인 마라타족이 잇따라 침입하면서 수라트 상관은 쇠퇴했다. 수라트에 이어 3곳의 무역 중심지가 융성했다. 영국인들은 요새화된 상관이 있고 프레지던시로 성장한 이곳을 '공장'이라고 불렀다.

첫째 공장은 인도 남동 해안의 코로만델 해안에 세워진 '성 조지' 요새였다. 동인도회사가 1630년에 획득한 부지 위에 건설된 이 요새는 나중에 첸나이(옛 마드라스)가 됐다.

둘째는 인도 서부의 중심도시 뭄바이였다. 이곳은 영국 국왕 찰스 2세가 정략결혼으로 얻은 곳이다. 찰스 2세는 1661년 포르투갈 알폰소 6세의 딸 캐서린과 결혼을 했다. 이때 포르투갈이 뭄바이를 캐서린 지참금 명목으로 찰스 2세에게 선물했다. 찰스 2세는 1668년 동인도회사로부터 5만 파운드의 융자와 매년 5파운드의 지대를 받는 조건으로 뭄바이를 동인도회사에 양도했다. 이후 뭄바이는 쇠퇴한 수라트의 바통을 이어받아 1687년 프레지던시로 승격했다.

셋째는 1690년 인도 북동쪽 벵골 지역 후글리강 기슭에 세운 수타누티에 요새였다. 이 요새는 나중에 다른 두 촌락과 합쳐져 콜카타라고 불리는데, 1699년 콜카타 상관은 프레지던시로 격상됐다. 원래 벵골 지역은 무굴제국의 영향력이 커서 외국인들이 접근하기 어려웠다. 하지만 동인도회사가 뿌리를 내린 뒤 빠르게 성장했고, 특히 면포와 명주, 쪽, 초석 등 특산품이 많아 곧 인도 무역의 최대 중심지로 떠올랐다.

한편, 프랑스는 아시아 무역에 뒤늦게 뛰어들었다. 루이 14세 때인 1664년 콜베르가 자본금 60만 파운드짜리 동인도회사를 설립했다. 프랑스 동인도회사는 1666년 수라트에 상관을 세운 뒤, 인도 동부 해안에 있는 마실리파트남(1669), 퐁디셰리(1673), 샹데르나고르(1674) 등에 상관을 세웠다. 특히 퐁디셰리는 현지인 4만 명을 모아 면직물 공업을 발전시키는 등 인도 내 최대 프랑스 영역으로 자리 잡았다. 이곳은 프랑스령 인도의 수도로 일컬어질 정도였다.

이처럼 프랑스가 빠르게 여러 상관을 만들 수 있었던 건 당시 인도 황제인 아우랑제브가 영국을 싫어해 경쟁자인 프랑스에 특혜를 준 점도 작용했다. 프랑스는 한때 자금난으로 수라트, 마실리파트남 등의 상관을 포기했다가 1720년대 들어 다시 인도에 진출했다.

프랑스의 아시아 무역은 영국과 마찬가지로 인도와의 무역이 중심이었다. 무역량은 1720년대 영국의 절반 정도였는데, 1740년대 초에 이르면 영국에 육박할 정도로 성장했다. 이곳에서 영국과 프랑스의 대결은 불가피해졌다.

왕관의 첫째 보석

1700년대 중반까지 동인도회사는 주로 무역에만 집중했다. 이런 상황을 극적으로 바꾼 전환점이 바로 1757년 6월 발생한 플라시 전투였다. 당시 전 세계는 7년 전쟁으로 지구촌 곳곳에서 전투가 벌어졌다. 인도에선 영국이 벵골의 호족과 프랑스 연합 세력을 상대로 승부를 벌였다.

벵골의 태수 시라지-웃-다울라는 영국을 별로 좋아하지 않았다. 자신을 영국 거류지에 잘 초대하지 않고, 영국이 프랑스만큼 훌륭한 선물을 하지 않는다는 이유였다. 프랑스와 손을 잡은 시라지-웃-다울라는 1756년 6월 전격적으로 콜카타를 공략해 영국인들을 몰아냈다. 그가 승리의 기분을 다 느끼기도 전에 영국이 반격을 시작했다. 그해 10월 첸나이에서 동인도회사의 부대가 출병을 했다. 포트 세인트 데이비드의 부지사인 로버트 클라이브가 병력 2,400여 명을 이끌고 공격에 나섰고, 어렵지 않게 콜카타를 수복했다.

동인도회사는 여세를 몰아 시라지-웃-다울라를 압박했다. 최후의 전투는 이듬해인 1757년 6월 콜카타 북쪽 80마일 지점에 있는 플라시에서 벌어졌다. 클라이브가 이끄는 영국군은 3,000명, 벵골 태수 쪽 병력은 5만 명에 달했다. 엄청난 전투가 예상됐지만 실제로는 아주 시시하게 끝나버렸다. 전사자도 영국이 7명, 태수 측이 16명에 불과했다. 시라지-웃-다울라는 전투다운 전투를 해보지도 못하고 완패를 당했다. 며칠 후 시라지-웃-다울라는 포로가 된 뒤 살해당했다. 무슨 일이 있었던 것일까.

영국군 승리는 태수 쪽 부대의 내부 분열이 결정적 요인이었다. 안에서 무너진 것이다. 클라이브는 태수 쪽 군대의 지휘관들을 매수해 무력 투쟁을 하지 말자고 했다. 실제로 전투가 시작되자 태수 쪽 군인들이 갑자기 퇴각하면서 전투는 그대로 종결되고 말았다. 클라이브는 태수 쪽 허실을 속속들이 파악하고 있었다. 그는 1764년 본국에 있는 동인도회사 이사회에 다음과 같은 내용의 편지를 썼다.

"나는 어느 정도 확신을 가지고 이 풍요롭고 번성하는 왕국을 유럽인 2,000명 정도의 아주 작은 병력으로 완전히 정복할 수 있다고 단언할 수 있다. 인도인들은 말로 표현할 수 없을 정도로 나태하고 사치스럽고 무지하며 겁이 많다. 그들은 모든 것을 군대보다는 배반을 통해 얻으려고 한다."[13]

벵골 태수를 굴복시킨 영국 동인도회사는 1760년 완디와슈 전투에서 롤리 백작의 프랑스 군대를 격파했다. 이듬해인 1761년에는 프랑스의 최대 거점인 퐁디셰리 함락에 성공했다. 퐁디셰리의 함락은 인도에서 프랑스 식민지의 종언을 뜻했다. 한편으론 영국의 인도 지배는 새로운 단계에 접어들었다.

플라시 전투의 영웅 클라이브는 잠시 귀국했다가 1758년 벵골 지사로 인도에 돌아왔다. 그는 이제 껍데기만 남은 무굴제국의 황제 샤 알람 2세를 만나 '알라하바드 조약'을 체결했다. 이 조약의 핵심은 동인도회사가 벵골과 인근의 비하르·오리사 등 지역에 대한 징세권을 갖는다는 것이었다. 이는 이 지역의 실질적 주인이 된다는 것을 의미했다. 무역회사였던 동인도회사가 이제 벵골의 지배자가 된 것이다.

영국 동인도회사는 세금을 걷는 것이 직물 거래를 하는 것보다 훨씬 더 수지가 맞는다는 것을 알게 됐다. 그런 수입으로 영국인이 지휘하고 인도 병사로 구성되는 거대한 군대를 더 키울 수 있게 됐다. 부족한 무력은 영국에서 직접 파견한 군대로 보완하는 '제국군' 형태가 모습을 갖추게 됐다. 한때 해적이었던 영국인들은 이제 해외에서 수백만 사람들의 통치자가 됐다. 그리고 인도는 왕관의 첫째 보석으로 확고히 자리를 잡아갔다.

13 니얼 퍼거슨, 앞의 책, 84쪽.

“영국군이 어떻게 여기에…”

인도에서 승기를 잡은 영국은 이제 북미를 집중적으로 공략했다. 전력이 만만치 않은 프랑스 세력을 제압하고 캐나다 지역을 완전히 장악하겠다는 것이었다. 1757~1758년 영국은 연패를 거듭했다. 이에 영국은 막대한 자금을 쏟아부어 전세를 뒤집으려 했다. 마침 프랑스는 유럽 쪽 전투에 온통 정신이 쏠려 있었고, 해군도 상대적으로 취약해 북미에 추가 전력을 파견하기는 어려운 상황이었다.

승기가 조금씩 영국 쪽으로 기울기 시작했다. 루이스버그 요새, 듀케인 요새, 타이콘데로가 요새 등에서 잇따라 승전고를 울렸다. 이제 모든 사람의 시선은 퀘벡으로 향했다. 퀘벡은 프랑스의 캐나다 식민지 중 핵심이었다. 경제적, 지정학적으로 최고의 가치를 지닌 곳이었다. 세인트로렌스강 하구에 있어 관문 역할을 하는 곳으로 이곳을 지나 강을 따라 상류로 올라가면 몬트리올과 오대호, 내륙 깊숙한 곳까지 진출할 수 있었다. 이곳의 주인이 북미의 패자라 할 수 있었다.

1759년 6월 말, 울프 장군이 이끄는 영국군 7,700명이 세인트로렌스강 중간에 있는 오를레앙섬에 상륙했다. 프랑스군이 주둔하고 있는 퀘벡 요새 바로 앞이었다. 몽캄 후작이 이끄는 프랑스군은 약 1만 4,200명으로 강변을 따라 보루와 포대를 배치, 영국군의 접근과 상륙을 막았다.

영국군은 공격 실마리를 찾지 못했다. 7월 말에 기도한 상륙

공격은 450명의 사상자를 내고 좌절됐다. 시간이 갈수록 울프는 초조해졌다. 겨울이 오면 퀘벡 점령 기회는 영영 사라질 것 같았다. 8월 들어 울프는 새 작전을 구상했다. 6·25 전쟁 때 인천상륙작전 같은 후방 기습이었다. 영국 배들은 강을 오르내리며 최적의 상륙 지점을 물색했다.

9월 12일, 울프가 지목한 상륙 지점은 프랑스 요새에서 상류 쪽으로 약 3㎞ 떨어진 곳이었다. 이 결정에 대해 영국군 내에서도 의문이 제기됐다. 배가 닿는 곳 바로 앞에 높이 53m짜리 절벽이 있어 위에서 적이 사격을 할 경우 속수무책으로 당할 수밖에 없었기 때문이었다. 울프가 왜 이곳을 선택했는지는 지금도 밝혀지지 않았다. 이 작전의 성패는 적이 눈치채지 못하게 아주 빠르고 은밀하게 기동하는 것에 달렸다. 그날 밤 영국군 4,500명이 작전을 개시했다. 총검을 장착한 선발대 24명이 절벽에 배치된 경계병들을 제거했고, 이어 영국군들이 개미 떼처럼 절벽을 기어올랐다.

한편, 방심하고 있던 프랑스군은 완전히 허를 찔렸다. 총사령관 몽캄조차도 "하룻밤 사이에 이곳에서 강을 건너고 상륙하고 절벽을 오른다는 게 말이 되느냐"라며 일부 지휘관들의 경고를 일축했다. 다음 날 아침, 몽캄은 절벽 위 아브라함 평원에서 전열을 가다듬고 있는 영국군을 본 뒤 "내가 지금 보고 있는 게 영국군이 맞느냐"라고 말했다고 한다.

퀘벡 전투(아브라함 평원 전투)라고 불리는 이날 전투는 불과 1시간 만에 끝났다. 이중 본격적인 전투는 15분 정도에 불과했다. 영국군은 이날 지금까지 존재하지 않았던 새 작전을 펼쳤다. 이른바 '일제 사격'이었다. 울프 명령에 따라 영국군은 적이 바로 앞에 접근할 때까지 기다렸다. 울프는 머스킷병들에게 총알을 딱 2발만 장전하라고 했다. 적이 30야드(약 27m) 안으로 들어오자 일제히 사격을 실시했고, 프랑스군은 추풍낙엽처럼 쓰러졌다. 이것으로 사실상 전투는 끝났다. 이 전투에서 울프와 몽캄 모두 치명적 부상을 입고 전사했다.

이듬해 4월 프랑스군은 퀘벡 탈환 작전에 돌입했고, 일부 전투에서 승리를 거두기도 했지만, 최종적으로 퀘벡을 다시 빼앗지는 못했다. 1763년 파리 조약으로 7년 전쟁이 끝났고, 북미는 영국이 지배하는 땅이 됐다.

마지막 군사 천재를 무너뜨린 전략

트라팔가르 해전과 옆구리에서 적 대열 깨기

19세기 초 나폴레옹의 심정은 16세기 후반 에스파냐의 펠리페 2세와 꼭 닮았다. 펠리페 2세가 그랬듯이 대륙에 있는 막강 육군을 도버 해협 너머로 상륙시켜 '눈엣가시' 같은 영국을 굴복시키고 싶었다. 이를 위해 나폴레옹은 프랑스 북서안 불로뉴항에 수십만 대군을 집결시켜 놓았다. 하지만 해군이 문제였다. 영국 해군은 이미 지중해와 북해, 대서양 등에서 프랑스 함대 등에 잇따라 참패를 안겼다. 나폴레옹은 에스파냐 카디스항에 있던 프랑스-에스파냐 연합 함대에 영국 해군의 봉쇄를 뚫고, 원정군을 영국에 상륙시키라는 명령을 내렸다. 당시 나폴레옹의 바람은 '6시간 정도만 영국해협을 장악하면 된다'였다. 이 계획은 실행에 옮겨지지는 못했다. 만약 현실화됐다면 또 한번 세계사가 크게 요동쳤을 것이다.

이후 나폴레옹은 대륙 전투에 몰두하기로 하고 오스트리아-프로이센-러시아 등과 격전을 치르기 위해 불로뉴에 있던 원정군을 라인강 쪽으로 이동시켰다. 그리고 연합 함대에는 이탈리아 나폴리로 가라고 지시했다. 카디스 항을 떠난 연합 함대는 지중해를 향해 돛을 올렸다. 나폴레옹 몰락의 서막이라고 할 수 있는 트라팔가르 해전은 이렇게 시작됐다.

1805년 10월 21일 전열함 27척으로 구성된 넬슨의 함대가 트라팔가르곶 앞바다에서 프랑스-에스파냐 함대의 전열함 33척과 마주쳤다. 지중해에서 지브롤터 해협을 거쳐 대서양으로 나오면 바로 나타나는 해역이다. 넬슨은 함대 군함들에 깃발 신호로 "영국은 제군들이 각자 임무를 완수할 것이라 기대하고 있다"라는 메시지를 보냈다.

이 해전에서 눈여겨봐야 할 핵심 포인트가 있다. 바로 넬슨 함대의 기동과 전투 방식이었다. 당시 해상 전투는 양쪽 군함들이 11자형으로 평행하게 항해하면서 상대 함정에 함포를 쏟아붓는 식으로 진행됐다. 하지만 트라팔가르 해전에서 영국 함대는 완전히 다른 전술을 들고나왔다. 줄지어 가는 프랑스-에스파냐 연합 함대의 옆구리를 향해 2개 조로 나뉜 영국 함대가 직각으로 치고 들어갔다. 한마디로 '옆구리에서 적 대열 깨기' 작전이었다.

이 전술은 사실 모험이었다. 당시 전열함은 2~4단 갑판을 만들고 옆구리 쪽에 대포를 수십 문 장착했다. 앞이나 뒤에는 대포가 없기 때문에, 영국 함정은 상대방 함대 중간에 끼어들 때까지는 함포를 쏠 수 없었다. 어느 순간까지 일방적으로 얻어맞을 수밖에 없는 상황인 것이다. 하지만 일단 상대방 대열에 들어가면 상황은 역전된다. 영국 함정이 좌우로 적선을 향해 함포를 쏘게 되고, 상대방은 영국 함정을 공격할 수 없는 상황이 된다. 상대를 압도하는 항해술과 함포 사격 능력에 대한 자신감이 없으면 실행할 수 없는 작전이었다.

해전 결과 프랑스-에스파냐 함대는 1척이 침몰하고 21척이 나포당하는 궤멸적 참패를 당했다. 트라팔가르 해전 승리로 영국은 완벽하게 제해권을 장악하게 됐다. 일시적인 것이 아니라 19세기 내내 그랬다. 나폴레옹은 바다로 진출하는 것을 포기하고, 대륙 점령에 더욱 박차를 가하게 됐다. 나폴레옹은 영국을 아예 고립시키겠다며 대륙봉쇄(베를린 칙령, 1806년 10월)를 추진했지만, 이 전략은 결국 그의 자충수가 되고 말았다.

넬슨과 영국 해군의 전통

성직자의 아들로 태어난 허레이쇼 넬슨은 12세 때 해군 사관후보생으로 해군에 입문했다. 그는 상하를 막론하고 주변으로부터 호감을 사는 능력 면에서 독보적이었다. 해군 지휘관이 된 그는 물 만난 고기처럼 뛰어난 능력을 발휘했다. 그는 첫 전투인 '세인트 빈센트곶 해전(1797)'에서 두각을 나타낸 데 이어 '나일강 아부키르만 해전(1798)', '코펜하겐 해전(1801)'에서 혁혁한 공을 세웠고, '트라팔가르 해전'에서 대미를 장식했다.

그의 전투를 보면 뛰어난 상황 판단, 과감한 작전, 솔선수범하는 지휘력이 돋보인다. 첫 해전부터 그랬다. 1797년 초 에스파냐 제독 돈 호세 데 코르도바가 이끄는 전열함 27척이 프랑스 함대와 합류하기 위해 카디스 항을 출항했다. 존 저비스 제독이 이끄는 영국 함대는 전열함이 15척에 불과했지만, 포르투갈 남서쪽 끝단 세인트 빈센트곶 앞바다에서 에스파냐 함대와 정면으로 맞붙었다.

이때도 영국 함대는 '옆구리에서 적 대열 깨기' 전술을 구사했다. 한 줄로 길게 늘어선 영국 함대는 에스파냐 함대의 측면을 그대로 뚫고 들어가 상대를 둘로 분리시킨 뒤, 다시 돌아와 막강한 함포로 상대를 제압했다. 당시 영국 함대가 에스파냐 함대를 뚫는 데는 성공했는데, 길게 늘어선 영국 함대가 방향을 틀어 다시 돌아오는 데는 시간이 많이 걸릴 수밖에 없었다.

이때 에스파냐의 함정 일부가 도망가려는 모습이 포착됐다. 넬슨이 탄 캡틴호는 영국 함대 대열에서 이탈, 에스파냐 함정의 앞길을 가로막았다. 전열에서 벗어난 넬슨의 행동은 심각한 규율 위반이 될 수 있었지만, 결론적으로 그의 발 빠른 대응으로 영국 함대는 큰 소득을 얻을 수 있었다. 에스파냐 함대는 많은 사상자를 냈고, 전열함 4척을 영국에 빼앗겼다.

코펜하겐 해전도 넬슨이 어떤 인물인지 보여 주는 사례다. 1801년 4월, 영국 해군의 하이드 파커 제독과 넬슨 부사령관은 코펜하겐 부두에 있는 덴마크 함대를 공격했다. 양쪽 함대 간 치열한 함포 대결이 펼쳐졌다. 상대방이 예상보다 강력하게 저항하고, 아군 피해가 늘자 파커 제독은 넬슨에게 전투 중지 명령을 내렸다. 하지만 넬슨은 이를 무시하고 전투를 계속했고, 영국 함대는 3시간 정도의 포격전 끝에 덴마크 함정 17척을 나포하는 데 성공했다.

이때 넬슨은 기함을 지휘하는 토머스 폴리 함장에게 "나는 눈이 하나밖에 없어서 오른쪽 일들을 종종 놓치곤 한다네. 난 정말이지 아무 신호도 보지 못했어"라고 말했다고 한다. 그는 부상으로 오른쪽 눈을 실명했는데, 이 말을 하면서 망원경을 시력이 없는 오른쪽 눈에 갖다 댔다. 전투 현장에서 그는 이길 수 있다는 확신이 있었고, 그런 상황에서 상관의 명령도 무시해 버렸다.

영국 해군의 상징이자 영웅이었던 넬슨은 지금도 영국인들에게는 자랑이다. 지난 2005년 트라팔가르 해전 200주년을 기념해 BBC가 실시한 설문조사에서 역사를 통틀어 영국을 빛낸 위인 100인 중 10위 안에 들었다. 이런 평가에는 그가 영화나 소설에서나 볼 법한 장렬한 최후를 맞았기 때문이기도 한 듯하다.

그는 트라팔가르 해전 당시 적 저격수가 쏜 총에 맞아 사망했다. 총알이 폐를 관통해 척추 깊숙이 박힌 이후에도 4시간 동안이나 전투를 지휘했고, 승리를 확인한 뒤 숨을 거뒀다. 죽는 순간 "하느님 감사합니다. 저는 제 임무를 다했습니다(Thank God. I have done my duty)"라고 말했다.

넬슨 한 명이 영국 해군 승리의 모든 영광을 독차지할 수는 없다. 넬슨의 승리는 그때까지 영국 해군이 일궈온 수많은 노력과 성취들이 합쳐져 만들어낸 총체적 결과물이었던 것이다. 실제로 '옆구리에서 적 대열 깨기'도 넬슨 이전에 이미 영국 함대가 적용하고 있는 전술이었다. 이 전법이 등장한 최초의 해전은 1794년

6월 1일 벌어진 '6월의 영광스러운 첫날' 해전이었다.

프랑스 혁명 정부는 당시 브레스트 함대에 미국에서 오는 대규모 곡물 수송 선단을 호위하라는 명령을 하달했다. 대서양으로 나간 프랑스 함대는 하우 제독이 지휘하는 영국 함대와 마주쳤다. 프랑스 함대는 전열함 26척, 영국 함대는 25척이었다.

이때 하우 제독이 구사한 전술이 바로 '옆구리에서 적 대열 깨기'였다. 트라팔가르 해전보다 11년 앞서 영국 함대는 이미 이 전법을 실전에서 구사한 것이다. '6월의 영광스러운 첫날' 해전에서 영국은 프랑스 전열함 1척을 침몰시키고, 6척을 나포했다. 반면, 영국이 잃은 배는 한 척에 불과했다. 영국은 이 해전의 승리로 바다에서 우위를 점하게 되고, 프랑스와 동맹군 함대는 항구에 정박해 방어에 치중해야 했다. 이후 '옆구리에서 적 대열 깨기'는 영국 함대의 핵심 전투 전술로 자리를 잡고 주요한 해전에서 영국에게 승리를 안겨주게 된다.

전술과 함대 기동 못지않게 주목을 해야 할 점은 장병들의 전투력이었다. 영국 해군은 당시 어느 나라 해군이라도 압도할 수 있는 전투 준비 태세를 갖추고 있었다. 능력 있는 장교·수병들이 탄 영국 함정은 상대보다 빠르고 공격력도 우세했다. 예를 들어 영국 함포는 1분에 1발을 쐈지만, 프랑스 함정은 2분에 1발 정도를 쏠 수 있었다. 에스파냐 해군은 3~4분에 1발을 쏘는 정도였다. 같은 시간 동안 영국은 상대방보다 적게는 2배, 많게는 3~4배 많은 포탄을 쏠 수 있었던 것이다.

나폴레옹 전쟁 초기 여러 해전의 승리로 영국 함대는 더 많이, 더 왕성하게 활동하며 바다를 장악했고, 반대로 상대는 항구에 정박해 있는 시간이 길어졌다. 그렇게 양쪽 실력 차이는 갈수록 벌어졌다. 영국 수병들이 해상에서 보내는 시간이 길어질수록 그들의 선박 조종술과 포술은 더욱 향상되었다.

영국 함대는 함정 간 신호 체계에서도 앞섰다. 소리를 칠 수도 없고, 무전기도 없는 당시 상황에서 아군 함정들이 일사불란하게 작전을 수행할 수 있다면 승리 가능성은 높아질 수밖에 없는 것이다. 당시 함정 간 신호 체계를 완전히 바꾸고 개선한 사람이 '6월의 영광스러운 첫날' 해전을 승리로 이끈 하우 제독이었다.[14]

반면, 프랑스 해군의 사기와 전투력은 땅에 떨어져 있었다. 프랑스 대혁명 이후, 대규모 숙청으로 유능한 지휘관들이 대거 제거됐다. 너무 오랫동안 월급이 지급되지 않아 많은 해군들이 군을 떠나거나 폭동을 일으키기도 했다. 이러니 제대로 된 훈련은 엄두도 내지 못했다. 프랑스 해군은 배를 제대로 다룰 능력도 포를 빠르고 정확히 쏠 실력도 부족했다. 프랑스 함대에는 새로 모집한 신병들이 많았는데, 이들이 실전에서 제대로 된 전투력을 발휘하는 걸 기대하기는 어려웠다.

"전쟁은 보급이다"

2022년 역사의 한 페이지에 기록될 대형 사건은 러시아의 우크라이나 침공이다. 블라디미르 푸틴 러시아 대통령은 불과 수일

14 버나드 로 몽고메리, 앞의 책, 577쪽.

내에 러시아가 우크라이나 수도를 점령하고 괴뢰 정부를 세울 것이라고 공언했고, 군사 전문가와 국제사회도 이런 전망에 이견이 없었다.

그런데 전쟁 초기 벨라루스 쪽에서 남하한 러시아군 행렬이 '달팽이 속도'를 보이고 있다는 외신이 국제사회에 화제가 됐다. 행렬의 선두는 우크라이나 수도 키이우 북방 25㎞ 지점까지 왔는데 후미가 60㎞ 이상 후방까지 이어졌다. 며칠이 지나도 행렬은 앞으로 나아가지 못했다. 이동 속도가 하루 평균 2㎞에 불과했다. 위성에 포착된 이 행렬은 탱크와 장갑차, 자주포, 연료와 식량 등을 나르는 보급 차량 등으로 구성됐다. 만약 이 무기와 장비들이 계획된 일정에 따라 전진하고 최전선에 배치됐다면 키이우는 순식간에 러시아 손에 들어갔을 것이다.

영국 BBC 등 외신들은 이런 상황을 거의 미스터리 수준이라고 보도했다. 해석은 분분했다. 가장 많이 지적되는 것은 병참 문제였다. 연료 등이 전체 행렬에 제대로 보급되지 못하고 있기 때문이라는 것이다. 일부 러시아 장병들이 참전을 꺼려 차량 등에 고장을 내거나 바퀴에 구멍을 내는 일도 있다고 했다. 이유가 무엇이든 미국에 이어 세계 2위 전투력을 가졌다는 러시아의 예상치 못한 고전에 많은 사람들이 고개를 갸우뚱거렸다.

우크라이나 침공에서 알 수 있듯, 병참은 인류가 전쟁을 시작한 이후, 승패를 좌우하는 가장 중요한 요소 중 하나였다. 19세기 초 영국을 제외한 전 유럽을 석권했던 나폴레옹의 몰락도 이 보급 문제를 제대로 해결하지 못한 것이 결정적 원인 중 하나였다.

나폴레옹은 인생을 통틀어 자신이 직접 이끈 전투에서 크게 세 번 졌다. 러시아 대원정(1812)과 라이프치히 전투(1813), 워털루 전투(1815)다. 이베리아반도에서도 프랑스군은 군사적으로 실패했지만, 이는 부하들의 패배였다. 당시 나폴레옹은 오스트리아와 프로이센, 러시아를 상대하느라 여념이 없었다. 나폴레옹은 이베리아에서의 패배를 사소하고 지엽적인 것으로 생각했다.

나폴레옹이 러시아 원정에 나선 건 6년 전(1806년) 내린 대륙봉쇄령(베를린 칙령) 때문이었다. 이 칙령 때문에 온 유럽이 고통을 겪었는데, 제일 먼저 반기를 든 것이 포르투갈과 에스파냐, 러시아 등이었다. 나폴레옹은 특히 러시아를 정면으로 겨냥했다. 나폴레옹 눈에 프랑스의 최대 적은 영국인데, 그 영국은 러시아를 무릎 꿇리면 무너뜨릴 수 있다고 생각했다. 이베리아반도쪽은 크게 신경 쓰지 않았다. 나폴레옹은 이렇게 말했다.

"내가 상트페테르부르크에서 영국 세력을 몰아내고 나면 에스파냐는 즉시 몰락할 것이오."

나폴레옹은 러시아 원정을 위해 모든 유럽 대륙의 군사를 소집했다. 독일 드레스덴으로 가서 독일의 모든 왕족을 소집했다. 장인인 오스트리아 프란츠 황제까지 불러들였다.[15] 프로이센 왕은 늦게 왔는데, 러시아와 영국이 가지 말라고 말렸지만, 그는 나폴레옹의 소집을 무시할 수 없었다.

이렇게 총 70만 명에 가까운 병력이 모였다. 오스트리아가

15 나폴레옹은 애를 낳지 못하는 조강지처 조제핀과 이혼한 뒤 1810년 오스트리아 황녀 마리루이즈와 재혼했다.

3만 명, 프로이센이 2만 명을 내놓은 것을 비롯해 이탈리아와 바이에른, 작센, 폴란드 등도 지원했다. 유럽 각국 징집군이 32만 명, 프랑스군이 35만 6,000명이었다.

원정은 그해 여름 시작됐다. 폴란드와 러시아 국경을 넘을 때까지만 해도 원정군의 사기는 하늘을 찌를 듯했다. 하지만 인류 역사상 가장 뛰어난 전쟁 천재 나폴레옹은 곧 당황하게 됐다. 나폴레옹은 불꽃 같은 전투를 원했는데 러시아군은 간혹 시시한 싸움을 걸어올 뿐 계속 물러나기만 했다. 러시아는 도망을 치면서 식량을 모두 가져가거나 남는 건 모두 불태워버렸다.

나폴레옹은 9월 15일 모스크바에 입성했다. 하지만 그곳은 텅 빈 유령 도시 같았다. 나폴레옹은 크렘린에서 알렉산드르 황제의 항복 사절을 기다렸지만, 상대는 어떤 반응도 보이지 않았다. 16일에는 모스크바에 커다란 화재가 발생했다. 러시아의 작전은 한마디로 초토화 작전이었다. 게릴라전으로 원정군의 힘을 빼고 계속 뒤로 빠지면서 상대의 전력을 약화시키는 소모전을 펼친 것이다.

이런 상황은 나폴레옹에게 악몽이었다. 더군다나 겨울이 가까워지면서 원정군은 최악의 상황에 부닥치게 됐다. 여름에 출발한 원정군은 러시아의 추위를 이겨낼 방법이 없었다. 게다가 먹을 것도 다 떨어졌다. 나폴레옹은 상대를 몰라도 너무 몰랐던 것이다. 그리고 지나치게 자신만만했다. 반면 러시아는 자신의 가진 환경과 장점을 극대화했다.

10월 19일, 나폴레옹은 15일분의 식량만 가지고 모스크바에서 철수할 것을 명령했다. 수많은 병사들이 병이나 굶주림, 추위로 사망했다. 곳곳에서 러시아 복병을 만나 전사자가 속출했다. 나폴레옹의 자랑스러운 '그랑드 아르메(Grande Armée, 대육군)'는 이렇게 처참하게 무너졌다.

나폴레옹은 1812년 12월 18일, 파리에 도착했다. 아우어슈테트까지는 썰매로, 그다음은 마차를 탔다. 나폴레옹은 이런 비참한 상황에서도 자신의 실책을 전혀 인정하지 않았다. 다만, 모스크바에 너무 오래 머물렀다고만 했다.[16]

이제 유럽은 나폴레옹을 두려워하지 않게 됐다. 나폴레옹은 더 이상 불패不敗를 자랑하는 전쟁의 신이 아니었다. 유럽 주요국들은 6차 대불동맹으로 다시 뭉쳤다. 영국은 여전히 재정 지원을 담당했다. 스페인도 새로 가담했다. 나폴레옹은 다시 정신을 가다듬었다. 1813년 들어 5개월 만에 24만 명의 병력을 모았다.

제국민전쟁으로 불리는 라이프치히 전투는 10월 15일 시작됐다. 프랑스의 총병력은 19만 명 정도였고, 연합군은 거의 33만 명에 달했다. 나폴레옹의 군대는 수적으로 불리한 상황이었기에 연합군의 전열을 무너뜨리지 못했고, 격전 끝에 궁지에 몰리게 됐다. 나폴레옹의 천재성은 전혀 발휘되지 못했다. 18일 저녁, 나폴레옹은 전투에서 이길 수 없다고 판단하고 주력 부대를 이끌고 엘스터강을 건너 퇴각했다. 나폴레옹이 두 번째 패배를 당한 것이다.

16 조르주 보르도노브, 『나폴레옹 평전』, 열대림, 2008, 452쪽.

연합군은 여기서 멈추지 않았다. 라인강을 건너 프랑스 땅에 발을 들여놓기 시작했다. 나폴레옹은 맹렬하게 방어전을 이끌었다. 그는 1814년 1월 브리엔에서 프로이센군을 물리쳤다. 2월에는 샹포베르에서 블뤼허가 이끄는 프로이센 군을 공격했다. 5일간의 격전 끝에 적군을 모두 분산시켜버렸다. 이어 2월 18일에는 몽트로에서 오스트리아의 슈바르첸베르크 부대를 격파했다.

하지만 거기까지였다. 이런 승리에도 불구하고 전쟁의 큰 흐름은 뒤집지 못했다. 3월 말 파리에서 15㎞ 남쪽 쥐비지에 있던 나폴레옹은 파리의 항복 소식을 듣게 됐다. 나폴레옹은 이때 "비겁하게 항복이라니! 내가 4시간만 일찍 도착했어도 모두 구할 수 있었을 텐데…."라고 말했다.

나폴레옹은 4월 6일 프랑스 황제에서 물러난다는 선언문에 서명했다. 그래도 당시엔 패장에 대한 너그러움이 존재했다. 동맹국은 나폴레옹을 엘바섬의 영주로 임명하고 프랑스 정부로부터 매년 200만 프랑의 연금을 받을 것이라고 결정했다.

그러나 나폴레옹은 이때 자살을 결심했다. 4월 12일 밤, 그는 더 이상 아무런 목표가 없는 자신의 생을 마감하기로 했다. 마침 러시아 원정에서 후퇴할 때 외과 의사 이반에게서 독약을 받은 적이 있었다. 그는 독약을 마셨다. 새벽 3시 그는 심한 구역질을 했다. 극도의 고통이 지나간 후 그는 죽음의 문턱에서 벗어났다. 오전 11시쯤에는 안정을 찾았다. 나폴레옹은 중얼거렸다.

"내 침대에 누운 채 죽기도 힘들구나. 삶과 전쟁 사이에 별 차이도 없는 마당에."

그러면서 이런 말도 했다.

"죽음의 신은 내가 침대에서 죽는 것보다 전쟁터에서 죽기를 더 바란다. 그래서 살아야겠다."[17]

이제 그에겐 단 한 번 타오를 마지막 불꽃만이 남아 있을 뿐이었다.

동갑내기 전쟁 영웅

나폴레옹과 웰링턴은 둘 다 1769년에 태어났다. 같은 시대를 주름잡았던 두 전쟁 영웅은 46세가 될 때까지 단 한 번도 마주친 적이 없다. 두 사람은 1815년 워털루 전투에서 처음이자 마지막으로 건곤일척 한판 대결을 펼쳤다. 나폴레옹이 프랑스를 넘어 전 유럽을 석권하는 등 권력의 정점을 향해 가던 때, 웰링턴은 향후 대영제국이 가장 애지중지한 식민지 인도에서 혁혁한 전공을 올리면서 명성과 군사적 역량을 쌓았다.

웰링턴은 아일랜드 귀족 가문에서 태어났다. 이튼에서 교육을 받았는데, 수학과 음악에 재능을 보였다. 15세에 학교를 졸업한 뒤 1787년 육군에 입대했다. 위관급 장교 시절 웰링턴은 그리 잘나가는 군인은 아니었다. 당시 영국 육군 장교들 중에선 집안 배경 등을 이용해 입대하고 고속 진급을 하는 경우가 적지 않았다. 웰링턴도 마찬가지였다. 파티를 좋아했고, 사교

17 조르주 보르도노브, 앞의 책, 481쪽.

에 정성을 쏟았다.

그러다 1793년 그의 인생을 송두리째 바꿀 '사건'이 발생했다. 웰링턴이 그토록 사랑했던 연인의 집안에서 그의 청혼을 딱 잘라 거절한 것이다. 연인의 오빠인 롱포드 백작은 웰링턴에 대해 "빚도 많은 주제에 장래도 형편없는 놈"이라고 했다. 이 소식을 들은 '아마추어 바이올리니스트' 웰링턴은 그 자리에서 바이올린을 불태운 뒤 '전력을 다해' 군 경력을 추구하기 시작했다.

직업군인 웰링턴은 무엇보다 군 장병을 보살피고 훈련시키는 일을 중시했다. 그리고 전투를 위해 조달과 보급에 심혈을 기울였다. 자금과 수송, 군수품 보급은 웰링턴의 유능한 병참감 케네디가 맡았는데, 그는 언제나 옷과 음식, 막사, 담요, 장화와 급여 등을 충분히 마련했다.

프랑스군과 달리 영국군은 군수품 창고 시스템을 활용했고, 지방 생산품을 돈을 주고 조달했다. 이런 체계는 전투가 벌어지는 지역의 주민들로부터 큰 지지를 받았다. 심지어 웰링턴이 1814년 프랑스 남부 지역에 진출했을 때는 프랑스 주민들의 환영을 받을 정도였다. 웰링턴은 또 장병들의 과음을 엄격하게 다스렸고, 병사들이 탈선을 하지 않도록 기강을 강하게 세웠다.

웰링턴은 적에 대한 정보를 알아내는 일도 중요하게 생각했다. 그는 나중에 "(내가)성공을 거두었던 것은 상당 부분, '언덕 너머'에서 무슨 일이 일어나고 있는지를 늘 연구했기 때문"이라고 말했다. 그는 대단히 유능한 정보 조직을 구축했고, 그의 정보원들은 그물처럼 이베리아반도 전역에 깔렸다.

그런 그에게 인도는 기회의 땅이었다. 그는 1796년, 인도에 도착했고 그를 이어 형 리처드 웰즐리가 인도의 네 번째 총독으로 부임했다. 웰즐리 형제는 이후 대영제국이 인도 대부분을 손에 넣는 데 결정적인 공을 세우게 된다.

당시 인도는 무굴 제국이 쇠퇴하면서 껍데기만 남은 상황이었고, 전국 곳곳에 신생국가가 우후죽순 생겨났다. 그중 인도 중북부에 강력한 세력을 형성한 마라타 동맹과 남부의 마이소르 왕국은 언젠가 반드시 손봐야 할 존재였다.

영국은 마이소르를 첫 번째 타겟으로 삼았다. 마이소르의 이슬람 통치자 티푸 술탄은 자신을 '타이거 왕자'라고 불렀는데, 그는 영국인을 싫어하는 것으로 유명했다. 특히 그의 군대에는 프랑스 고문단이 많이 있었다. 마이소르 타도에 웰링턴이 선봉에 섰다. 이제 대령이 된 웰링턴은 영국의 동맹국인 하이데라바드의 군대와 함께 티푸의 기병대와 보병을 공격해 격퇴했다. 이 공로로 웰링턴은 마이소르의 총독이 되고, 상금으로 4,000파운드를 받았다. 당시 영국 사병은 7파운드를 받았다고 한다.

다음 상대 마라타동맹은 절대 쉽지 않은 적이었다. 마라타는 인구 4,000만 명을 지배하는 5개 힌두족의 연합체였다. 당시 인도에서 가장 크고 막강한 세력이었다. 준장으로 진급한 웰링턴 지휘 아래 1803년 군대가 조직됐다. 그해 8월 양측간 전투가 시작됐고, 9월 23일에 벌어진 아사예 전투는 각종 전쟁사에 등장하는, 그리고 인도의 운명을 결정한 전쟁이었다. 결과는 영국군의 대승이었다. 아사예 전투는 웰링턴이 수행한 전투 중에서 가장 치열했던 두 번의 전투 중 하나였다. 나머지 하나는 당연히 워털루 전투였다. 아사예 전투 승리로 웰즐리 형제들은 인도에서 대영제국의 크기를 4배로 확장시켰다. 이들의 성취에 영국은 환호했다. 웰링턴은 기사 작위를 받았다. 인도에서 9년을 보낸 뒤 웰링턴은 1805년 영국으로 돌아갔다.

존재감이 커진 웰링턴이 이베리아반도에 투입된 건 1808년이었다. 그해 8월 웰링턴은 병력 1만 3,000명을 거느리고 포르투갈에 상륙했다. 비메이로에서 첫 전투를 승리로 이끈 뒤 이듬해에는 사망한 존 무어 경의 뒤를 이어 이베리아반도의 총사령관에 임명됐다. 그의 휘하에는 2만 1,000명의 장병이 있었다. 나중에는 8만 명까지로 불어났다.

이베리아반도의 영국군은 한때 나폴레옹이 직접 군대를 거느리고 정벌에 나서는 바람에 크게 위축되기도 했지만 나폴레옹이 돌아간 뒤에는 다시 기력을 회복했다. 프랑스군과의 대결은 전적으로 웰링턴이 이끌게 됐다.

1810년 9월, 웰링턴은 전세를 역전시킬 기회를 잡게 됐다. 7만 2,000명의 병력을 이끌고 공격해 오는 프랑스 마세나 장군에 맞서 후퇴 작전을 벌이다, 부사쿠 인근에서 결정적인 승리를 쟁취했다. 이듬해까지 양측은 대치했는데 영국군은 군수품이 충분했지만, 프랑스군은 보급선이 너무 길어져 사기가 꺾이기 시작했다. 1811년 봄 마세나가 퇴각하자 웰링턴은 진격을 시작했다.

그해와 이듬해 알메이다 요새, 시우다드 로드리고, 바다호스 국경 지역을 탈환했고, 1812년에는 마드리드 서북부 살라망카 전투, 1813년에는 이베리아반도 북부 비토리아 전투에서 대승을 거둠으로써 이베리아반도에서 프랑스 세력을 완전히 몰아냈다.

웰링턴은 내친김에 피레네산맥을 넘어 1814년 4월 툴루즈 전투에서 승리를 거뒀다. 그는 1809년 상원의원 임명과 함께 웰링턴 자작으로 서임됐고, 1812년에 웰링턴 백작·후작이 된 뒤 1814년 웰링턴 공작에 올랐다.

마지막 군사 천재의 쓸쓸한 퇴장

1815년 3월 7일 이제르강과 드라크강이 합류하는 알프스 기슭의 프랑스 남동부 도시 그르노블에 돌연 긴장감이 감돌았다. 남쪽에서 한 무리의 무장 세력이 도시를 향해 거침없이 행군해 오고 있었고, 이를 막으려는 듯 프랑스 제5연대가 외곽에 전투대형을 갖췄다.

한 남자가 말에서 내리더니 제5연대 병사들 앞으로 성큼성큼 걸어갔다. 모든 사람의 눈길이 이 남자에게 쏠렸다. 그는 이제 사정거리 안으로 들어왔다. 누구라도 지금 방아쇠를 당긴다면 그를 쓰러뜨릴 수 있는 거리였다. 남자가 입을 열었다.

"내가 바로 여기에 있다. 너희의 황제를 죽여라. 너희가 원한다면."

그 순간 울려 퍼진 것은 총소리가 아닌 병사들의 환호성이었다.

"황제 만세!"

병사들은 달려가 그의 옷을 만지고 그의 손에 입을 맞추었다.[18]

18 조르주 보르도노브, 앞의 책, 492쪽.

보나파르트 나폴레옹, 라이프치히 전투에서 패한 뒤 프랑스 황제에서 물러나 지중해 엘바섬에 유배됐던 그는 이렇게 유럽에 자신의 귀환을 알렸다. 열흘 전인 2월 26일 탈출에 성공, 이틀 뒤 프랑스 남부 해안에 상륙했고 파죽지세로 파리를 향해 북진했다. 3월 10일에 리옹에 도착했고, 20일에는 파리에 입성했다. 100일 천하의 시작이었다.

돌아온 황제의 마차가 도착한다는 소문이 파리에 퍼지자 튈르리궁 앞에는 사람들이 구름같이 몰렸다. 나폴레옹은 곧 다시 병력을 소집했다. 6월 초엔 병력 규모가 20만 명에 달했다. 하지만 상황은 만만치 않았다. 문제는 지휘관과 참모들이었다. 그에겐 더 이상 능력 있는 부하 지휘관들이 남아 있지 않았다. 이 치명적 약점은 최후의 전투인 워털루 전투에서 결정적인 패인 중 하나로 작용하게 된다. 전투가 그의 뜻대로 진행되지 않았기 때문이다.

한편, 발등에 불이 떨어진 유럽도 발 빠르게 움직였다. 영국과 러시아, 오스트리아, 프로이센 등은 3월 17일 각각 군인 15만 명을 동원해 나폴레옹에 맞서기로 결의했다. 웰링턴은 벨기에에서 영국군과 네덜란드군, 벨기에군 등을 모아 군대를 정비했다. 프로이센도 움직였고, 오스트리아도 전투를 준비했다.

1815년 6월 18일 워털루.

언제나 그랬듯 이번에도 나폴레옹은 병력 규모에서 열세였다. 나폴레옹군은 보병 5만 명, 기마병 1만 5,000명 등을 포함해 모두 7만 2,000여 명이었다. 이에 비해 연합군은 약 12만 명이었다. 영국과 네덜란드, 하노버 등에서 온 병력을 지휘하는 웰링턴 휘하에 6만 8,000명이 있었고, 프로이센의 블뤼허는 5만 명을 이끌었다. 여기에 러시아 부대 25만 명이 라인강 중류에 집결해 있었고, 라인강 상류에는 2만 5,000명의 오스트리아군이 대기하고 있다는 정보도 들렸다.

나폴레옹의 전략은 간단하고 명확했다. 웰링턴 부대와 블뤼허 부대 사이로 치고 들어가 두 부대를 갈라놓은 후 각개 격파한다는 것이었다. 이기려면 일사불란하고 빠르고 정확해야 했다. 하지만 마지막이 된 이 전투에서 나폴레옹과 그의 부대가 보여 준 모습은 이전과는 전혀 달랐다. 몇 번의 결정적 순간에 나폴레옹은 돌이킬 수 없는 실수를 잇달아 저지르고 말았다.

나중에 나폴레옹은 세인트헬레나에서 이런 고백을 했다.

"나는 운명이 나를 버렸다는 것을 느끼고 있었다. 결정적인 성공에 대한 느낌을 가질 수 없었다. 과감히 시도하지 못한다는 것은 적절한 순간에 아무것도 하지 못한다는 것이다."[19]

① 첫 번째 실수 : 브뤼셀 무도회 때 기습 기회 놓쳐

6월 15일, 영국군 사령관 웰링턴은 부대를 주둔시킨 뒤 저녁때 리슈몽 공작부인이 개최한 무도회에 참가해 춤을 추고 있었다. '철의 공작' 웰링턴은 사교계 일을 아주 중요시하는 인물이었다. 당연히 그날 밤 그의 군대는 전투 준비가 돼 있지 않았다.

이때 나폴레옹은 이미 벨기에 국경을 넘은 상황이었다. 완벽한 기습공격의 기회를 잡은 것이다. 만약 나폴레옹이 웰링턴을 기습했다면 워털루 전투는 나폴레옹의 승리로 끝났을지도 모를

19 조르주 보르도노브, 앞의 책, 507쪽.

일이다. 하지만 그런 일은 일어나지 않았다. 다음날 웰링턴 부대는 일부 프랑스군과 조우했지만, 피해를 거의 입지 않은 채 격전 준비에 들어갔다.

② 두 번째 실수 : 전초전 승리 후 프로이센군 추격 안 해

16일 전초전 성격의 전투가 리니에서 벌어졌다. 나폴레옹은 이날 프로이센의 블뤼허 부대를 만났다. 블뤼허에겐 악몽 같은 순간이었을 것이다. 영국군과 합류하기 전에 나폴레옹 군대를 만났으니 말이다. 반면 프로이센군과 영국군을 따로따로 상대하겠다는 나폴레옹으로선 쾌재를 부를 만했다. 결과는 역시 예측 그대로였다. 프로이센군은 나폴레옹이 이끄는 프랑스군에게 상대가 되지 않았다. 프랑스의 완승이었다. 심지어 프로이센의 사령관 블뤼허는 허벅지에 부상까지 당했다.

문제는 다음 순간에 발생했다. 패주하는 프로이센군을 추격해 완전히 격멸했어야 했는데 나폴레옹은 그렇게 하지 않았다. 프로이센군이 전의를 상실해 전장戰場에서 물러날 것이라 생각한 것 같다. 많은 군사 전문가들은 이 부분을 나폴레옹의 가장 뼈아픈 실책 중 하나라고 지적하고 있다. 까마득한 군인 후배 몽고메리 장군은 "나폴레옹은 리니 전투 후 전군을 이끌고 프로이센군을 추격해 한동안 효과적인 전투력을 지니고 전장에 나타나지 못하도록 블뤼허 군대를 섬멸해버렸어야 했다"라고 말했다.[20] 그랬더라면 불과 이틀 후에 블뤼허가 워털루로 돌아와 웰링턴과

20 버나드 로 몽고메리, 앞의 책, 622쪽.

합세, 나폴레옹을 참패로 몰아넣는 일은 없었을 것이니까.

③ 세 번째 실수 : 병력 분산

나폴레옹은 주력을 이끌고 본인이 직접 블뤼허를 추격하진 않았지만, 뒤늦게 그루쉬 원수에게 병력 3만 명을 주며 블뤼허를 쫓으라고 했다. 하지만 이는 엄청난 오판이었다. 총병력이 열세인 상황에서 40% 가까운 전력을 떼어낸 것이었기 때문이다. 본게임인 워털루 전투 때 나폴레옹에게 이 병력이 있었다면 웰링턴은 절대로 나폴레옹의 공격을 막아낼 수 없었을 것으로 보인다. 그루쉬는 결국 이틀 동안 들판만 헤매다 나폴레옹이 전투에서 졌다는 소식을 접하게 된다.

④ 네 번째 실수 : 망설임, 또 망설임

6월 18일 아침.

밤새 많은 비가 내리는 바람에 땅이 온통 질퍽거렸다. 프랑스군 공격이 늦춰졌다. 원래는 새벽에 작전을 개시한다고 했는데, 오전 9시로 연기됐다. 장병과 대포가 진창 속에 빠질 것을 우려해, 해가 나고 땅이 좀 더 굳어질 때를 기다리겠다는 것이었다. 하지만 9시가 돼도 공격 명령은 떨어지지 않았다. 결국 오전 11시 30분이 돼서야 드디어 공격 명령이 하달됐다. 당초 계획보다 5~6시간 이상 늦춰진 것이었다. 이 '잃어버린 시간'은 나폴레옹에겐 큰 아쉬움일 수밖에 없었다. 공격을 연기함으로써 블뤼허가 도착할 시간을 벌어준 셈이 됐기 때문이다. 나폴레옹은 원래 한번 결정한 작전은 절대 변경하는 일이 없었다. 그런데 이날은 왜 그랬을까.

전투는 치열한 공방을 거듭했다. 중간에 나폴레옹이 승기를 잡은 때도 있었다. 하지만 그때도 나폴레옹은 핵심 부대 투입을 망설였다. 사실 웰링턴은 나폴레옹만큼 풍부하고 과감한 전략과 전술을 구사하는 군인은 아니었다. 항상 확실한 방어망을 구축해 아군의 전력을 최대한 보전한 뒤 적 전투력이 떨어진 때를 노려 공격을 가하는 식이었다. 나폴레옹처럼 화려한 공격을 구사하는 것이 아니라 내실을 다지고 실리를 추구하는 스타일이었다. 워털루 전투 때도 마찬가지였다. 나폴레옹은 공격을, 웰링턴은 수비를 하는 상황이었다.

오후 3시쯤, 몸이 좋지 않았던 나폴레옹은 잠깐 휴식을 취하기로 하고 네 원수에게 지휘를 맡겼다. 그런데 네 원수가 약간의 승기가 보이자 전체 기병대에게 돌격 명령을 내렸고, 이 기병대가 포병과 육군 지원 없이 돌격하는 바람에 역공을 당해 궤멸하고 말았다. 이때를 기점으로 해서 프랑스군은 웰링턴군에 밀리기 시작했고, 마침 워털루에 도착한 프로이센군이 연합 공격에 나섬에 따라 전세는 완전히 기울게 됐다. 밤 10시쯤 웰링턴과 블뤼허가 만나 향후 추격전은 체력이 충분한 프로이센군이 맡기로 합의를 했다.

워털루 전투는 영국-프로이센 연합군이 정말 운 좋게 승리했다는 평가가 있다. 만약 나폴레옹이 계속되는 여러 실수 중 단 하나만이라도 저지르지 않았다면 그날의 승패는 바뀌었을지도 모르겠다. 실제로 이 전투에 대해 연합군이 "간발의 차로 간신히"

이겼다는 말까지 나왔다. 하지만 나폴레옹은 구차하게 변명하지 않았다. 그는 "그 모든 것에도 불구하고 나는 그 전투에서 이겼어야 했다"라고 말했다. 반면 승리한 웰링턴은 "나폴레옹은… 구식으로, 종대 대형으로 진격했고, 구식으로 패주했다"라고 평가했다.

1815년 8월 7일 나폴레옹은 "내 운명을 완성하겠다"라며 영국의 전열함 노섬벌랜드에 올랐다. 10월 15일 아프리카 대륙에서 1,870㎞ 떨어진 대서양의 외딴섬 세인트헬레나에 도착했다. 그는 세상을 뜨기 전 이런 말을 했다.

"내가 죽으면 나에 대한 연민이 물결칠 것이다. 소설 같은 나의 생애여!"

몽고메리 장군이 '마지막 군사천재'라고 불렀던 나폴레옹도 결국 영국의 벽을 넘지 못했다.

4장

'노블레스 오블리주' 왕을 내세워 뭉친다

무엇이 이기는 군대를 만드나

무굴 제국과 마라타 동맹

무굴 제국(1526~1857)은 이슬람 종교를 받아들인 몽골의 후예, 바부르가 델리에 세운 나라이다. 무굴은 아라비아어로 몽골을 뜻한다. 3대 악바르(재위 1556~1605년) 황제가 세력을 크게 넓혔고, 6대 황제 아우랑제브(1658~1707) 때는 인도 대부분을 장악했다. 하지만 아우랑제브가 데칸고원 원정 도중 사망하자 후계자들이 왕위를 놓고 갈등을 빚으면서 쇠퇴의 길에 접어들었다.

18세기 중·후반을 지나면서 무굴은 이름만 남은 껍데기에 불과한 신세가 됐다. 대신 중북부엔 마라타 동맹, 중남부엔 하이데라바드 왕국, 남부엔 마이소르 왕국 등이 들어서 군웅할거 시대를 맞게 됐다. 벵골 등에도 지방 권력이 활개를 쳤다. 이중 벵골 지역은 영국의 동인도회사가 1757년 플라시 전투를 통해 실질적 지배자로 등극했다.

무굴에 이어 인도의 주도권을 쥔 세력은 마라타동맹(1674~

1818)이었다. 무굴의 아우랑제브 황제가 이슬람 근본주의를 강화함에 따라 인도 중서부 마하라슈트라 서해안 지역에 살던 힌두교 세력의 반발이 거세졌다. '마라티어'를 말하는 이들 세력은 1674년 지역 토후土侯였던 시바지 본슬레를 군주(차트라파티)로 세우고 왕국을 건설했다. 초기엔 무굴의 아우랑제브가 위세를 떨치던 시대였기 때문에 마라타는 크게 기를 펴지는 못했다. 아우랑제브 사후 무굴제국이 내분에 휩싸이고 세력이 약화되면서, 마라타는 본격적인 세력 확장에 나섰다. 18세기 중반이 되면 마라타는 무굴 제국의 보호자를 자처할 정도가 됐다.

웰링턴 장군 지휘로 1799년 남부의 마이소르 왕국을 무너뜨린 영국 동인도회사는 이제 인도 최대 세력인 마라타를 겨냥했다. 벵골의 지배자를 넘어 인도의 지배자로 올라서려는 참이었다. 당시 5대 세력의 동맹체였던 마라타는 인도의 75%를 차지하고 있었다.

영국과 마라타 동맹은 모두 3차례 맞붙었다. 제1차 영국-마라타 전쟁(1775~1782)은 마라타 동맹 내 권력 다툼에 영국 동인도회사가 얽혀들면서 발발했다.

당시 마라타 동맹은 '페슈와(지도자라는 뜻)'라고 불리는 대재상이 통치하고 있었다. 이 페슈와 자리를 놓고 삼촌과 조카 집안이 살육전을 벌였다. 전임 페슈와가 죽고 그 형이 후임이 됐는데 삼촌이 그를 살해하고 스스로 페슈와 자리에 올랐다. 하지만 살해된 조카의 유복자가 태어나면서 주요 마라타 세력들이 그 아이를 옹립했고, 쫓겨난 삼촌이 영국 동인도회사에 영토 일부를 떼

주면서 군사 지원을 받는 '슈라트 조약(1775)'을 체결했다. 전투는 엎치락뒤치락했다. 영국군 부대가 전멸하기도 하고, 마라타 부대가 패배하기도 했다. 전체적으로 보면 무승부였다.

제2차 영국-마라타 전쟁(1803~1805) 때에는 전쟁사에 곧잘 등장하는 아사예 전투(1803)가 하이라이트였다. 아사예 전투를 시작으로 3년간 지속된 제2차 전쟁도 제1차 때와 마찬가지로 마라타 동맹 내 갈등과 분열이 원인이었다.

19세기 초 마라타 동맹은 집권 세력인 페슈와 이외에 홀카르, 신디아, 베라르, 가에크와드 등 모두 5대 세력이 주도했다. 이중 홀카르와 신디아가 가장 강력했고, 둘은 격하게 대립했다. 결국, 1802년 전투에서 '홀카르'가 '신디아'와 당시 페슈와인 바지 라오 2세 연합군을 패퇴시켰다. 그러자 바지 라오 2세가 영국의 동인도회사 측에 자신이 페슈와에 복귀할 수 있도록 도움을 요청했다. 영국의 웰즐리 총독(웰링턴 장군의 형)은 이때가 인도 전역에 대한 지배권을 얻기 위해 마지막 장애물인 마라타 동맹을 무릎 꿇릴 절호의 기회라고 판단했다.

웰즐리 총독은 당시 소장이 돼 있던 동생 아서 웰즐리(후에 웰링턴공)에게 군사작전에 대한 전권을 부여했다. 웰링턴은 바지 라오 2세를 복귀시키기 위해 마라타 동맹의 수도 푸네로 진격했다. 예상과 달리 웰링턴은 아무런 저항 없이 푸네를 점령했고, 바지 라오 2세는 페슈와를 되찾았다. 하지만 이에 대해 다른 마라타 세력이 반발했다. 그 중심에는 신디아와 베라르 세력이 있었다. 그리고 전투는 지금의 뭄바이에서 내륙으로 약 200㎞ 떨어진 아사예에서 벌어졌다.

영국 측 병력은 9,500명이었다. 2개 보병연대와 1개 기병연대를 중심으로 한 순수 영국군이 4,500명, 마이소르 왕국의 인도병이 5,000명이었다. 대포는 17문이었다. 반면, 마라타는 신디아와 베라르 연합군으로 총병력이 최소 5만 명에 달했다. 이중 핵심은 유럽인들이 지휘관을 맡고 있는 1만 명 규모의 보병이었다. 그 뒤에 1만~2만 명의 비정규 보병과 3만~4만 명 정도의 비정규 기병이 있었다. 대포는 100문 이상이었다.

전투는 영국군 4,500명과 신디아·베라르군 1만 명간의 대결이 핵심이었다. 오후 3시 스코틀랜드 병사들로 구성된 제78보병연대가 마라타군의 100여 문 야전포를 향해 곧장 진격을 하면서 본격적인 싸움의 막이 올랐다. 영국군은 규정대로 1분에 75보로 전진을 계속했다. 이들은 추호의 망설임이나 두려움, 전열의 흔들림이 없었다.

다른 쪽에선 영국군 피해가 컸다. 오른쪽 전선 최전선에 있던 중대 절반 규모의 선발대가 수천 발의 머스킷 총알과 수십 발의 포탄 집중 공격을 받아 전멸했다. 그러자 마라타군이 여세를 몰아 대대적인 공격에 나섰다. 급박한 상황이 되자 제74보병연대 병력이 강력한 방어망을 구축해 마라타군의 공격을 막아냈다. 여기에 세포이(인도병) 부대도 합류하면서 마라타 공세는 주춤해졌고, 곧 전세가 역전됐다. 이렇게 마라타의 1만 명 주력은 무너지기 시작했다. 주변에 있던 다른 마라타 병력들은 웬일인지 전투에 거의 합류하지 않았다.

아사예 전투는 대영제국과 인도의 운명을 가른 결정적인 장면이다. 이후 3개월 동안 웰링턴은 마라타 군대의 패잔병을 쫓았고, 아르가움에서 또 한 번 마라타 군대를 격퇴하고 가월구르 요새를 점령했다. 또 북쪽에서도 제럴드 레이크 장군이 지휘하는 또 다른 영국군이 마라타 군대를 상대로 승리를 거뒀다. 결국, 1803년 말 마라타 동맹은 엄청난 영토를 동인도회사에 넘기고 그 관리를 영국인에게 맡기는 조약에 사인을 했다.

이후, 동인도회사 지배에 불만을 품은 마라타 동맹이 반란을 일으켜 제3차 영국-마라타 전쟁(1817~1818)이 터졌지만 마라타는 패배했다. 이렇게 마라타 동맹은 역사의 뒤안길로 사라지게 됐고, 대영제국은 인도의 거의 대부분을 손에 넣게 됐다.

군기

마라타 정예병력은 한때 영국군에 복무했던 독일군 장교와 프랑스 출신 용병이 지휘를 맡았다. 이 부대는 유럽인들처럼 제복을 입었고, 최신식 소총으로 무장을 했다. 또, 유럽인 지휘에 따라 현대식 훈련도 받았다. 그런데도 참패했다. 아사예 전투 결과 영국군은 428명이 전사하고 1,138명이 부상을 당했으며 18명이 행방불명됐다. 이에 반해 마라타군은 사망 1,200명을 포함해 최소 6,000여 명의 사상자를 냈다. 아사예 전투에서 승리한 영국군은 자기들이 갖고 있던 것보다 더 많은 대포를 얻었다. 웰링턴은 "우리가 써도 좋을 만큼 훌륭한 대포"라고 평가했다.

마라타는 왜 졌을까. 대포도 많고, 영국군처럼 소총도 보유했고, 병력도 많았는데 말이다. 군사 역사학자인 맥스 부트가 쓴 단행본 『전쟁이 만든 신세계(Made in War)』가 이 전투를 자세하게 분석했다.

우선, 가장 큰 이유는 내분이었다. 1차 전쟁 때도, 2차 전쟁 때도 마라타는 권력을 둘러싸고 자기들끼리 싸웠다. 그리고 외세(영국 동인도회사)를 끌어들였다. 힘은 분산되고 여론은 분열됐다. 영국 측에는 인도인들로 구성된 병사들(세포이)도 많았다. 나라를 빼앗기게 된 전투가 발생했는데, 그 전투에 자신들이 참전한 셈이다. 아사예 전투에서도 영국 측에 합류한 인도병이 전체(9,500명)의 절반이 넘는 5,000명에 달했다.

하지만 무엇보다 영국군의 가장 큰 무기, 치명적 병기는 투철한 군인정신으로 무장한 영국군 그 자체였다. 영국군은 최고의 전투력을 발휘하는 전술과 지휘체계를 갖고 있었다. 영국 군인들은 마라타군보다 훨씬 치열하게 싸웠다. 군인정신이 투철했다는 얘기다.

맥스 부트는 "아사예에서 영국 병사들은 무모할 정도로 싸웠던 반면, 마라타 정규군은 대포를 빼앗기자 힘없이 무너졌다"라고 말했다. 아사예 전투는 대영제국이 건설되는 시기, 영국군의 강한 전투력을 보여 주는 하나의 사례일 뿐이다. 전 세계 곳곳에서 벌어진 전쟁과 전투에서 영국군은 우월한 전투 역량과 함께 강력한 군인정신을 발휘했다. 영국군은 어떻게 이런 경지에 오른 것일까.

엘리트의 산실

"워털루 전투의 승리는 이튼 칼리지의 운동장에서 이미 결정됐다."

웰링턴 장군은 워털루 전투에서 이런 말을 한 것으로 알려져 있다. 하지만 실제로 웰링턴이 이 말을 했을 가능성은 거의 없다는 것이 정설이다. 이튼 재학 시절 외톨이 성격을 가졌던 웰링턴은 운동하는 것을 좋아하지 않았을 뿐 아니라 당시 이튼에는 운동장이 없었기 때문이다.

그럼에도 이 말은 사립학교가 영국 사회에서 얼마나 중요한 위치를 차지하고 있는지, 얼마나 대단한 역할을 하고 있는지를 상징적으로 보여 준다. 사립학교는 나라를 이끌어갈 엘리트를 양성하고, 군대 등 국가 기관·조직과 시스템에 적용되는 철학과 윤리, 사고방식을 잉태하고 전파하는 샘터 같은 곳이다.

영국의 철학자이자 작가인 로저 스크루턴은 이렇게 말했다.

"내가 아는 영국은 다른 어느 교육제도보다 사립학교로부터 가장 지대한 영향을 받았다. 사립학교는 법조계 인사와 지식인, 군대 장교 등의 정치적·경제적·사회적 엘리트를 공급했다."

사립학교의 뿌리는 중세의 '그래머 스쿨(grammar school)'이다. 성당이나 수도원에 소속돼 있던 당시의 그래머 스쿨은 일종의 성직자 양성 교육기관이었다. 당시 성서는 물론 교회 예배는 모두 라틴어로 이뤄졌는데, 그래머 스쿨은 장래의 성직자·수사를 위해 라틴어를 가르쳤다. 교양과목으로는 음악과 산문, 천문학, 수학, 법학 등도 있었다.

그래머 스쿨 설립 시기는 영국에 기독교가 전파되는 때와 정확히 일치한다. 앵글로색슨이 잉글랜드에 들어와 세운 7왕국 중 가장 먼저 세워진 왕국이 켄트였다. 당시 교황 그레고리우스는 섬나라에 새로 들어선 이 신생국에 선교단을 파견하기로 결정했고, 아우구스티누스를 포함한 선교사 일행 40여 명이 켄터베리에 도착한 것이 597년이었다. 잉글랜드 지역에 처음 기독교가 전파되는 순간이었다. 그해 캔터베리에 설립된 그래머 스쿨이 '킹스 스쿨'이었다. 이어 604년에 로체스터 지역에 또 다른 '킹스 스쿨'이 세워졌고, 이후 기독교가 더욱 번성함에 따라 그에 비례해 그래머 스쿨 숫자도 늘었다.

1096년 옥스퍼드 지역에서 초기 수준의 대학 교육이 시작되고, 1167년 헨리 2세가 파리에서 공부하던 모든 영국인 유학생에게 소환령을 내리면서 옥스퍼드 대학이 급성장했다. 1209년에는 대학 측과 마을 주민 간 갈등으로 일부 교수와 학생들이 케임브리지 지역으로 옮겨가 케임브리지 대학을 만들었다.

두 대학은 각각 1248년과 1231년 국왕으로부터 칙허장을 받았다. 영국에는 1826년 런던 대학이 등장할 때까지 600년 넘게 이 두 대학만 존재했다. 대학이라는 교육기관이 등장하면서 그래머 스쿨은 대학 진학을 위한 예비학교 또는 기초 교육 담당 기관으로 자리매김했다.

14세기 후반부터 교회·수도원에서 독립한 사립학교가 등장했다. 윈체스터 칼리지가 1392년 설립됐고, 이어 오스웨스트리 스쿨(1407), 이튼 칼리지(1440) 등이 차례로 세워졌다. 16세기에는 슈르즈베리, 웨스트민스터, 럭비, 해로 등이 만들어졌다.

이들 사립학교는 '옥스브리지(옥스퍼드+케임브리지)'와 밀접하게 운영됐으며 전교생은 기숙사 생활을 했다. 지역이나 출신을 가리지 않고 모두에게 개방돼 있다는 의미에서 퍼블릭 스쿨(public school)이라 불렸다. 하지만 이름과는 달리 사립학교는 귀족이나 젠트리, 부유층 자녀들의 교육기관으로 점점 더 굳어졌다.

사립학교 입학생과 졸업생들은 영국 정치와 경제, 사회, 문화의 리더이자 중심으로 진출했다. 애국심과 자부심으로 똘똘 뭉친 이들은 자신들이야말로 영국을 이끌어가는 주인공이라 생각했다. 그들은 영국이 세상을 지배해야 한다고 믿었고, 그 영국은 자신들이 주도해야 한다는 굳은 신념을 갖고 있었다.

강철 같은 육체에 깃든 충성심

"축구, 크리켓, 골프, 테니스, 럭비…. 왜 이런 스포츠들은 모두 영국에서 탄생했을까?"

각종 스포츠 경기를 즐기다 보면 가끔 이런 생각이 든다. 전 세계에 대한 지식과 정보를 제공하는 '월드 아틀라스(World Atlas)'가 지난 2020년 발표한 자료에 따르면 지구촌에서 가장 인기 있는 스포츠 1위는 축구로 약 40억 명의 팬을 보유하고 있고, 그 뒤를 이어 크리켓이 25억 명으로 2위를 기록했다. 4위는 10억 명의 팬을 가진 테니스가 차지했고, 럭비(4억 7,500만 명), 골프(4억 5,000만 명)는 각각 9위와 10위에 올랐다.

국가가 어떤 목적을 위해 특정 스포츠를 만들고 진흥한 것은 아니지만 스포츠는 건강한 신체, 승리를 향한 불굴의 투지, 공동의 목표를 위한 팀원들 간의 단결과 희생·충성심 등 국가 엘리트가 갖춰야 할 소양을 기르는 데 훌륭한 역할을 수행했다. 대표적인 것이 축구와 크리켓 등 단체경기였다. 이들 종목이 영국 사회에 뿌리를 내리고 확산하는데 가장 크게 공헌한 것이 사립학교였다.

16세기 말 잉글랜드 남동부 지역에서 처음 시작된 것으로 알려진 크리켓은 이후 전국적으로 퍼져나갔다. 젠트리와 하인들이 모두 참여하는 게임도 열렸다. 명문 사립학교 학생들이 즐기던 크리켓은 대학 진학생들에 의해 옥스브리지에 전파됐다.

축구의 현대화에도 사립학교와 대학이 크게 기여했다. 1840년대 케임브리지에 최초의 축구 클럽이 만들어졌다. 이튼과 해로, 럭비, 윈체스터 등 명문 사립학교 출신들이 주축이었다. 이들은 자신들의 모교에서 행해졌던 규칙들을 정리하고 집대성해 '케임브리지 규칙'을 만들었다. 1863년 전국 각지의 대학과 전문 클럽 팀들이 모여 축구협회(FA)를 창설했는데, FA가 규칙을 작성할 때 기초로 삼은 것이 바로 케임브리지 규칙이었다. 사립학교에서 전쟁처럼 치러진 스포츠는 육체적으로 강인하고 국가에 대한 충성심으로 불타는 인재를 양성했다.

여왕에서 총리까지

틸버리 연설

1588년 8월 9일 잉글랜드 남동부 에식스의 틸버리항.

엘리자베스 1세 여왕은 회색 말을 타고 나타났다. 하얀색 벨벳 드레스 위로 철제 갑옷을 입었고, 머리엔 깃털 장식 투구를 썼다. 손에는 지휘봉이 들려있었다. 틸버리는 템스강 하류 쪽에 있는 항으로 여왕의 아버지 헨리 8세가 건설했으며, 런던 시내에서 직선거리로 약 35㎞ 정도 떨어진 곳에 있었다.

수행원은 단 6명. 오르몬드 백작이 군 통수권을 상징하는 '국가의 검(Sword of State)'을 쳐들고 앞장섰고, 말고삐를 잡은 시동과 여왕의 투구를 올려놓는 쿠션을 든 수행원, 여왕을 태운 말이 뒤를 이었다. 말 옆구리 쪽으로 비스듬히 앉은 여왕의 오른쪽엔 레스터 백작이, 왼쪽엔 에식스 백작이 걸었고, 맨 뒤엔 여왕의 모든 전쟁에 참전하고 있는 존 노리스 경이 따랐다.

이곳에서 만 55세 여왕은 침략에 대비해 소집된 4,500여 명의 민병대 앞에서 그를 역사상 가장 위대한 군주 중 한 명으로 만든 연설을 했다. 바로 '틸버리 연설'이다.

여왕이 연설을 한 날은 잉글랜드 해군이 에스파냐의 무적함대를 격파한 직후였다. 적 해군은 물리쳤지만, 도버 해협 건너 덩케르크 지역에는 여전히 파르마 공작이 이끄는 에스파냐 대군이 있었다. 무적함대가 잉글랜드 땅으로 실어 나르려 했던 그 군대였다. 여왕은 적이 언제라도 잉글랜드를 침략할 수 있기에 방심할 수 없는 상태였다. 그래서 친히 군영軍營을 찾은 것이었다.

연설에서 가장 유명한 말은 이렇다.

"나는 힘없고 연약한 여자의 몸을 가졌다는 걸 알고 있다. 하지만 나에겐 왕으로서의, 잉글랜드 왕으로서의 심장과 용기가 있다(I know I have the body of a weak, feeble woman. But I have the heart and stomach of a king, and of a king of England too)."

"사랑하는 나의 백성들이여"로 시작하는 연설 곳곳에는 이외에도 '나라를 이끄는 군주는 어떠해야 하는 것일까'에 대한 해답을 주는 '별처럼 반짝이는' 말들이 많다.

> "지금 이 순간, 그대들이 눈으로 보듯이 나는 이곳에 왔노라. 오락이나 장난을 위해서가 아니라 전투가 벌어지는 한가운데서 그대들과 함께 살고, 그대들과 함께 죽기로 결심하고서."
>
> "나의 하나님과 나의 왕국, 나의 백성과 명예, 피를 위해 쓰러지겠노라. 비록 그곳이 먼지 속일지라도."
>
> "(평생) 불명예와 함께 살기보다 무기를 들 것이다. 내가 그대들의 장군

이자 심판자, 이 전장에서 그대들이 보여 준 모든 미덕에 대한 보상자가 되리라."

개인적으로 이 장면, 이 연설 내용을 떠올릴 때면 가슴 깊은 곳에서 마치 활화산 용암처럼 뜨겁게 감동이 솟구쳐 오르는 느낌을 받곤 했다. 이 여왕을 존경하고 좋아하게 됐고, 이런 군주를 가졌던 영국이 부럽다는 생각을 하기도 했다.

"나는 잉글랜드와 결혼했다"

엘리자베스 1세를 역사가 주목하게 만든 또 하나의 명장면이 있다. 여왕이 즉위한 다음 해, 즉 1559년 2월 10일 의회가 열렸다. 여왕은 왕위에 오른 직후부터 의회로부터 결혼할 것을, 그리고 만약 그가 상속자를 낳지 못할 경우에 대비해 미래 왕위계승자를 지명하라는 압력을 받았다. 의회에 참석한 여왕은 자신은 결혼하지 않겠다면서 이렇게 말했다.

"난 이미 남편과 혼인 서약을 했소. 바로 잉글랜드 왕국이라는 남편과."

이때 여왕은 의원들에게 손을 내밀며 즉위식 때 낀 반지를 보여 줬다. 그러면서 "그대들은 내가 잉글랜드와 맺었던 그 서약을 잊지 않았을 것이오"라고 말했다.

영국에는 여왕이 여러 명 있었다. 첫 여왕은 엘리자베스 1세의 언니 메리 1세(재위 1553~1558), 그다음이 엘리자베스 1세, 명예혁명의 주인공 중 한 명인 메리 2세(재위 1689~1694), 스튜어트 왕가의 마지막 왕인 앤 여왕(재위 1702~1714), 대영제국의 황금기였던 빅토리아 여왕(재위 1837~1901), 엘리자베스 2세(재위 1952~2022) 등이다. 이 중에서 결혼을 하지 않은 유일한 여왕이 엘리자베스 1세였다. 그는 왜 결혼을 하지 않았을까. 정확한 이유는 알려지지 않았다.

여왕에게도 사랑하는 사람이 있었고, 결혼의 기회가 있었다. 대표적인 인물이 로버트 더들리였다. 그는 여왕의 어릴 적 친구인데, 여왕 즉위와 함께 여왕의 말 관리인으로 임명됐다. 엘리자베스 1세가 왕이 된 지 얼마 안 돼 잉글랜드 주재 스페인 대사는 "여왕이 밤낮으로 더들리의 침실을 방문한다"는 말을 들었다고 했다.[21]

엘리자베스 1세는 총 45년의 재임 기간 딱 14명을 귀족으로 임명했고, 그가 죽을 때 작위 귀족 수는 60명에 불과했다. 그런데 더들리가 1564년 레스터 백작 작위를 받았다. 여왕의 총애가 얼마나 대단했는지 알 수 있는 대목이다.

이런 일도 있었다. 1562년 여왕은 천연두에 걸려 거의 죽을 뻔했는데, 의식이 돌아온 순간 자신이 죽으면 더들리를 왕국의 섭정관으로 세우고, 그에게 연 2만 파운드의 엄청난 연봉을 주라고 말했다.

하지만 그렇다고 여왕이 더들리와 성적 관계를 갖지는 않은 것 같다. 여왕은 "하나님이 증인"이라면서 두 사람 사이에는 "어

21 타임라이프 북스, 『엘리자베스 여왕의 왕국』, 가람기획, 2004, 53쪽.

떤 부적절한 일도 없었다"라고 말했다고 한다.[22]

여왕은 죽을 때까지 더들리를 마음에 둔 것으로 보이는데, 여왕이 죽었을 때 침실에서 발견된 작은 상자에는 더들리가 1588년 9월 죽기 직전 여왕에게 쓴 편지가 담겨 있었다. 이 편지에는 여왕이 직접 "그의 마지막 편지"라고 적어 놓았다고 한다. 더들리는 말라리아와 위암으로 죽었을 것이라고 역사가들은 추측하고 있다. 하지만 더들리와의 사랑은 끝내 맺어지지 못했다. 더들리가 이미 기혼자였고, 윌리엄 세실 국무상 등 충신들이 극구 말렸기 때문이다.

이외에도 외국 왕과 귀족들의 구애도 많았다. 언니 메리 1세의 남편이었던 에스파냐의 펠리페 2세도 그중 한 명이었다. 메리 1세가 죽자 펠리페 2세는 그 동생인 엘리자베스 1세에게 청혼을 했다. 프랑스에 맞서 잉글랜드-에스파냐 동맹을 맺기 위한 것이었다. 하지만 가톨릭 종주국을 자임하는 에스파냐의 왕과 개신교 중심으로 떠오른 잉글랜드 여왕의 결혼은 불가능에 가까웠다.

언니 메리 1세는 가톨릭 신자였기 때문에 주변 만류에도 불구하고 펠리페 2세와 결혼을 강행했지만, 엘리자베스 1세는 개신교도였기 때문에 이 청혼은 '언감생심' 수준이라 하겠다. 나중에 여왕과 펠리페 2세는 극한 대립을 거듭했고, 1588년 칼레 해전으로 세기의 전투를 벌였다.

여왕은 즉위 전에는 스웨덴의 왕 에릭 14세, 덴마크의 아돌프 공작과 프레데릭 2세 등과 혼담이 있었고, 즉위 후에는 오스트리

22 타임라이프 북스, 앞의 책, 54쪽.

아의 샤를 대공, 앙주 공작이었던 앙리와 그의 동생 프랑수아 등과도 결혼 얘기가 오갔다. 하지만 종국에 모든 혼담은 없던 걸로 결론이 났다.

엘리자베스 1세가 만약 결혼을 했다면, 그건 철저히 정치적이고 국가 이익을 위한 결단이었을 것이다. 첫째, 유럽의 지정학적 상황을 판단했을 때 어떤 나라와 동맹을 맺는 것이 최선인지 판단했을 것이고 둘째, 왕권 유지와 국내 안정을 위해 누구와 결혼하는 게 유리한지 가늠했을 것이다.

그렇다면 그가 끝내 결혼을 하지 않은 배경은 무엇이었을까. 마찬가지로 그 또한 정치적인 이유였을 것이 틀림없다고 본다. 국가와 자신의 안전과 번영을 위해 결혼을 포기했다고 생각하는 게 가장 합당할 것이다. 어찌 됐건 1570년대 이후로는 의회도 여왕에게 결혼을 압박하지 않았다고 한다. 앞서 얘기한 1559년 의회에서 여왕은 이런 말로 연설을 끝맺었다.

"나의 비석엔 이렇게 새겨질 것이오. '그 시대를 다스렸던 여왕은 처녀로 살았고, 처녀로 죽었다'. 그거면 나는 족하오."

피, 노고, 눈물 그리고 땀

1940년 5월 10일.

히틀러가 벨기에와 네덜란드, 룩셈부르크를 전격 침공했다는 뉴스가 전해졌다. 히틀러와 화해를 주장했던 체임벌린이 물러나고 윈스턴 처칠이 새 총리가 됐다. 3일 후인 5월 13일, 그는 하원에서 첫 연설을 했다. 그를 역사상 가장 위대한 지도자 중 한 명에 올려놓은 '피, 노고, 눈물 그리고 땀(blood, toil, tears and sweat)' 연설이다.

> "제가 드릴 수 있는 건 피와 노고, 눈물 그리고 땀밖에 없습니다. 우리의 정책이 무엇이냐고 물으신다면 저는 전쟁이라고 말하겠습니다. 바다와 땅과 하늘에서 신이 우리에게 주신 모든 힘과 능력을 다 바쳐서. 우리의 목표가 뭐냐고 물으신다면 저는 한마디로 승리라고 대답하겠습니다. 어떤 대가를 치르더라도, 어떤 공포가 닥쳐온다 해도, 아무리 길고 힘든 길일지라도. 승리가 없다면 생존도 없습니다."

프랑스를 비롯한 전 유럽이 무너지고, 미국이 참전을 꺼리던 시기 히틀러에 맞선 유일한 사람은 처칠이었다. 그는 확고한 신념을 갖고 있었고, 어둠의 세력에 맞서 싸울 용기를 갖고 있었다. 그리고 국민들을 설득했다. 국민들은 그를 통해 왜 싸워야 하는지, 싸우면 틀림없이 이길 수 있을 것이라는 믿음을 가졌다. 그는 프랑스 해변에 고립된 영국과 프랑스 군인 34만 명을 안전하게 후방으로 철수시킨 '덩케르크 작전'을 성공시켰고, 그 해 여름 독일 공군의 어마어마한 공격을 버텨내고 적에게 큰 타격을 가했다.

처칠은 1930년대 초 이미 히틀러의 실체를 꿰뚫어 본 선견지명을 가졌다. 1938년 히틀러가 오스트리아와 체코슬로바키아를 집어삼키고, 1939년 폴란드 침공을 시작으로 제2차 세계대전을 일으키기 훨씬 전이었다. 처칠은 1933년 1월 히틀러가 독일 총리에 오르자 즉각 나치의 위험성에 대해 알람을 울렸다. 그는 독일 공군이 곧 영국 공군을 추월할 것이라고 경고했다. 하지만 누구도 그의 말을 들으려 하지 않았다. 오히려 '전쟁광'이라며 그를 몰아붙였다.

히틀러가 본색을 드러내고, 유럽 전역을 순식간에 석권하면서 영국은 졸지에 풍전등화 신세가 됐다. 이제 영국과 국민들은 처칠에게 나라의 운명을 맡겼다. 그리고 그는 그 임무를 성공적으로 수행했다. 영국뿐 아니라, 유럽, 더 나아가 세계를 구했다. 그는 나중에 총리가 되는 순간에 대해 "내가 (히틀러와 싸워야 하는)모든 순간에 대해 지휘권을 갖게 된 것에 대해 깊은 안도감을 느꼈다"라고 썼다. 그는 진정 자신이 운명의 길을 걷고 있으며, 총리가 되기 이전까지의 모든 삶의 과정은 "(히틀러에 맞서는) 이 시간과 이 시련을 위한 준비"였다고 믿었다.

2차 대전이 끝난 직후인 1946년, 처칠은 또 한 번 인류가 직면한 거대한 도전을 언급했다. 그해 3월 5일 그는 미국 미주리주 풀턴에 있는 웨스트민스터 대학에서 트루먼 미국 대통령이 지켜보는 가운데 '철의 장막(Iron Curtain)' 연설을 했다.

> "발트해에 있는 (폴란드 북서부 항구도시)슈테틴에서 아드리아해에 있는 (이탈리아 동북부에 있는 항구도시)트리에스테에 이르기까지, 유럽 대륙에는 철의 장막이 드리워졌습니다. 이 선 뒤에는 중부와 동부 유럽의 모든 고대 국가들의 수도들이 있습니다. 바르샤바, 베를린, 프라하, 비엔나, 부다

페스트, 벨그라드, 부카레스트, 소피아… 이 모든 도시와 그곳에 사는 주민들이 제가 '소비에트 영역'이라 부르는 곳에 들어가 있습니다."

이 연설이 알려지자 소련의 스탈린은 처칠을 '소련을 반대하는 전쟁광'이라고 공격했다. 미국과 영국에서도 그를 향해 비난의 화살이 쏟아졌다. 하지만, 얼마 지나지 않아 자유민주주의 세계는 소련에 대한 처칠의 진단이 옳았음을 인정해야 했다. 히틀러에 이어 스탈린까지 독재에 대한 처칠의 진단과 안목은 정확했다. 그는 공산주의의 말로에 대해서도 예언했다. 그는 자신의 비서인 존 콜빌에게 "그대가 평균 수명만큼 산다면 동유럽에서 공산주의가 망하는 모습을 볼 수 있을 것"이라고 말했다. 실제로 콜빌은 소련과 동구권의 공산주의 정권이 무너지기 직전인 1987년 사망했다.

처칠은 각종 '역사상 가장 위대한 인물' 조사에서 1, 2위를 차지하곤 한다. 위기에 처한 세상을 구한 지도력과 탁월한 안목 등이 역사라는 페이지에서 그의 존재를 더욱 크고 진하게 만들었다. 하지만, 그가 그토록 위대한 존재가 될 수 있었던 것은 국민들이 그를 지도자 반열에 올리고 그가 이끄는 대로 힘을 모았기 때문이었다.

최종 비밀병기

귀여운 여왕

"폐하께서도 마멀레이드 샌드위치를 좋아하시겠지요. 저는 늘 비상용으로 하나 갖고 다닙니다."

여왕과 티타임을 갖게 된 패딩턴 베어가 쓰고 있던 빨간색 펠트 모자에서 샌드위치 한 조각을 꺼내 보이며 자신의 비밀을 이렇게 털어놓았다. 이에 대한 여왕의 반응이 예술적 반전이다.

"나도 좋아한단다. 내 거는 바로 여기에 있지."

그러면서 여왕은 핸드백에서 샌드위치를 꺼내 보여 준다. 패딩턴은 "오~."하며 깊은 곳에서 우러나오는 감탄사를 내뱉는다. 짧은 티타임 끝에 패딩턴이 말한다.

"즉위 70주년을 경하드립니다. 그리고 (여왕께서 해오신)모든 것에 대해 감사를 드립니다."

엘리자베스 2세 여왕의 즉위 70주년(플래티넘 주빌리·Platinum jubilee) 축제 때 공개된 이 동영상을 보면 비록 영국인뿐만 아니라 세계인 누구라도 살짝 미소를 짓게 되고 여왕에게 친근감을 갖게 된다. 만 96세 할머니의 귀여운 위트에 누군들 빠져들지 않을 수 있을까 싶다. 1958년 탄생한 영국의 말썽꾸러기 곰 캐릭터 패딩턴이 1952년 왕위에 오른 여왕과 마멀레이드 샌드위치를 통해 교감을 하고, 수십 년 동안 영국인의 사랑을 받고 있는 이 곰 캐릭터가 진심 어린 목소리로 "여왕님 감사합니다"라고 말하는 장면은 외국인이 봐도 감동적이다. 어느 순간 존경과 부러움이라는 감정이 한꺼번에 밀려든다.

입헌군주제인 영국에서 왕은 군림하되 통치하지 않는다. 하지만 영국 왕의 정치, 경제, 사회, 문화적 영향력은 절대적이다. 엘리자베스 2세 여왕을 포함해 영국 왕실은 영국인들의 삶에 깊이 배어 있다는 걸 절감했다. 영국인들은 왕실과 함께 숨을 쉬고 식사를 하고 옷을 입고 잠을 잔다.

또한 여왕을 비롯한 영국 왕실은 1년에 2,000회에 달하는 공식 행사에 참석한다. 버킹엄궁 등 왕실 건물에서 열리는 각종 조찬과 오찬, 만찬, 그리고 각종 리셉션 등에 초대되는 사람은 1년에 7만 명에 달하고, 왕실 구성원은 매년 10만 통에 달하는 편지에 답장을 해주고 있다. 그 외에 영국 왕실 또는 왕실 구성원이 후원을 하거나 관계를 맺고 있는 기관은 3,000여 개에 달한다.

고故 엘리자베스 2세 여왕은 1926년생으로 100세가 눈앞이었는데도 국민들과 희로애락을 함께 하고, 국가 주요 행사에 빠짐없이 참석해 국가의 최고 어른이자 국가수반으로서 역할과 책임을 소홀히 하는 법이 없었다. 때론 전혀 예측하지 못한 깜짝쇼로 국민들의 관심과 애정, 전폭적인 지지를 이끌어냈다.

2012년 런던올림픽 개막식 때 여왕의 등장 장면이 대표적이다. 당시 올림픽 주경기장 스크린에 동영상이 상영됐다. 영화 007을 패러디한 것인데, 여왕은 본드걸로 변신했다. 제임스 본드(대니얼 크레이그)가 버킹엄궁에서 여왕을 모시고 나와 헬기에 태운 뒤 주경기장까지 호위한다. 스크린에선 헬기에서 여왕이 낙하산을 타고 뛰어내리는 장면까지 영상으로 상영된다. 그리고 이어지는 장면처럼 007 메인 테마곡을 배경으로 여왕이 실제로 주경기장에 등장했다. 주경기장을 가득 메운 7만 명 관중이 열광에 가까운 환호를 보냈다.

당시 여왕은 이 동영상 출연과 관련된 보고를 받고는 "못할 게 뭐 있어(Why not)"라고 말한 것으로 알려졌다. 대신 여왕은 출연 조건을 내걸었는데, 하나는 제임스 본드가 자신을 구출하는 설정이어야 한다는 것, 둘째는 본인도 대사가 있어야 한다는 것이었다. 그 대사는 '굿 이브닝 미스터 본드'였다.

하지만 여왕의 친근함, 귀여움, 국가 최고 어른으로서 존경받기에 손색없는 절제와 품행, 너그러움만으로 여왕과 왕실의 존재감과 가치를 따질 수 없다. 그보다 훨씬 더 큰 의미가 있기 때문이다.

최고의 국가 보물

엘리자베스 2세 여왕과 그 뒤를 잇는 찰스 3세를 비롯한 영국 왕실은 국가 경제에 상당한 기여를 하고 있다. 영국의 글로벌 브랜드 평가 전문 컨설팅업체 '브랜드 파이낸스'에 따르면 2017년 기준 영국 왕실의 가치는 총 675억 파운드, 우리 돈으로 약 106조 원(1파운드=1,570원으로 계산)에 달하는 것으로 추산됐다. 이중 왕궁과 토지, 보석 등 실물 자산이 255억 파운드(약 40조 원)이고, 영국 경제에 가져올 미래의 부를 현재 가치로 환산한 금액이 420억 파운드(약 약 66조 원)였다.

미래 가치의 현재 환산 금액이 이 정도에 달한다고 추산하는 이유는 실제로 매년 왕실이 창출하는 부가 어마어마하기 때문이다. 브랜드 파이낸스는 2017년 한 해에 영국 왕실이 총 17억 6,600만 파운드, 우리 돈으로 약 2조 7,700억 원만큼의 부가가치를 영국 경제에 기여한 것으로 분석했다. 이는 불과 2년 전인 2015년 11억 5,500만 파운드(약 1조 8,000억 원)보다 무려 53%나 늘어난 것이다. 시간이 갈수록 영국 왕실이 경제에 기여하는 가치가 더욱 커지고 있는 것이다. 당시 데이비드 헤이 브랜드 파이낸스 최고경영자(CEO)는 "왕실은 상징적 의미뿐만 아니라 경제적 차원에서도 영국의 국가 보물"이라고 말했다.

영국 왕실은 구성원 한 사람 한 사람이 움직이는 브랜드이고 마케팅 자원이다. 그들의 일거수일투족, 일상, 행사, 여행, 옷, 먹고 마시는 모든 것이 영국은 물론 전 세계의 소비와 생산에 영향을 미친다. 2011년 윌리엄 왕세손이 케이트 미들턴과 결혼했을 때, 전 세계 188개국 7,200만 명이 실시간 동영상을 시청했다.

브랜드 파이낸스는 2015년 왕실이 창출한 부 중에 '케이트 효과'가 1억 5,200만 파운드(약 2,400억 원)에 달한다고 봤다. 또,

2015년 태어난 샬럿 공주 효과는 1억 100만 파운드(약 1,600억 원), 2013년 태어난 조지 왕자의 효과는 7,600만 파운드(약 1,200억원) 정도였다고 했다. 조지 왕자의 경우 태어났을 때 영국 경제에 기여한 부가가치가 2억 4,700만 파운드(3,878억 원)로 추산된다고 영국 리테일 리서치센터가 발표했다.

영국인들은 국왕이 참석하는 행사와 스포츠 경기에 함께하기 위해 아낌없이 시간을 투자하고 지갑을 연다. 1711년 앤 여왕 때 설립된 애스콧 경마장에서 개최되는 '로열애스콧' 경마대회, 런던 첼시 지역의 템스강변에 있는 왕립병원 가든에서 열리는 '첼시꽃 박람회' 등에 가려고 비싼 숙녀복과 정장, 모자를 산다.

로열애스콧 경마대회는 매년 수백만 파운드의 매출을 올리는데, 그 이외에도 2013년의 경우 패션과 뷰티 관련 매출이 6,800만 파운드(약 1,068억 원)이었다. 런던의 버킹엄궁 인근의 켄싱턴과 첼시 지역의 경우, 1년에 관광객들이 쓰는 돈이 31억 파운드(약 4조 8,670억 원)에 달한다. 이중 절반은 쇼핑이다. 이 지역엔 해롯백화점과 켄싱턴궁 등이 있고, 첼시꽃박람회도 열린다. 윈저궁이 있는 윈저 버러 지역에서도 한해 관광객으로 인한 수입이 2013년 4억 7,270만 파운드였다.

자선사업도 영국 왕실의 존재로 가장 큰 덕을 보는 분야 중 하나이다. 찰스 3세는 왕세자 시절 40년 넘게 각종 자선 단체와 행사에 참여하거나 후원을 했는데, 그가 조성하는 기금이 매년 1억 파운드(약 1,570억 원)를 넘었다.

영국이 가는 길을 알려거든

지난 2016년 3월 9일 영국의 타블로이드 신문 '더선(The Sun)' 1면에 핵폭탄급 단독 기사가 실렸다. 엘리자베스 2세 여왕 사진과 함께 한 페이지를 거의 다 채운 큼지막한 제목은 "여왕은 브렉시트를 지지한다(QUEEN BACKS BREXIT)'였다. 하단에 배치된 한 줄짜리 작은 제목은 "유럽연합(EU)이 잘못된 방향으로 가고 있다고 여왕이 말했다"였다.

더선은 이 기사에서 익명의 취재원 2명으로부터 확인한 내용이라며 여왕이 2011년 윈저성에서 당시 닉 클레그 부총리와 함께한 점심 식사 자리와 시점이 확인되지 않았지만 버킹엄궁에서 하원의원들을 만나는 자리에서 브렉시트에 대한 자신의 입장을 확실하게 밝혔다고 했다. 여왕이 자신은 "EU가 잘못된 방향으로 가고 있다고 믿는다", "유럽을 이해할 수 없다"라는 말을 했다는 것이었다.

영국은 발칵 뒤집혔다. 그해 6월 23일 실시한 브렉시트 국민투표를 3개월여 앞둔 시점에서 입헌군주제 전통에 따라 정치에 개입하지 않는 여왕이 영국 국민들 사이에 찬반이 극명하게 갈리는 사안을 놓고 한쪽 편을 분명하게 편들고 있다는 사실이 알려졌기 때문이다. 당시 영국 여론은 찬반으로 쫙 갈라져 있었고, 브렉시트 반대가 '약간 우세' 정도로 앞서고 있었다.

버킹엄궁은 정확한 사실관계를 확인해주지 않았다. 다만 버킹엄궁 대변인은 "여왕께서는 지난 63년간 그랬듯이 정치적으로 중립적인 입장을 견지할 것이다. 우리는 겉으로 그럴듯하게 포장된, 그리고 익명의 취재원이 주장하는 내용에 대해 논평하지 않는다"라고 말했다. 버킹엄궁의 이런 애매한 태도는 오히려 "여왕의 발언이 사실인가 봐"라는 심증을 확고하게 했다. 브렉시트 찬성 진영은 천군만마를 얻은 듯 환호하며 이 보도를 대대적으로 홍보했다.

이후 영국 언론들 보도에 따르면, 엘리자베스 2세 여왕은 실제로 브렉시트를 지지한 것으로 밝혀졌다. 브렉시트 국민투표 직전에도 한 만찬에서 동석한 사람에게 "영국이 유럽의 일부여야 하는 타당한 이유 세 가지만 말해 달라"라고 했다는 사실이 알려졌다. '일간 텔레그래프(Daily Telegraph)'는 "여왕이 탈퇴를 지지한다는 해석에 무게가 실린다"라고 했다.

그해 말, BBC도 같은 취지의 보도를 했다. BBC 정치 담당 에디터인 로라 쿠엔스버그가 라디오 프로그램에 출연해 "이름을 밝힐 순 없지만 한 취재원으로부터 '여왕이 브렉시트를 지지하는 발언을 했다'라는 말을 들었다"라고 공개했다. 그는 이미 더선이 보도했던 2011년 윈저성 오찬과 관련해, 자신도 당시 여왕이 "나는 왜 우리가 유럽연합에서 탈퇴하면 안 되는지 이유를 모르겠다. 도대체 문제가 뭐냐"라고 말했다는 내용을 취재원에게서 들은 적이 있다고 했다. 하지만 쿠엔스버그는 추가 취재 과정에서 더 이상 사실 확인이 안 돼 그 당시엔 보도를 못했다고 했다.

브렉시트에 대한 여왕의 견해가 실제로 국민투표에 어떤 영향을 미쳤는지는 알 수 없다. 다만, 투표 결과 탈퇴 51.9%, 잔류 48.1%로 브렉시트로 결론이 났다. 이에 따라 영국은 1973년 유럽연합의 전신인 유럽경제공동체(EEC)에 가입한 지 43년 만에 유럽 대륙과의 이별을 공식화했다.

영국이 역사적 고비를 맞거나 갈림길에 섰을 때 엘리자베스 2세 여왕이 나라의 진로 선택 과정에서 결정적 역할을 한 사례는 또 있다. 2014년 영국에서 가장 큰 사건은 스코틀랜드 분리독립 투표였다. 영국과 스코틀랜드는 앤 여왕 시절인 1707년 한 나라가 됐다. 하지만 역사적으로 수많은 전쟁과 탄압, 지배에 시달렸던 스코틀랜드는 꾸준하게 분리독립에 대한 꿈을 포기하지 않았다.

선거운동 초기만 해도 잔류 쪽 지지세가 강력했다. 2013년 말부터 2014년 초 실시된 각종 여론조사를 집계해 평균을 냈을 때 잔류가 61%로 분리독립의 39%를 크게 앞섰다. 하지만 시간이 갈수록 분리독립이 세를 얻었다. 여론조사업체 유고브 조사에서는 분리독립이 47%로 잔류(45%)를 누르기도 했다. 상황이 급박해지자 데이비드 캐머런 총리 등 정치인과 유력 인사들이 총출동, 스코틀랜드가 영국 울타리에 남아야 하는 당위성과 그럴 경우 대대적인 혜택을 제공하겠다고 선전했다. 그래도 상황은 안심할 수 없었다.

이때 여왕이 나섰다. 여왕은 투표 3일 전인 9월 14일 일요일 오전, 여름 휴가지인 스코틀랜드 애버딘셔 밸모럴성 인근에 있는 한 교회 예배에 참석한 뒤 지역 주민들과 말을 나눴다. 한 주민이 "우리는 투표에 대해서는 잘 말하려 하지 않는다"라고 농담조로 말하자 여왕은 "나는 사람들이 미래에 대해 아주 신중하게 생각해야 한다고 바라고 있습니다"라고 말했다.

BBC 등 영국의 모든 언론은 즉각 이 발언을 대대적으로 보도

했다. 독립 반대 쪽에서는 "여왕이 독립을 반대하라는 뜻을 표한 것"이라며 반겼다. 반면 독립 찬성 측은 "그런 뜻이 아니고 그냥 신중하게 투표하라는 뜻이었다"라고 주장했다. 이에 대해 대부분의 언론들은 "여왕이 사실상의 반대 의사를 표명한 것"이라고 해석했다. 특히 어머니가 스코틀랜드 출신이며, 어린 시절을 스코틀랜드에서 보낸 여왕의 이 발언이 약 12% 정도로 추산되는 부동층에 영향을 미칠 것이라고 분석했다. 실제로 투표 결과는 독립 반대 55,3%, 찬성 44.7%였다.

제국 파워의 원천

2005년 7월 7일 아침 출근 시간대.

런던 도심 한복판에서 동시다발적인 폭탄 테러가 발생했다. 런던이 2012년 하계 올림픽 개최지로 결정됐다는 뉴스가 나온 다음 날이었다. 첫 번째 폭발은 오전 8시 49분 지하철 '서클라인'의 리버풀스트리트역과 알드게이트역 사이를 달리던 6칸짜리 열차에서 발생했다. 곧이어 에지웨어로드역을 출발해 패딩턴역으로 향하던 열차에서 두 번째 폭탄이, '피카딜리라인' 중 킹스크로스·세인트판크라스역을 출발해 러셀스퀘어역으로 가던 열차에서 세 번째 폭탄이 터졌다.

여기서 그치지 않았다. 약 1시간 후인 오전 9시 47분, 이번에는 대영박물관에서 직선거리로 약 500m 북쪽에 있는 타비스톡스퀘어를 지나던 2층버스 위 칸에서 네 번째 폭탄이 터졌다. 이날 연쇄 폭탄 테러로 56명이 사망하고 784명이 부상을 당했다.

당시 런던에 출장 가 있던 한 지인은 다른 무엇보다 영국 사람들의 행동과 대응 방식을 보고 소름 돋는 전율을 느꼈다고 했다. 거리에서 본 런던 사람들은 운행이 중단된 지하철을 포기하고, 거의 말도 없이 걸어서 집과 직장으로 향하고 있었다. 업무를 마치고 건물 밖으로 나와 켠 휴대 전화에는 부모님을 비롯해 한국에서 수없이 많은 전화가 와 있었다. 살아 있는지, 다친 데는 없는지 걱정돼서 건 전화들이었다. 그제야 상황 파악이 된 그는 "이런 어마어마한 일이 터졌는데, 이곳 사람들은 어찌 저리 차분하고 질서 있게 행동할 수 있는지 놀라웠다"라고 회상했다.

한편 2017년 6월 14일 새벽, 런던 켄싱턴 지역에 있는 24층짜리 공공 임대아파트 그렌펠타워에서 화재가 발생했다. 4층에서 시작된 불은 순식간에 건물 전체를 집어삼켰다. 이 불로 주민 72명이 사망하고 74명이 부상을 당했다. 화재 현장은 아비규환이었다. 특히, 미처 빠져나오지 못한 피해자들이 가족이나 친구들에게 자신의 마지막을 휴대 전화로 전하고, 고층과 꼭대기에서 불길을 피해 뛰어내리다 사망하는 모습 등이 방송과 SNS 등을 통해 실시간으로 퍼졌다. 당시 영국에서는 '19세기에나 일어났을 화재'라며 분노를 표출하기도 했다. 우리나라 세월호 참사의 판박이였다.

이튿날 현장을 방문한 테리사 메이 총리는 피해자와 그 가족들을 만나지 않고, 소방 관계자들만 위로한 뒤 돌아가 비난을 받았다. 의회 차원에서 화재 원인을 조사한 위원회는 약 2년 5개월

이 지난 2019년 10월 30일에서야 1,000여 쪽에 달하는 1차 조사 보고서를 발표했다. 판사 출신의 조사위원장은 "조사위에 그렌펠타워 주민을 포함시켜야 한다"라는 일각의 요구를 일언지하로 거절했다. 철저하게 전문가 위주로 위원회를 구성했다.

보고서는 처음부터 끝까지 화재 원인 분석과 재발 방지에 중점을 뒀다. 피해자와 가족들은 "진실을 위한 여정이 시작됐다는 자신감이 생겼다"라며 조사 결과를 신뢰한다고 했다. 이 화재 사건은 정략적 목적으로 활용되지 않았다. 피해자와 그 가족들을 비롯한 국민들은 정부의 일 처리 방식과 발표 내용을 신뢰했고, 소방과 경찰, 내각에서 '정치적 희생양'은 나오지 않았다.

어떤 전쟁이나 전투를 막론하고 승자가 반드시 100% 완벽한 전략·전술을 구사할 수는 없다. 월등한 무기와 상대를 압도하는 사기, 훈련과 준비, 많은 병력 등을 갖춰 전투가 벌어지기 전에 이미 승리가 확실한 경우도 있다. 하지만 반대로 결코 이길 수 없을 것 같은 불리한 상황을 극복하고 기적 같은 승리를 따내는 경우도 있다. 결론이 나기 전까지는 누구도 앞일을 알 수 없다. 이런 상황에서 정말 중요한 것은 이 길이 옳은 길인지 아닌지 알 수는 없지만, 부대 전체가 하나로 뭉쳐 전투력을 극대화하는 것이다. 비록 지휘관이 비효율적인 전술과 정책을 내세운다 해도 절대다수의 구성원들이 에너지와 지혜를 하나로 모을 수 있다면 상대를 꺾을 가능성은 커질 수밖에 없다.

국가와 사회도 마찬가지이다. 국가 지도자를 중심으로 국민과 구성원 대다수가 함께 머리를 싸매고 힘을 합친다면 위기는 극복할 수 있고, 상대를 제압할 수 있다. 대영제국의 가장 큰 힘은 군주와 국가, 정부를 중심으로 국민들이 똘똘 뭉치는 그 자체, 일종의 '자발적 국가주의'가 아닌가 싶다. 그렇다면 무엇으로 국민을 뭉치게 할 것인가.

노블레스 오블리주

로댕의 세계적인 예술 작품 '칼레의 시민'에 대한 일화가 있다. 프랑스·영국 사이에 백년전쟁이 발발했을 때 칼레의 시민들은 영국에 끝까지 맞서 싸웠다. 1347년 영국의 국왕 에드워드 3세는 결국 칼레를 점령했고, 칼레의 지도자급 인사 6명의 목숨을 내놓으면 나머지 시민들을 살려주겠다는 제안을 했다. 이에 시민 대표 6명은 교수형을 각오하며 목에 밧줄을 감고 희생을 자처했다. 다행히 임신한 에드워드 3세의 왕비가 간청해 이 6명의 목숨도 살리고, 칼레 시민들도 지킬 수 있었다는 이야기이다.

프랑스어로 '고귀한 신분(귀족)'이라는 뜻의 '노블레스 오블리주(noblesse oblige)'는 사회적으로 신분이 높은 사람들의 도덕적 의무를 가리키는 말이다. 왕이나 귀족, 영주, 정관계 고위직, 자산가 등이 국가나 사회, 또는 공동체를 위해 스스로 희생하고 봉사하고 솔선수범할 때 그들을 칭송하기 위해 사용한다. 이 노블레스 오블리주의 가장 전형적이고 모범적인 사례가 영국 왕실이다. 기본적으로 영국 왕실의 모든 남성들은 군에 복무한다. 하지만 무엇보다 엘리자베스 2세 여왕이 보인 모범은 너무나 상징적이다.

제2차 세계대전이 터지자 영국 정치권에서는 엘리자베스와 마거릿 두 공주를 캐나다로 대피시켜야 한다는 주장이 제기됐다. 하지만 당시 왕비는 "공주들은 제가 없이는 절대 가지 않을 겁니다. 저는 국왕 없이는 절대 가지 않을 겁니다. 그리고 국왕께서는 절대 이 나라를 떠나지 않을 것입니다"라고 말했다.

1945년 초, 엘리자베스 공주는 "전쟁에 직접 참가해 조국에 봉사하고 싶다"라며 아버지를 설득해 군에 자원입대했다. 군번이 230873이었던 공주는 운전병 훈련을 받았고 얼마 후 대위 계급장을 받았다. 구호품 전달 부서에 배치된 공주는 처음엔 취사와 매점 관리 등 비非전투 업무에 투입됐지만, 나중에는 일반 병사들처럼 트럭을 몰고 탄약을 관리했다. 공주가 무릎을 꿇고 트럭 바퀴를 교체하고, 차 보닛을 열고 수리하는 모습을 찍은 흑백 사진이 지금도 남아 있다.

이런 여왕이 있으니 왕실의 남성들이 군 입대를 머뭇거릴 수가 없다. 수십년 간 왕세자 지위에 머물다 여왕의 갑작스러운 서거로 왕위에 오른 찰스 3세도 할아버지와 아버지를 이어 군에 뛰어들었다. 1971년 공군 조종사로 입문했고, 이후 해군에서도 복무했다. 여왕의 둘째 아들인 앤드루 왕자도 1980년대에 아르헨티나와 벌였던 포클랜드 전쟁에 참전, 영국 군함을 향해 날아오는 미사일을 교란하기 위해 헬기를 타고 상공에서 채프(알루미늄 조각)를 뿌리는 임무를 수행했다.

여왕의 손자인 해리 왕자도 실전에 참전했다. 그는 테러와의 전쟁이 한창이던 아프가니스탄에 투입됐다. 당시 해리 왕자가 전장에서 '캘리버 50' 기관총을 잡고 있는 사진이 공개돼 화제가 되기도 했다. 육군사관학교를 나온 해리 왕자는 "동료들이 싸우는 것을 보고만 있을 수 없다"라며 전선 투입을 자청한 것으로 알려졌다. 해리의 형인 윌리엄 왕세자도 육사를 나와 육·해·공 훈련을 마친 뒤 헬기 조종사로 복무했다.

영국 왕실과 그 구성원들이 국민들로부터 절대적인 지지를 받는 이유 중 하나는 바로 이처럼 나라를 위해 자신을 바칠 줄 아는 노블레스 오블리주를 충실히 실천하고 있기 때문이다.

5장

'글로벌' 우물 밖으로 나가야 산다

섬에 둥지를 틀다

왕의 도시

런던에서 남서쪽으로 약 90㎞ 떨어진 윈체스터(Winchester)는 언젠가 꼭 가보고 싶었던 버킷리스트(bucket list) 중 하나였다. 자동차로 1시간 30분 정도 달려 중세의 판타지를 품고 있는 도시에 들어설 무렵엔 심장이 두근두근 뛰었다. 열 살 꼬마가 처음 디즈니랜드에 발을 들여놓을 때, 커피 매니아가 미국 시애틀에 있는 스타벅스 1호점에 갔을 때 이런 기분이었을 듯싶다.

인구는 4만 5,000여 명. 도시라기보다 마을이란 단어가 더 어울릴 법한 곳이다. 손꼽히는 관광 명소 중 하나인 윈체스터 대성당엔 내외국인 관광객들의 발길이 끊이질 않았다. 648년 처음 성당이 세워졌고, 1079년 재건축, 그 이후 500년에 걸친 증·개축을 걸쳐 지금의 모습을 갖췄다고 한다.

소설 『오만과 편견』을 썼고, 영국인들이 가장 사랑하는 여작가로 꼽히는 제인 오스틴(1775~1817)이 묻혀 있고, 중세 웨식스 왕국의 역대 왕들 유골이 합장된 함의 존재는 자석처럼 마음을 끌어 당겼다.

시내를 걷다 보면 만나게 되는 '그레이트 홀(The Great Hall)'. 13세기 노르만 왕조 시절 건설된 이 건물도 인기가 좋았다. 벽면에 걸려 있는 커다란 원형 탁자를 보러 사람들이 몰렸다. 아서 왕의 전설에 등장하는 그 유명한 원탁(Round Table)이다. 물론 이 원탁이 실제로 아서 왕과 기사들이 사용했을 리는 없다. 아서 왕 자체가 전설이기 때문이다.

무엇보다 이곳이 마음을 설레게 하는 건 바로 앨프레드 대왕(Alfred the Great, 재위 871~899)의 고향이자 정치적 본거지였기 때문이다. 앵글로색슨이 잉글랜드에 세운 7왕국 시절 윈체스터는 웨식스 왕국의 수도였다. 웨식스는 9세기에 7왕국의 맹주盟主로 떠올랐다. 8세기 후반부터 브리튼섬에 바이킹들이 출몰하기 시작했고, 9세기 후반기에 들어서면 이들의 공세가 더욱 거세졌다. 중북부의 노섬브리아와 머시어 등이 멸망했다. 브리튼의 앵글로색슨 시대는 곧 막을 내릴 듯했다.

이때 나타난 영웅이 앨프레드였다. 바이킹 침입으로 태풍 앞 촛불처럼 위태롭던 웨식스 왕국과 브리튼을 구했고, 결국 이 섬을 앵글로색슨의 나라로 만든 주인공이다. 영국인들은 그에 대해 "스스로를 잉글랜드의 왕으로 부를 수 있는 당당한 권리를 가진 첫 번째 사람"이라고 말한다.

이곳에 그가 묻혔다

필자가 보물처럼 애지중지하는 물건이 하나 있다. 벽걸이 달력만 한 크기의 한 장짜리 역대 영국 왕들의 계보도이다. 제목은 '영국의 왕과 여왕(Kings & Queens of England)'이다. 몇 년 전 영국의 한 기념품점에서 산 것이다. 개인적으로 이 계보도를 보면서 영국이란 나라를 이해하기 시작했다.

계보도 맨 뒤에 있는 왕은 에그버트(재위 802~839)다. 에그버트는 앨프레드의 할아버지다. 에그버트가 제일 위에 있다는 것만 봐도 영국인들이 웨식스 왕국을, 그리고 앨프레드의 혈통을 영국의 시조로 삼고 있다는 것을 한눈에 알 수 있었다. 에그버트를 설명하는 문장은 이랬다.

"모든 영국인들로부터 왕으로 인정받은 최초의 색슨족 왕."

앵글로색슨족이 브리튼섬에 들어오기 시작한 것은 5세기 중엽이었다. 로마인들이 떠난 이후였다. 이들이 남동쪽에 처음 세운 왕국이 켄트였고, 이후 서식스, 웨식스, 에식스, 노섬브리아, 이스트앵글리아, 머시어 등이 들어서 7왕국 시대가 열렸다. 이들 왕국 중 가장 힘세고 영향력 있는 나라의 왕을 '브레트왈다(Bretwalda)'라고 불렀다. 중국 춘추전국시대 때 패왕霸王 또는 패주霸主의 개념과 같다. 웨식스의 왕이었던 에그버트는 827년에 브레트왈다에 등극, 잉글랜드를 호령했다.

에그버트의 아들이 애설울프이고, 그 아들이 앨프레드다. 그의 이름 옆에 이런 설명이 붙어 있다. '대왕(The Great).'

이 단어 이외 다른 설명이 필요 없는 인물이다. 그는 영국 왕

중에서 유일하게 대왕이라 불리는 사나이다. 그 바로 밑줄에 적힌 한 문장에 눈길이 간다.

"윈체스터에 묻혔다(Buried at Winchester)."

이제 윈체스터로 간다. 그의 흔적을 찾아서.

하이드 애비

도시에 들어서면 가장 먼저 칼을 든 대형 앨프레드 동상을 만날 수 있다. 1901년에 세워졌다는 이 동상에 있는 설명을 꼼꼼히 읽어봤다.

> "웨식스의 왕 앨프레드는 덴마크 침입자들(바이킹)을 웨식스에서 몰아냈다. 그는 곳곳에 요새를 만들었는데 그중 가장 큰 윈체스터는 그의 수도였다. 그가 통치하는 동안 지금도 사용되고 있는 도로가 만들어졌다. 앨프레드는 영국 왕들 중에서 가장 존경받는 인물이다. 그는 학문과 수도원의 부흥을 장려했고, 영국 왕국의 기초를 놓았다."

도시 곳곳을 거닐며 앨프레드의 향기를 맡았다. 대성당과 그레이트 홀을 둘러본 뒤 목적지 없이 걸었다. 그러다 한 도로 이름이 눈에 확 들어왔다. '킹 앨프레드 플레이스.' 순간 표현하기 힘든 감정이 솟구쳤다.

"이곳 주변 어딘가에서 앨프레드를 만날 수 있는 것인가. 혹시 그의 무덤이 이 근처에 있는 건 아닐까."

거대한 파도가 휘몰아치는 듯했다. 발걸음이 빨라졌다. 길 끝에 '하이드 애비 가든'이 나타났다. 가까이 다가가 설명서를 읽고 깜짝 놀랐다.

"이곳은 중세 하이드 수도원이 있던 곳이다. 수도원은 1110년에 설립됐고, 1539년에 해체됐다. 이곳은 앨프레드와 아내 얼스위드(Earswith), 그리고 아들 에드워드(King Edward the Elder, 재위 899-924)가 묻혔던 장소이다."

글을 읽는 짧은 시간은 살면서 가장 심장이 강하게 뛰었던 순간 중 하나였다. 가든 안으로 들어가니 바닥에 십자가 표식이 셋 있었다. 앨프레드와 아내, 아들이 묻혔던 곳이라는 걸 알려주기 위한 것이었다.

899년 사망한 앨프레드는 처음엔 윈체스터 '올드 민스터'에 매장됐다. 이후 903년 그의 시신은 '뉴 민스터'로 이장됐다. 유럽 대륙에서 건너온 정복왕 윌리엄이 영국을 침략한 1066년 이후, 올드 민스터는 노르만 성당으로 대체됐고, 뉴 민스터와 그 수도사들은 바로 성벽 너머에 있는 하이드 사원으로 옮겨졌다. 필자가 갔던 바로 그 장소였다.

앨프레드를 제외한 다른 왕들의 유골은 한 곳에 모였다. 윈체스터 대성당의 콰이어 스크린(Choir screen) 위에 있는 상자에 담겼다고 한다.

앨프레드의 유골은 400년 넘게 하이드 수도원에 묻혀 있다가 엘리자베스 1세 여왕의 아버지인 헨리 8세 때 큰 시련을 겪었다.

헨리 8세는 정치적인 이유로 수도원을 탄압했고, 대부분을 폐쇄해 버렸다. 하이드 수도원도 수난을 피해 갈 수 없었다.

수도원 해산 이후, 이곳엔 개인 주택이 들어섰다. 앨프레드의 무덤이 있는 자리라는 것도 잊혔다. 18세기 후반 이곳에 교도소가 들어섰다. 죄수들이 돌들을 제거하다 무덤을 발견했다. 물론 그들은 이 무덤이 누구 것인지 몰랐다. 관은 납으로 만들어져 있었는데 죄수들은 유골과 매장품을 다 비운 뒤 그 납을 팔아먹었다. 앨프레드의 유골은 이렇게 하이드 애비 주변 흙 속으로 사라져 버렸다.

해군의 시작

대영제국과 영국 해군은 동전의 양면과 같다. 해군이 없었다면 대영제국은 존재하지 않았을 것이다. 그런데 영국 해군을 얘기할 때 어김없이 등장하는 인물이 앨프레드이다. 대영제국이 절정기였던 빅토리아 여왕 시절, 영국에선 앨프레드를 영국 해군의 창설자로 추앙하는 분위기가 만들어졌다.

앵글로색슨이 브리튼섬을 본격 침략하던 시기, 즉 영국이라는 나라의 실질적 역사가 시작되는 시기에 대해선 알려진 게 많지 않다. 그들은 원래 문맹이라 자신들에 관한 기록을 남기지 않았다. 켈트계 수도사 길더스의 기록이 당대에 쓰인 유일한 사료라고 한다. 그 외 역사가들이 이용하는 주요 기록으로는 8세기 노섬브리아 수도사 비드가 쓴 '잉글랜드인의 교회사'와 9세기 말 앨프레드 대왕 때 기록된 '앵글로색슨 연대기' 등이 꼽힌다. 또 웨일스 출신의 수도사 애서가 쓴 전기 '앨프레드 왕의 생애(the life of king Alfred)'도 빼놓을 수 없다. 이중 '앵글로색슨 연대기'와 '앨프레드 왕의 생애' 등을 통해 영국 해군의 최초 모습을 볼 수 있다.

연대기 등에 따르면 875년 여름 "앨프레드 왕은 해군을 이끌고 바다로 나가 일곱 척의 배를 맞아 싸워 그중 한 척을 사로잡고, 다른 배들을 모두 물리쳤다." 이때 싸운 적이 우리가 알고 있는 데인인(Danes), 즉 노르만 바이킹이다.

앨프레드 해군의 활약은 계속 이어졌다. 882년 앨프레드는 두 척의 배를 사로잡고 그 배에 탄 군사들을 모두 죽인 후, 다른 두 척의 배로부터 항복을 받아냈다. 또 3년 후인 885년에는 앨프레드가 켄트에서 이스트앵글리아로 '심판의 함대'를 파병, 평화 조약을 깨뜨린 데 대한 보복으로 바이킹 배들을 약탈했다고 한다. 당시 상황은 애서가 쓴 전기에서 이렇게 묘사된다.

> "그들이(앨프레드의 해군) 스투어(Stour)강 어귀에 도착했을 때 13척의 바이킹 배들이 즉시 전쟁을 준비하여 앨프레드 함대를 향해 돌진했다. 해전이 이뤄졌다. 곳곳에서 맹렬한 전투가 벌어졌다. 모든 바이킹들이 죽었다. 그리고 바이킹의 모든 배들이 사로잡혔다."[23]

896년, 여섯 척의 바이킹 배들이 치고 달아나는 식으로 해안가 마을을 약탈하는 전략을 사용하여 와이트섬과 도싯 해안을 침략

23 저스틴 폴라드, 『알프레드 대왕: 영국의 탄생』, 해와비, 2007, 396쪽.

했다. 앨프레드는 새로 만든 아홉 척의 함대로 바이킹들을 저지하고 부수어 버리라고 명령했다. 웨식스 병사 62명이 목숨을 잃었고, 바이킹은 120명이 숨졌다고 한다.

앨프레드는 대영제국의 가장 강력한 토대, 즉 해군을 만든 존재로 우뚝 섰다. 고대 로마군 시대 이후 처음으로 조직적이고 전문적인 해상 방위 군대를 창설한 영국의 지도자가 된 것이다.

영어라는 블랙홀

영국이 브렉시트를 감행한 이유 중 하나는 해외 이민자 유입을 끊어야 한다는 영국인들의 강력한 요구 때문이었다. 여기엔 영국인들이 처한 독특한 상황이 큰 몫을 했다. 영국인들은 교육과 의료, 두 분야에서 엄청난 불만을 갖고 있다. 이번 코로나 팬데믹 사태로 영국 의료의 민낯이 그대로 드러났다. 초기 확진자와 사망자가 다른 유럽 나라의 추종을 불허할 정도였다.

영국에선 병원이 모두 무료다. 거대한 의료 체계를 유지하는 데 천문학적인 비용이 들어가기 때문에 의료 서비스 수준을 높이는 게 대단히 어렵다. 의사와 간호사 등 의료 종사자들에게 넉넉하게 월급을 주기도 쉽지 않다. 한정된 돈으로 운영해야 하니 최대한 효율적으로 운영해야 한다. 예를 들어 인구 1,000명당 병상 숫자(2017년 기준)는 독일 8개, 프랑스 6개인 반면, 영국은 2.5개에 불과했다. 이탈리아(3.2개), 스페인(3개)보다 적다. 코로나 사태 이전 영국이 보유하고 있던 인공호흡기(5,000개)는 독일의 5분의 1 수준이었다. 이런 상황에서 코로나가 터졌고, 한꺼번에 환자가 쏟아지자 영국 의료시스템이 감당하지 못했다.

이런 사정은 서민 자녀들의 교육 대부분을 책임지는 공교육도 마찬가지다. 전체의 7%를 차지하는 사립학교와 일부 성적이 우수한 학교(그래머 스쿨 등)를 제외하고, 일반 공립 학교의 교육 서비스 수준은 떨어지는 것으로 알려졌다. 당연히 학부모들의 불만도 클 수밖에 없다.

영국의 포퓰리스트 정치인들은 자국의 각종 시스템이 망가지게 된 원인을 유럽연합(EU)과 해외 이민자들에게 돌렸다. 브렉시트 찬성론자들은 "우리나라가 유럽연합에 엄청난 돈을 보내고 있다. 브렉시트가 되면 이 돈을 영국의 의료와 교육에 쏟아부을 수 있다"라고 주장했다. 이런 주장도 했다. "영국에는 많은 이민자들이 쏟아져 들어온다. 이들이 우리와 똑같이 교육과 의료 혜택을 다 받으니, 우리(영국인)에게 돌아오는 몫이 적어질 수밖에 없다."

실제로 이민자들이 유독 영국으로 대거 몰려든다. 특히 폴란드 등 동유럽 사람들이 많았다. 독일이나 프랑스, 스페인 등이 아니고 왜 꼭 영국이었을까. 동유럽 출신들은 세 가지를 꼽았다. ① 파운드화貨 ② 치안 ③ 영어와 교육이다.

우선 파운드. 영국은 다른 유럽 회원국과 달리 독자 화폐를 갖고 있다. 파운드는 전 세계 모든 화폐 중 가장 가치가 높게 평가되고 있다. 동유럽에서 온 노동자가 열심히 일해서 번 파운드를 모국에 있는 가족에게 보낸다고 할 때, 다른 유럽 나라에서 보낼

때보다 더 많은 돈을 가족이 받을 수 있는 것이다.

필자의 가족이 세 들어 살았던 첫 번째 집 관리인은 불가리아 출신이었다. 그는 "고향에 있을 땐 하루 열심히 일해서 번 돈으로 그날 먹고 살았다. 그런데 영국에 오니 하루 벌어서 고향의 가족이 한 달을 먹고살 수 있게 됐다"라고 말했다. 그는 고향에 있는 부친은 평생 차 딱 한 대를 사서 탔는데, 본인은 벌써 네 번째 차를 타고 있다고도 했다.

둘째는 안전이다. 영국은 다른 유럽 나라보다 치안 사정이 낫다. 2015년 이후 유럽에서는 테러가 아주 많이 발생했다. 바타클랑 극장 등에서 130명이 사망한 파리 연쇄 테러(2015년 11월), 프랑스 남부 휴양도시 니스에서 18t 트럭이 시민들을 덮쳐 86명이 숨진 니스 트럭 테러(2016년 7월), 연말 베를린 크리스마스 마켓을 공격해 12명이 사망한 베를린 트럭 테러(2016년 12월), 벨기에 브뤼셀 지하철역과 국제공항에서 연쇄 폭탄 테러로 34명이 숨진 벨기에 브뤼셀 테러(2016년 3월) 등이 잇따라 발생했다.

하루가 멀다고 유럽 대륙에서 발생한 테러는 소총과 폭탄, 대형 트럭 등이 사용돼 많은 사상자를 발생시킨 대형 사건들이었다. 그에 비해 영국에서 발생하는 테러는 주로 개인 흉기를 이용한 것으로, 사상자가 많지 않았다. 영국은 경찰력이 강력하고, 정보기관도 적극적으로 활동해 대형 테러나 범죄를 미리 막는 경우가 많다.

마지막으로 영어를 빼놓을 수 없다. 블랙홀처럼 사람들을 끌어들이는 엄청난 흡인력을 갖고 있다. 당시 브렉시트를 취재하면서 동유럽에서 온 이민자들을 만날 기회가 많았다. 그들이 영국에 온 사연은 저마다 다양했는데, 특히 자녀를 데리고 온 경우는 빼놓지 않고 거론한 것이 영어였다. 영국에 가면, 비록 좋은 학교는 아니더라도 학교에 보내서 아이들이 영어를 배울 수 있다는 것이었다. 우리도 마찬가지일 것이다. 외국에 자녀를 유학 보낸다면 미국이나 영국을 가장 먼저 떠올리는 경우가 대부분이다.

영국식 영어는 미국과는 좀 다르다. 더 품격있고 매력적으로 여겨진다. 영어의 종주국이라는 자부심도 대단하다. 한번은 영국인들과 함께하는 모임에 간 적이 있는데, 옆 테이블에 앉은 영국인들이 미국 사람들의 영어 발음을 놓고 낄낄대며 뒷담화하는 것을 들은 적이 있다. 그런 일이 있다고 전해 들은 적이 있지만, 직접 겪어보니 묘한 감정이 일었다.

잉글랜드 세종대왕

엘리자베스 2세 여왕을 만났는데, 잠깐 딴생각을 하다 여왕이 방금 한 말을 못 알아들었다고 상상해 보자. "다시 한번 말씀해 주시겠습니까?"라고 말을 해야 하는데 영어로 뭐라고 해야 할까. 나름 영어를 수십 년 동안 배운 우리에게 가장 익숙한 단어는 'pardon'이다. 그런데 여왕님께 "Pardon?"이라고 한 단어로 짧게 말하면 너무 예의 없어 보일 것 같아 고민일 수 있다. 좀 더 머리를 굴려 길게 말해본다. "Beg pardon" 또는 주어, 동사, 목적어까지 다 넣어서 완전 문장으로 "May I beg your pardon?"이라고 말하면 아주 뿌듯할 것 같다.

하지만 착각이다. 영국 왕실에서는 이럴 때 "What?"이나 "Sorry?"라고 말한다고 한다. 'pardon'이란 단어는 신분이 낮은 사람들이 사용하는 단어라고 생각하기 때문이다. 어떤 단어를 사용하는지 보면 그 사람이 어떤 계층 출신인지 알 수 있단다. 화장실이 어디냐고 물을 때도 신경을 써야 한다. 체면 구기지 않으려면 적절한 단어를 써야 하는데 'toilet'을 쓰면 안 된다. 대신 'lavatory'나 'loo'라는 단어를 써야 한다.

실제로 여왕 앞에서 이런 단어를 사용해 구설수에 오른 사람이 있다. 영국 왕위 계승 서열 1순위인 윌리엄 왕세자의 부인 케이트 미들턴의 어머니다. BBC에 따르면 미들턴의 어머니는 양가 상견례 자리에서 'pardon'과 'toilet' 같은 단어를 사용했다. 이런 전설 같은 이야기가 당시 영국 언론에 보도됐다. 영국 사람들이 어떻게 생각했을까.

영국의 인류학자이자 『Watching the English』의 저자인 케이트 폭스는 이외에도 영국 왕실에서 사용하지 않는 단어들이 있다고 말한다. 예를 들어 향수는 'perfume'이라고 하지 않고 'scent'라고 한다. 거실을 말할 때는 'sitting room'이나 'drawing room'이라고 말하는데 만약 'lounge'라고 말했다간 당장 "신분이 낮은 사람"이란 평가를 받게 된다. 또 영국에서는 저녁을 'tea'라고도 말하는데, 상류층에선 이 단어 대신 'supper'나 'dinner'를 쓴다고 한다. 영어도 같은 영어가 아닌 셈이다.

영어에 이렇게까지 관심을 가져야 하는 이유가 뭘까. 영어가 전 세계를 좌지우지하는 '대세 언어'이기 때문이다. 현재 영어를 제1언어로 사용하는 나라는 영국과 미국, 호주 등을 비롯해 19국이고, 정부 기관 등에서 공식 언어로 쓰는 나라는 40여 국에 달한다. 그 외에 영어를 주요 언어로 사용하는 나라도 많다.

우리나라 역사에서 가장 존경받는 임금을 꼽으라면 누구일까. 사람마다 생각과 평가가 다르겠지만 아마도 세종대왕이 아닐까 싶다. 세종대왕의 가장 위대한 업적이 바로 『훈민정음(1433)』, 즉 한글을 창제한 일이다.

영국에서 세종대왕 같은 업적을 남긴 인물이 앨프레드 대왕이다. 그가 영국인들의 추앙을 받는 건 바이킹 세력으로부터 웨식스와 영국을 지키고, 해군을 창설했기 때문만은 아니다. 학문과 영어를 진흥시킨 업적 또한 빼놓을 수 없다. 한 지도자가 어떻게 이렇게 많은 일을 할 수 있는지 놀라울 따름이다.

앨프레드는 '모든 잉글랜드의 자유민들이 영어를 읽을 수 있기를' 바랐다. 이를 위해 국내외에서 훌륭한 학자들을 불러 모았다. 세종대왕이 집현전을 중심으로 학자들을 모으고 학문 부흥에 나선 것처럼, 앨프레드도 궁정과 수도원에 지식인과 학자들을 초빙하고 배치했다. 앨프레드의 인재 욕심에는 끝이 없었다.

앨프레드가 데려온 학자들은 자료를 모으고 번역하고 책을 썼다. 당시 성서와 역사서 등 주요한 책들은 모두 라틴어로 적혀 있었다. 잉글랜드 사람들에 대한 최초의 역사서 『영국의 교회사』도 라틴어로 쓰여 있었다.

성서를 영어로 번역하는 일은 대단한 의미가 있다. 14세기 때 영국의 기독교 신학자이며 종교개혁가인 존 위클리프가 성경을 영어로 번역했는데 교황은 이 죄를 물어 그의 사후에 시신을 파내어 뼈를 갈아 강에 뿌리도록 명령했다. 위클리프의 계승자인 얀 후스는 기둥에 매달려 화형을 당했다. 그런데 이보다 500년 전에 이미 앨프레드는 각종 성서를 영어로 번역하는 작업에 나선 것이다.

애서가 쓴 앨프레드 전기는 887년 11월 11일 토요일 '성 마틴의 날'을 이렇게 묘사했다.

"앵글로색슨 왕 앨프레드가 신적인 영감으로 말미암아 같은 날 같은 시간에 (라틴어를)한 번에 읽고 해석하기 시작했다."

정말 그랬을까 싶기는 하다. 하지만 그는 평소에도 영어책을 큰 소리로 읽는 일, 그리고 무엇보다도 영시를 외우는 일 등을 쉬지 않았다. 그리고 중요하다고 생각하는 내용은 '핸드북'이라고 불리는 공책에 적어두었다.

앨프레드는 한발 더 나아갔다. 직접 번역에 뛰어들었다. 초빙한 학자들로부터 라틴어를 배웠고, 라틴어로 된 책들을 직접 영어로 옮겼다. 전 세계 어느 왕이 이런 일을 했을까. 지금부터 1,100년도 더 옛날에 말이다.

앨프레드의 첫 번째 번역 작품은 그레고리우스 교황의 '목회적 돌봄'이었다. 이어 보이티우스의 『철학의 위안』과 성 아우구스티누스의 『독백』 등을 번역했다. 마지막에는 성서의 시들을 번역했다. 물론 이 같은 번역과 책 편찬에는 통치의 목적도 있었다. 전국 곳곳에서 자신의 통치력이 영향을 미치기 위해선 자신의 뜻이 담긴 영어 법전이 필요했고, 이 법전을 누구나 읽고 이해할 수 있어야 했기 때문이다.

앨프레드는 일부 소수의 사람이 지식과 정보를 독점하는 것이 아니라 잉글랜드의 모든 국민들이 읽고 쓸 줄 알아야 한다고 믿었다.

> "나는 사람에게 지혜보다 더 선한 것은 없으며, 무지보다 더 악한 것이 없다고 생각한다."
>
> — 앨프레드가 번역한 『독백』 중에서

대륙이여 안녕

노르망디에서 온 정복왕

영국과 프랑스의 경쟁과 갈등, '애증愛憎'은 언제부터 시작된 것일까. 그 시작을 알려면 시계를 약 1,000년 전으로 되돌려야 한다.

9세기에 접어들어 프랑스는 바이킹의 후예인 노르만인들의 침입과 약탈로 고통을 겪었다. 845년에는 파리가 점령되기도 했다. 지금의 덴마크와 노르웨이 지역에서 온 이들은 용맹했고, 프랑스는 이들을 막을 힘이 없었다.

911년, 프랑스의 왕 샤를 3세는 노르만의 지도자 롤로에게 센강 하류 지역 땅을 줬다. 영국과 마주 보는 지금의 프랑스 북서부 지역에 '노르만인의 땅'이라는 뜻을 가진 노르망디 공국이 역사에 본격 등장하게 된 것이다.

한편, 영국에서는 신앙심이 유난히 깊었고 웨스트민스터 사원을 건립해 '참회왕'이라고 불렸던 에드워드(Edward the Confessor)가

후계자 없이 사망했다. 이로써 영국에서는 앨프레드 대왕의 핏줄이 끊기게 됐다.

주인 없는 왕좌를 탐낸 경쟁자들이 등장했다. 우선 에드워드 참회왕의 부인이었던 이디스(Edith)의 두 형제, 해럴드 고드윈슨과 토스티그 고드윈슨이 나섰다. 여기에 노르웨이의 왕 해럴드 하르드라다와 노르망디 공작 윌리엄이 뛰어들었다. 노르웨이 왕은 "1038년 체결된 합의에 따라 영국 왕위는 내가 가져야 한다"라고 주장했다. '1038년 합의'란 나중에 영국 왕에 오른 하르사크누트(에드워드 참회왕의 의붓형제)와 노르만(노르웨이) 왕이 한쪽이 죽으면 상대방 왕위를 이어받는다고 한 약속을 뜻한다. 하지만 노르웨이 왕은 영국 왕실과 단 한 방울의 피도 섞이지 않았을뿐더러 구속력도 없고 특히 다른 사람들이 한 수십 년 전 약속을 근거로 자신이 왕이 되겠다는 건 누구도 수긍할 수 없는 억지에 불과했다.

노르망디 공작 윌리엄이 왕위를 주장하는 근거도 매우 취약했다. 실낱같은 연결고리였다. 그는 자신의 고모할머니가 영국의 왕비였던 엠마(Emma)라는 점을 들어, 자신이 정당한 왕위계승자라고 했다. 엠마는 처음엔 애설레드 2세(재위 979~1016)의 부인이었고, 그가 죽은 뒤에는 크누트 1세(재위 1016~1035)의 부인이 됐다. 엠마는 에설레드 2세와의 사이에서는 에드워드 참회왕을 낳았고, 크누트 1세와 사이에서는 하르사크누트를 낳은 인물이다. 윌리엄은 또 "해럴드 고드윈슨이 노르망디에 와 있었을 때 내가 영국 왕위를 상속하는 것을 지지하기로 서약했었다"라고도 주장했다.

이들 왕위계승권 주장자들 중 가장 먼저 유리한 고지에 오른 사람은 해럴드 고드윈슨이었다. 죽음을 눈앞에 둔 에드워드 참회왕과 왕의 조언자들은 해럴드 고드윈슨을 후계자로 지명했고, 그는 웨스트민스터 사원에서 즉위식을 가졌다. 하지만 다른 경쟁자들이 이를 받아들이지 않았다. 최후의 승자는 피를 보고서야 확정이 됐다.

1066년 9월 25일, 잉글랜드 북부 요크에서 동쪽으로 약 8㎞ 떨어진 스탬퍼드 브리지(Stamford Bridge)에서 해럴드 고드윈슨과 노르웨이 왕의 군대가 격돌했다. 치열한 전투가 벌어졌고, 승리의 여신은 헤럴드 고드윈슨의 편이었다. 노르웨이군은 영국 상륙 때 300여 척의 배를 타고 왔지만, 돌아갈 때는 불과 24척에 불과할 정도로 줄어 있었다. 노르웨이 왕도 이곳에서 전사했다.

하지만 승리는 찰나에 불과했다. 그리고 결과적으로 이 전투는 해럴드 고드윈슨에게도 재앙이었다. 승전고를 울린 지 3일이 지난 9월 28일, 이번에는 윌리엄이 이끄는 부대가 잉글랜드 남부에 상륙했다. 영국 왕좌를 둘러싼 두 사람의 전투는 10월 14일 헤이스팅스(Hastings)에서 벌어졌다. 윌리엄 병력은 7,000~1만 2,000명, 해럴드 고드윈슨 병력은 5,000~1만 3,000명 정도였다.

객관적 상황은 윌리엄이 유리했다. 해럴드 고드윈슨의 부대는 이미 한 차례 큰 전투를 치른 후였고, 남쪽까지 먼 길을 달려오느라 피로가 쌓인 상태였다. 그래도 초반 전세는 막상막하였다. 해가 질 무렵, 노르만 부대의 새 전술이 승패를 갈랐다. 윌리엄의 궁수들은 적 진영을 향해 화살을 하늘 높이 쏴 올렸고,

이를 피하느라 영국군이 우왕좌왕하는 사이 윌리엄의 기병들이 적진을 덮쳤다.

궁병과 기병의 '컬래버레이션'이 위력을 발휘한 것이다. 해럴드 고드윈슨도 눈에 화살을 맞은 뒤 노르만 군인에게 피살됐다. 그해 크리스마스 날, 윌리엄은 런던 웨스트민스터 사원에서 잉글랜드 왕에 즉위했다. 윌리엄이 영국을 접수하면서 묘한 상황이 연출된다. 노르망디 공작인 그는 프랑스 왕의 신하이면서 동시에 영국 왕이 된 것이다.

두 나라의 운명이 얽히다

윌리엄의 정복은 섬나라 영국이 각종 유럽 대륙의 문물을 도입하는 계기가 됐다. 윌리엄은 정복 20년이 되는 해에 잉글랜드 전역을 대상으로 토지와 재산 조사에 착수했다. 소 한 마리, 돼지 한 마리, 논·밭 한 뙈기 빼놓지 않은 철저한 조사로 역사에 남은 『둠즈데이북(Domesday Book)』은 이렇게 탄생했다.

윌리엄은 자신을 따르던 부하들에게 땅을 나눠주고 자신에 대한 충성과 군사적 봉사를 요구했는데 이를 통해 대륙의 봉건제가 정착했다. 언어와 음악, 건축 분야에서도 프랑스적인 요소들이 대거 유입됐다. 영어는 불어 단어와 표현이 들어온 덕에 더욱 풍성해졌다.

무엇보다 영국에 노르만 왕조가 들어서게 됨에 따라 영국의 영토는 대륙으로까지 확대됐다. 영국 땅에 프랑스 북서부에 있는 기존 노르만의 땅이 합쳐진 결과다. 하지만 이는 축복이라기보다는 차라리 재앙 또는 악몽이었다. 향후 이렇게 영토와 운명이 얽히면서 수백 년 동안 영국과 프랑스는 서로 으르렁거리며 전쟁을 벌이는 사이가 됐기 때문이다.

윌리엄의 후손 중 가장 넓은 땅을 가졌던 왕은 헨리 2세(재위 1154~1189)였다. 그는 윌리엄의 손녀 마틸다의 아들이었는데, 상속과 결혼 등을 통해 자신의 지배 영토를 대폭 늘렸다. 그는 우선 노르망디 지역의 땅(프랑스 북서부)을 물려받았다. 롤로에서 시작해 정복왕 윌리엄 등으로 계속 이어져 내려오는 노르망디 주인 자격이 1150년 그에게 수여됐다. 이듬해에는 프랑스 앙주와 투렌, 멘 지역의 백작이었던 아버지 제프리가 사망하면서 아버지의 작위와 영토(프랑스 중서부)를 모두 물려받았다.

또 1152년에는 아키텐의 엘리너(Eleanor)와 결혼, 아키텐 공작에 서임됐고 이 지역 땅(프랑스 남서부)도 갖게 됐다. 이로써 당시 헨리 2세가 갖게 된 대륙의 영토는 프랑스 왕이 다스리던 것과 거의 맞먹을 정도였다. 지금의 프랑스 땅에서 동쪽 절반은 프랑스 왕이, 서쪽 절반은 헨리 2세가 다스리는 형국이 됐다. 이쯤 되면 영국과 프랑스의 대결은 거의 필연이라 할 수 있겠다.

영국과 프랑스의 본격적인 영토 싸움은 헨리 2세의 막내아들인 존(재위 1199~1216) 때 시작됐다. 마그나 카르타(Magna Carta, 대헌장, 1215)로 유명한 그 왕이다. 존 왕은 1200년 프랑스 남부 앙굴렘 지역의 이자벨과 재혼을 한 뒤, 그녀 몫으로 돼 있는 '라 마르쉐(La Marche)' 땅에 대한 소유권을 주장했다. 그러자 이자벨의 전 약혼자 위그가 "그 땅은 내 것"이라고 주장하면서 분쟁이 터졌다.

위그가 이 사건을 프랑스의 왕 필리프에게 제소하고, 필리프가 존 왕을 프랑스 법정에 소환했는데 존이 출두를 거부했다. 그러자 필리프는 프랑스 내 존 왕의 모든 땅을 몰수해 버렸다. 존 왕은 선공에 나섰고, 초기에는 적잖은 전과를 올리기도 했지만 그의 무자비한 행태에 민심이 돌아서면서 결국 전쟁은 프랑스의 승리로 끝나게 됐다.

존 왕은 프랑스 남서부 지역 일부를 제외하고는 대부분의 영토를 프랑스에 빼앗겼다. 이후 그는 절치부심한 끝에 다시 프랑스를 상대로 전쟁을 벌였지만 부빈의 전투(1214)에서 참패하고, 가혹한 전쟁 비용 수탈에 시달리던 영국 귀족들이 나서 존 왕을 압박한 끝에 마그나 카르타가 탄생하게 된다.

백년전쟁, 섬나라 잉글랜드의 탄생

역사상 가장 긴 전쟁으로 기록되는 백년전쟁(1337~1453)의 원인은 세 가지를 꼽을 수 있다. 첫째, 프랑스 왕위의 후계 문제였다. 프랑스에서는 1300년대 들어 왕위 계승 문제가 불거졌다. 1316년 루이 10세(재위 1314~1316)가 사망한 뒤, 아들 장 1세가 등극했지만 5일 만에 사망했다. 그러자 루이 10세의 동생인 필리프 5세(재위 1316~1322)가 재빨리 왕좌를 차지했다. 루이 10세에겐 딸이 한 명 있었지만, 그녀가 왕권을 주장하기는 어려웠다. 필리프 5세가 '살리카법'을 근거로 들어 "여성과 그 여성의 아들은 프랑스 왕이 될 수 없다"라고 주장했기 때문이다.

살리카법은 중세 유럽에서 만들어진 것으로 여성(또는 그 후손)의 왕위를 금지한 법이다. 필리프 5세에 이어 막냇동생 샤를 4세(재위 1322~1328)가 왕이 됐지만, 직계 후손이 없이 6년 만에 사망했다. 다시 왕위계승 문제가 불거졌다. 혈통으로 보면 가장 가까운 사람이 영국의 에드워드 3세(재위 1327~1377)였다. 루이 10세와 필리프 5세, 샤를 4세의 여자 형제인 이자벨의 아들이었기 때문이다. 하지만 프랑스는 이자벨과 에드워드 3세의 프랑스 왕권 주장을 거부했다. 대신, 선대왕들의 사촌인 발루아 백작을 필리프 6세로 추대했다. 영국의 에드워드 3세도 약간의 마찰 뒤에 필리프 6세의 프랑스 왕권을 인정했다. 하지만 이 문제는 불씨를 그대로 남겨 두고 있었다.

둘째, 스코틀랜드와 관련된 문제였다. 잉글랜드와 스코틀랜드의 관계가 악화된 것은 1290년대 들어서였다. 당시 후계 문제로 스코틀랜드가 심각한 내분에 휩싸이게 되자 잉글랜드 국왕 에드워드 1세(재위 1272~1307)가 중재에 나섰고, 그가 지명한 존 베일리얼이 스코틀랜드 왕위에 올랐다. 하지만 에드워드 1세가 지나친 복종을 요구하자 참다못한 베일리얼이 프랑스와 동맹했고, 이를 계기로 잉글랜드가 스코틀랜드를 공격했다.

에드워드 1세의 침략은 성공했지만, 이때부터 스코틀랜드인들의 저항이 시작됐다. 이후 스코틀랜드와 프랑스가 밀착하고, 영국이 이를 견제하고 군사적으로 충돌하는 일이 수백 년 동안 이어지게 된다. 백년전쟁이 터질 때도 이런 갈등이 큰 도화선이 됐다.

즉 1330년대 들어 스코틀랜드 왕권을 둘러싸고 또다시 쟁탈전이 벌어졌는데 잉글랜드 에드워드 3세가 밀었던 인물이 지속적인 반항에 부딪혔다. 에드워드 3세는 이런 스코틀랜드의 저항에 프랑스가 있다고 믿었다. 1295년에 이어 1326년 프랑스와 스코틀랜드는 "외부 침략을 받을 경우 서로 군사적 지원을 한다"는 조약을 체결했다. 에드워드 3세는 말썽 많은 스코틀랜드를 길들이기 위해서는 프랑스를 손봐야 한다고 생각했다. 에드워드 3세는 "꺾기 어려운 엉겅퀴(스코틀랜드)를 꺾는 것보다는 이름 높은 백합(프랑스)을 꺾는 것이 더 유익하고, 더 손쉽고, 더 자랑스러운 일"이라고 했다.

셋째는 프랑스 남서부의 알짜배기 땅 아키텐, 특히 가스코뉴·기엔에 대한 통치권과 지배권 문제였다. 이 지역의 한 해 수입은 잉글랜드 국왕이 1년 동안 거둬들이는 전체 지대에 필적할 정도였으니 누구나 군침을 흘릴 만했다. 역대 프랑스 왕들은 호시탐탐 프랑스 내 영국 왕의 땅을 노렸고, 기회가 될 때마다 그 땅을 잠식했다.

백년전쟁이 터질 무렵, 영국 왕의 땅은 가스코뉴·기엔 지역으로 쪼그라들어 있었지만, 영국 왕은 이 노른자위 땅만큼은 빼앗기고 싶지 않았다. 또, 영국 왕은 이 땅을 '아키텐 공작' 자격으로 다스렸는데, 프랑스 왕은 자신의 땅에서 자신의 통치권이 미치지 않는 것을 용납할 수 없었다. 특히 아키텐 공작은 명목상 자신의 신하 아닌가. 이제 전쟁은 필연을 향해 치달았다.

1337년 4월 30일, 필리프 6세는 전국에 전쟁동원령을 내렸고, 5월에 소집된 귀족자문회의는 아키텐 공작 영지를 몰수해 프랑스 왕에게 귀속시킨다고 결정했다. 이에 에드워드 3세는 프랑스 왕위를 주장하고 나섰다.

백년전쟁, 실제로는 116년간 치러진 전쟁은 여러 차례 반전과 흑사병에 따른 휴전 등을 거치며 극적인 양상으로 진행됐다. 수적 열세에도 불구하고 잉글랜드는 크레시 전투 승리(1346), 칼레 점령(1347) 등 초기에 압도적 우세를 점했고, 프랑스의 왕 장 2세(재위 1350~1364)는 포로로 잡혀 런던 사보이궁에서 생을 마치는 굴욕을 당하기도 했다. 영국은 한 때 헨리 2세 시절의 광활했던 영토를 모두 회복했다. 전쟁 후반기에는 완패에 직면한 프랑스 왕이 "다음 프랑스 왕권은 영국 왕이 물려받는다"라는 내용의, 사실상 항복 문서인 '트루아 조약(1420)'에 서명했다.

하지만 1429년, 절체절명의 시기 프랑스 중부의 전략적 요충지 오를레앙 포위전에 혜성처럼 등장한 만 17세의 소녀 잔 다르크의 활약으로 전세가 역전되기 시작했다. 프랑스는 오를레앙을 시작으로 부르고뉴 등 중부 지역을 회복했고, 1450년대 들어서는 북서부 노르망디를 탈환했다. 1453년, 남서부 가스코뉴가 프랑스군에 떨어지면서 전쟁은 거의 종착역에 도착했다. 그해 10월 19일 보르도가 프랑스로 넘어간 이후 더 이상의 군사적 충돌은 발생하지 않았다. 대륙에 남은 영국령은 칼레뿐이었다.

백년전쟁을 계기로 잉글랜드는 이전과는 완전히 다른 나라가 된다. 국가와 민족에 대한 확고한 인식과 자각을 얻게 됐고, 유럽 대륙과 완전히 결연한 상태에서 독자적인 생존 전략을 추구하게 된다.

장미전쟁, 왕권을 반석에 올려놓다

백년전쟁이 끝난 지 만 2년도 지나지 않은 1455년 5월, 이번에는 잉글랜드 왕가의 두 가문 간에 피 튀기는 내전이 벌어졌다. 요크 가문의 문장이 흰 장미이고, 랭커스터 가문의 문장이 붉은 장미라는 점 때문에 만 32년간 계속된 두 가문의 대결은 '장미전쟁'이라고 불렸다.

두 가문은 모두 헨리 2세부터 시작된 플랜태저넷 왕가 소속이고 에드워드 3세의 후손들이다. 에드워드 3세의 셋째 아들이자 랭커스터 공작인 '곤트의 존(John of Gaunt)'이 랭커스터 가문의 시조이고, 넷째 아들이면서 요크 공작인 '랭글리의 에드먼드(Edmund of Langley)'가 요크 가문의 시조이다.

장미전쟁의 맹아는 에드워드 3세 때 싹텄다. 왕에게는 5명의 왕자가 있었는데 그들에게 차례차례 공작 작위가 수여됐다. 첫째 왕자인 흑태자 '우드스톡의 에드워드(Edward of Woodstock)'는 콘윌 공작(1337), 둘째 '앤트워프의 라이오넬(Lionel of Antwerp)'은 클래런스 공작(1362), 셋째 곤트의 존은 랭커스터 공작(1362)이 됐다. 넷째 랭글리의 에드먼드와 막내 '우드스톡의 토머스(Thomas of Woodstock)'는 에드워드 3세의 뒤를 이은 리처드 2세(재위 1377~1399, 장남 '흑태자'의 아들) 때 요크 공작(1385)과 글로스터 공작(1385)이 됐다. 이렇게 왕이 자녀에게 공작 작위를 내리는 일은 이전까지 단 한 번도 없던 일이었다.

왕자이자 공작인 이들에게는 '공작령(duchy)'이 하사됐다. 이 광활한 토지가 한편으로는 정치·군사적인 측면에서, 또 한편으로는 경제적인 측면에서 막강한 공작들의 기반이 됐다. 공작들은 영지에서 나오는 수입이 있기 때문에, 왕이나 국가에 의존하지 않고 독립적인 행보를 할 수 있었고, 대규모의 사병私兵 조직을 거느릴 수 있었다.

이런 공작의 존재는 당시 잉글랜드에 만연하고 있던 '의사擬似 봉건주의(bastard feudalism)'의 폐해를 더욱 심화시켰다. 19세기 영국의 역사학자들이 중세의 전통적 봉건주의와 구별해 개념화한 이 사회적 시스템에 따르면 영주들은 전쟁 등 유사시에 부름을 받아도 봉신封臣으로서 직접 '군사적 봉사'를 하지 않고 대신 자신의 수입 일부를 주군에게 바쳤다. 그리고 돈을 주고 고용한 용병들이 병역 의무에 투입됐다.

에드워드 3세가 죽은 뒤 장남 흑태자의 아들 리처드 2세가 왕이 됐다. 하지만 그는 22년 만에 왕좌에서 축출됐다. 신분이나 재산 등에 상관없이 15세 이상 모든 국민에게 1실링을 부과한 가혹한 인두세의 도입, '와트 타일러의 난' 등 국내 반란, 막내 삼촌을 비롯한 의회와 귀족 등 반대파에 대한 무자비한 처단·탄압 등으로 민심을 잃은 것이다. 리처드 2세는 특히, 삼촌인 랭커스터 공작 곤트의 존이 1399년 2월 초 사망했을 때 그 아들인 헨리 볼링브로크가 공작령을 물려받지 못하도록 막았다.

철천지원수가 된 사촌은 그해 가을 의회를 중심으로 지지자들을 규합, 리처드 2세를 왕좌에서 끌어내리는 데 성공했다. 그리고 자신은 헨리 4세(재위 1399~1413)로 즉위했다. 이로써 랭커스터 가문이 잉글랜드의 왕권을 장악해 화려한 독주 시대를 열었지만, 이는 두고두고 쿠데타로 정권을 찬탈한 가문이라는 비난을 초래했고, 결국 내전으로 연결된다.

장미전쟁은 3대 요크 공작인 리처드 플랜태저넷과 그의 아들 4대 공작 에드워드 플랜태저넷이 대를 이어 랭커스터 가문의 헨리 6세(재위 1422~1461, 1470~1471)를 상대로 왕권 쟁탈전을 벌여 결국 성공한 뒤, 24년이라는 짧은 기간 동안 단 3명의 왕을 배출한 후 다시 랭커스터 가문의 헨리 7세(재위 1485~1509)에게 왕좌를 넘겨준 전쟁이다.

요크 가문의 왕위 요구가 성공할 수 있었던 건, 랭커스터 가문이 왕권을 불법적으로 빼앗았다는 주장이 어느 정도 먹혔기 때문이다. 여기에 생후 9개월 때 왕이 된 헨리 6세는 백년전쟁에서 최종적으로 패전한 책임에서 자유롭지 못했고, 정신병을 앓으면서 나라가 크게 혼란에 빠지기도 했다. 6년에 걸친 두 가문의 다툼 끝에 요크 공작이 에드워드 4세(재위 1461~1483)로 즉위, 요크 가문이 잉글랜드의 주인이 됐다. 하지만 에드워드 4세의 아들 에드워드 5세가 만 13세의 어린 나이에 왕위에 오르자 이번엔 삼촌인 리처드 3세(재위 1483~1485)가 왕권을 찬탈했고, 이는 광범위한 저항을 불러일으켰다. 1485년 8월 랭커스터 가문의 헨리 튜더가 보스워스 전투에서 리처드 3세를 격파, 요크 가문의 치세를 종결시켰다.

새롭게 탄생한 튜더 왕조는 영국 역사를 새로운 단계로 이끌었다. 장미전쟁을 겪으면서 왕권을 위협할 왕족과 귀족들이 대거 사라졌다. 이 전쟁에서 살아남은 귀족은 30%에 불과했다. 이는 자연스럽게 왕권 강화로 이어졌다. 새 왕조를 연 헨리 7세는 자신이 약속한 대로 두 가문의 화해를 추진했다. 즉 1486년에 웨스트민스터 사원에서 에드워드 4세의 딸인 '요크의 엘리자베스'와 결혼을 했다. 이후 가운데는 흰색, 바깥쪽은 빨간색으로 된 장미가 튜더 왕가의 문장紋章이 됐다.

튜더 왕조는 영국의 중세 시대에 종언을 알리고, 근대를 활짝 여는 주역이 됐다. 헨리 8세와 엘리자베스 1세가 주인공으로 활약하는 영국 역사 최대의 극적 변화가 일어나게 된다. 이와 함께 대영제국도 서서히 날개를 펴기 시작했다. 그레이트 브리튼섬에 뿌리를 내린 영국인들은 프랑스 등 대륙의 국가들과는 전혀 다른 문화와 전통을 발전시키는 한편, 이를 바탕으로 전 세계를 향해 힘차게 뻗어나갔다.

섬나라에서 꽃피운 전통과 문화

왕세자는 왜 웨일스공이라고 불릴까

영국인들의 특징 중에서 역사와 전통을 중시하고, 도통 옛것을 바꾸려 하지 않는 점을 빼놓을 수 없겠다. 영국 주택가엔 아직도 100년, 200년, 수백 년 된 집들이 수두룩하다. 물론 사람들이 지금도 살고 있다. 겉으로 보기에 감탄을 불러일으킬 정도로 고풍스럽고 멋있다. 하지만 내부까지 매력적이지는 않은 경우도 적지 않다.

런던에서 처음 살았던 집은 겨울철 실내에서도 '후~' 하고 입김이 나왔다. 영국은 겨울이 우기雨期이다. 위도가 높기 때문에 한겨울 밤이 무척 길다. 오후 3~4시 정도면 어둠이 깔리기 시작한다. 이런 상황에서 우리나라처럼 주룩주룩 내리는 장맛비는 아니지만, 밤낮을 가리지 않고 비가 온다. 보일러를 틀어야 하는데 그게 만만치 않다. 한국만큼 따뜻하게 살려면 난방비가 감당이 안 되었다. 그래서 하루 3차례만 보일러를 가동하는 것으로 원칙을 세웠는데, 그러다 보니 나머지 시간엔 거실에서도 두툼한 겨울 파카를 입고 지내야 했다. 그런 집이 영국에는 수두룩하다. 집뿐만이 아니다. 옛것을 더욱 값어치 있다고 생각하는 문화는 사회 곳곳에서 만날 수 있다.

> "(웨식스의 왕)에드거는 973년 마침내 바스에서 통일된 잉글랜드 왕으로 대관했다. 이때의 대관식이 오늘날까지 영국 왕 대관식의 본이 되어 왔다."

영국 역사책을 읽다가 이 부분에 눈길이 멈췄다. 에드거는 앨프레드 대왕의 증손이다. 앨프레드 대왕은 영국을 앵글로색슨의 나라로 만든 최고의 주인공이다. 에드거 시대에 이르러 웨식스는 잉글랜드 땅의 최고 지배자가 됐다. 그는 '통일된 잉글랜드'의 왕이 됐다. 사람들은 그를 '에드거 평화왕(Edgar the Peaceful)'이라고 불렀다. 그런데 그가 잉글랜드 왕으로 대관식을 가졌을 때 행했던 그 전통이 지금도 이어지고 있다니 말로 표현할 수 없는 감동이 느껴졌다. 1,000년도 더 된 오래된 의식을 현재도 실행되는 곳, 이런 나라가 영국이다.

국내에서 선풍적 인기를 끌었던 미드 〈왕좌의 게임〉에 이런 장면이 나온다. 용의 어머니인 여주인공 대너리스 타가리엔이 남주인공 존 스노우를 드디어 만나게 됐다. 대너리스의 통역관이자 서기인 미산데이가 대너리스를 소개한다.

"① 폭풍우가 낳은 ② 타가리엔 가문의 대너리스 ③ 안달족과 ④ 퍼스트맨의 여왕 ⑤ 철왕좌의 적법한 계승자 ⑥ 7왕국의 수호자 ⑦ 용들의 어머니 ⑧ 대초원의 칼리시 ⑨ 불타지 않는 자 ⑩ 족쇄의 해방자."

정말 대단한 타이틀의 소유자가 아닐 수 없다. 여기에는 못 미치지만, 영국 왕족들도 타이틀이 화려하다. 엘리자베스 2세 여왕의 맏손자이면서 여왕보다 인기가 더 좋은 윌리엄은 왕세손 시절 '케임브리지 공작(잉글랜드)', '스트라선 백작(스코틀랜드)', '캐릭퍼거스 남작(북아일랜드)' 작위를 갖고 있었다. 영국에서 그는 '케임브리지 공작'으로 불렸다. 케임브리지 공작은 1660년 당시 왕 찰스 2세가 조카에게 처음 부여한 작위이다.

부인 메건 마클과 함께 오프라 윈프리 인터뷰에 출연해 미국과 영국에서 핵폭탄급 화제를 불러일으킨 해리. 그는 '서식스 공작'이라고 불리는 것 이외에도 '엄버튼 백작', '카일킬 남작' 작위도 갖고 있었다. 서식스 공작이란 작위가 처음 만들어진 건 1801년이었다.

엘리자베스 여왕에 이어 왕위에 오른 찰스 3세는 왕세자 시절 '웨일스공(Prince of Wales)'이라고 불렸다. 이 사연도 세월을 많이 거슬러 올라가야 한다.

지금의 영국, 즉 United Kingdom의 정식 이름은 'The United Kingdom of Great Britain and Northern Ireland'이다. 지역적으로 잉글랜드와 웨일스, 스코틀랜드, 북아일랜드를 포괄한다. 초기 앵글로색슨족은 브리튼 섬의 남동쪽 잉글랜드 지역에 잇따라 나라를 세웠고, 이후 세력을 확장해 다른 지역을 정복해 지금의 영국을 만들었다.

1272년, 왕이 된 에드워드 1세는 웨일스 정복에 나섰다. 그는 정복한 웨인즈 땅을 통제하기 위해 곳곳에 성을 쌓았다. 그중 하나인 카나번성에서 태어난 아들 에드워드 왕자(나중에 에드워드 2세)가 1301년 '웨일스공'에 서임됐고 이후 이 명칭은 왕세자에게 부여되는 것으로 정착했다. 즉, 왕세자를 웨일스공이라고 부르게 된 지가 벌써 720여 년이 된 것이다. 현재 웨일스공은 윌리엄이다.

재무장관의 빨간 가방

매년 3월 초, 영국 재무장관이 관저인 다우닝가 11번지를 나올 때 문 앞에 잠깐 서서 빨간 가방을 얼굴 높이로 들어 보이는 장면은 마치 신성한 의식을 연상케 한다. 이때 기자들의 사진기 플래시가 사방에서 터진다. 이 가방에는 재무장관이 그날 의회에서 발표할 예산안이 담겨 있다고 한다.

재무장관의 빨간 가방이 등장한 건 1860년이고, 이 가방을 높이 들어 보이는 전통은 1868년 생긴 것이다. 이 전통을 만든 일화가 있다. 당시 재무장관이었던 조지 와트가 의회에서 그 빨간 가방을 열었는데, 안에 있어야 할 서류가 없었다. 그는 얼굴이 새파랗게 질렸다. 이때 이후로 재무장관은 "예산안을 이 가방에 잘 넣고 나왔다"라는 의미로 가방을 높이 들어 보이는 것이다.

영국 왕은 매년 의회 개원 때 웨스트민스터 의사당에 가서 연설을 한다. 왕은 백마들이 끄는 황금 마차를 타고 의사당으로 가는데 이때 왕실 근위대는 램프를 들고 의사당 지하를 수색한다. 또, 왕이 의사당에 가 있는 동안 하원의원 중 한 사람은 '인질' 신분으로 궁에 잡혀 있어야 한다. 의사당 왕좌에 앉은 왕은 블랙로드(Black Rod)에게 의원들을 불러오라고 명한다.

블랙로드는 1348년에 생긴 직책이다. 블랙로드가 하원 회의실에 도착할 때 그의 눈앞에서 문이 쾅 닫힌다. 블랙로드가 지팡이로 세 번 문을 두드리면 그제야 문을 열어준다. 남들이 보기엔 소꿉장난 또는 역할극 같은 낯간지러운 퍼포먼스인데 영국인들에게는 절대로 빼고 건너뛸 수 없는 소중하고 성스러운 절차이다. 이 하나하나 행동과 절차에는 스토리가 담겨 있고, 역사가 녹아 있기 때문이다.

1605년 제임스 1세 때 가톨릭 세력이 국왕과 의회 의원 모두를 폭사爆死시킬 음모를 꾸몄다. 일명 '화약음모사건'이다. 그들은 자신들을 박해하는 왕과 의회를 제거하고 새로운 가톨릭 왕국을 세울 것을 꿈꿨다. 그들은 의사당 지하실에 폭약을 설치해 놓고 왕과 의원들이 모두 모이는 의회 개원일을 기다렸다. 하지만 음모는 사건에 발각됐고, 의회 개원 전날 의사당 지하에서 폭약 더미를 지키고 있던 가이 포크스(Guy Fawkes)가 현장에서 검거됐다. 이때 체포돼 처형된 '가이 포크스'는 저항의 상징이 됐고, 매년 11월 5일 영국 전역에서 화려하게 불꽃놀이가 열리는 '가이 포크스 데이'의 기원이 된다. 이와 함께 의회 개원일에 근위대가 의사당 지하를 수색하는 전통이 탄생한 것이다.

또, 왕이 블랙로드를 보내는 의례는 영국 청교도 혁명 당시 왕과 의회가 극단적으로 대립하던 때 발생한 사건이 계기가 됐다. 1642년 초, 찰스 1세는 반대파 의원들을 체포하기 위해 무장 호위병을 이끌고 직접 의회에 침입했다. 하지만 의원들은 미리 피신해 화를 면했고, 결국 왕당파와 의회파는 내전의 길로 치닫게 됐다.

이후 입헌군주제를 확립한 영국은 왕이 하원 회의장에는 절대 들어가지 않는 전통을 세웠다. 왕의 심부름꾼인 블랙로드 앞에서 문을 닫아 버리는 것도 국민의 대표로서 왕을 견제하는 의회의 권위와 자존심을 보여 주는 것이다. 영국에서 이런 케이스는 그야말로 차고도 넘친다.

그들에게 과거, 또 역사란 어떤 것일까. 그것은 지나간 옛일이 아니라, 바로 지금 이 순간 현재와 함께 공존하는 삶의 일부인 것처럼 느껴졌다. 과거와 함께 살아가는 전통, 역사와 전통을 소중하게 생각하는 측면에서라면 영국이 전 세계에서 둘째라면 서러울 것이다. 이런 의미에서 "영국은 기본적으로 보수적인 곳"이라고 하는 주장은 꽤 설득력이 있다.

세계를 향해 뛰어라

마틴 울프와 니얼 퍼거슨

파이낸셜타임스의 경제 부문 수석 칼럼니스트인 마틴 울프를 인터뷰한 적이 있다. 2017년이었다. 울프는 '진정한 세계 최고의 금융·경제 평론가(케네스 로고프 하버드대 교수)', '영어권에서 가장 영향력 있는 저널리스트(영국 정치평론지 프로스펙트)'로 평가받는 인물이다. 만 41세가 되던 1987년 파이낸셜타임스(Financial Times)에 입사해 지금까지 근무하고 있다.

대단히 인상적이었던 건 울프가 자신이 글로벌한 안목을 갖게 된 배경에 대해 말할 때였다. 그는 "운이 좋았다"라고 했는데 그 이유가 자신이 영국에서 태어났기 때문이라는 것이었다. 그는 "런던에서 태어난 것이 나를 '국제적'으로 만든 결정적 배경이었다"라고 했다.

울프는 유대계 오스트리아 극작가 아버지와 유대계 독일인 어머니 사이에서 태어났다. 부모 영향 덕에 지적인 자극을 많이 받았다고 한다. 그는 "영어 사용, 세계 최강 제국의 역사, 무역 강국의 전통, 국가 경제 규모가 작아 다른 세계 나라와 연계돼 살아갈 수밖에 없는 상황 등은 영국을 자연스럽게 국제적으로 만든다"라고 말했다. 그러면서 "런던만큼 세계를 봐야 하고, 세계와 연결돼 있다고 느끼게 만드는 곳도 없다"라고 했다.

영국이 낳은 세계적인 역사학자 니얼 퍼거슨은 자신이 대영제국의 그림자 속에서 성장했다고 털어놓았다. 대영제국 덕분에 퍼거슨은 세계 각지에 뿔뿔이 흩어져 있는 친척들을 갖게 되었고, 어린 시절의 추억은 온통 식민지 아프리카에 관한 것으로 채워졌다고 했다.

예를 들어 그의 할아버지 존은 20대 초에 에콰도르에서 인디언들에게 철물과 밀주를 팔았다. 작은할아버지는 영국 공군 장교로 인도와 버마(현재의 미얀마)에서 일본인들과 싸우며 3년 이상을 보냈다. 작은할아버지가 고향으로 보낸 편지는 전쟁 당시 영국의 인도 지배에 대한 것으로 뛰어난 관찰력과 설득력 있는 설명으로 가득했다고 했다.

퍼거슨의 아버지는 의대를 마치고 가족들을 데리고 케냐 나이로비에 가서 2년 동안 학생들을 가르치고 환자들을 진료했다. 그 덕에 퍼거슨은 케냐와 관련된 많은 추억과 기억, 인상들을 간직하고 있다고 했다. 지금도 목각으로 된 하마와 혹멧돼지, 코끼리, 사자를 가지고 있는데 이것들은 한때 그의 가장 소중한 재산 목록이었다고 한다.[24]

24 니얼 퍼거슨, 앞의 책, 18~20쪽.

조지 오웰이 말했다. 제국이 없는 영국은 “우리 모두가 아주 힘들게 일하고 청어와 감자를 주식으로 살아야 하는 춥고 하찮은 작은 섬”에 지나지 않을 거라고…. 영국인에게 전 세계 무대는 없어서는 안 될 공기와 식량 같은 존재인 것이다.

다시 포효하는 섬나라

2021년 3월 16일은 2차 대전 이후 영국 역사에서 브렉시트를 결정한 2016년 6월 23일과 함께 상당히 의미 있는 날로 평가될지 모르겠다. 이날 보리스 존슨 총리는 ‘글로벌 영국, 경쟁의 시대(Global Britain in a competitive age)’라는 정책 보고서를 발표했다. 유럽연합에서 나와 홀로서기에 나선 영국이 앞으로 험난한 세상을 어떻게 헤쳐 나갈지, 그 핵심 전략을 담은 외교·안보 보고서다.

가장 먼저 눈에 띈 내용은 핵무기였다. 영국의 핵탄두는 공식적으로 180개인데 이를 260개까지로 늘린다는 것이었다. 공식적 숫자와 달리 영국이 실제 보유한 핵탄두는 더 많다. 스웨덴 안보 싱크탱크, 스톡홀름국제평화연구소(SIPRI)는 영국 핵탄두를 215개로 파악하고 있다.

전 세계 핵탄두는 1만 3,500여 개로 알려져 있다. 러시아가 6,375개로 제일 많고, 미국은 5,800개로 2위이다. 중국이 320개로 3위, 프랑스는 290개로 4위, 영국이 215개로 5위에 올라 있다. 이 다섯 나라는 NPT(핵확산금지조약)가 인정하는 핵보유국이다. 이들 이외에 사실상 핵보유국으로 인정받는 비공식 핵보유국은 인도(150개), 파키스탄(160개), 이스라엘(90개) 등이다. 북한 핵탄두는 30~40개 정도로 추정되고 있다.

이런 상황에서 영국이 핵탄두를 50% 가까이 늘리겠다는 건 외교·군사·안보 측면에서 앞으로 국제무대에 큰소리를 치겠다는 공개 선언이라 할 수 있다. 공식 목표가 260개라면 실제 보유고는 300개에 가까울 수 있다. 세계 3위 중국에 버금가는 수준이 될 수 있다는 얘기다.

영국 핵무기는 모두 잠수함에서 발사한다. 영국이 보유한 뱅가드급 전략원잠은 모두 4척인데 한 척당 8발의 트라이덴트 II D5 미사일을 쏠 수 있다. 미사일 하나에는 핵탄두 5개가 실린다.

중국과 인도

또 하나 의미심장한 부분은 중국을 '국가 단위로는 가장 큰 위협'이라고 규정하고 인도태평양 지역과 군사적 협력 관계를 끌어올리겠다고 한 점이다. 이 말은 영국이 "이제부터 글로벌 무대에서 센 역할을 할 건데, 특히 아시아 쪽에서 활동폭이 커질 거야"라고 예고한 것으로 볼 수 있겠다. 이 부분을 읽으면서 '대영제국에 대한 향수'를 떠올리지 않을 수 없었다.

이런 궁금증을 가져볼 만하다. 영국은 왜 유독 아시아에 큰 관심을 갖는 것일까? 중동이나 아프리카, 남미가 아니고. 무역이나 경제 협력 관계가 가장 큰 유럽은 또 왜 아닐까? 영국이 무엇을 생각하는지 속속들이 알 수는 없지만, 한 가지 확실한 것은 인도

태평양, 즉 아시아가 향후 영국의 이해관계(정치적인 것이 됐든, 경제적인 것이 됐든)에 가장 중요한 지역이라고 판단했다는 것이다.

인도는 '7년 전쟁(1756~1763)'을 계기로 완전히 영국 손아귀에 들어가게 됐다. 철저하게 종속된 식민지로 전락했다. 1600년에 엘리자베스 1세 여왕이 세운 동인도회사가 점차 인도를 손에 넣었고, 대영제국 최고 전성기를 누렸던 빅토리아 여왕은 나중에 인도 황제를 겸했다.

1877년부터 빅토리아 여왕의 호칭은 '영국의 여왕이자 인도의 황제이신 빅토리아 폐하'가 됐다. 109캐럿짜리 인도산 다이아몬드 코이누르(페르시아어로 '빛의 산')가 왕관에 박혔다. 영국과 인도의 식민지 관계는 2차 대전이 끝난 직후인 1947년까지 이어졌다. 영국에 유난히 인도와 파키스탄 출신 사람들이 많은 것도 이런 오랜 역사적 배경 때문이다.

영국 역사학자 니얼 퍼거슨은 저서 『제국』에서 7년 전쟁을 이렇게 평가했다.

"이 전쟁은 한 가지를 변경할 수 없게 결정지어 버렸다. 인도는 프랑스가 아니라 영국의 식민지가 될 것이었다. 그리고 그것은 거의 200년 동안 영국 무역의 거대한 시장이며 군사적, 인적 자원의 마르지 않는 보고가 될 것을 영국에 제공해 주었다. 인도는 '왕관 한가운데에 박힌 보석' 그 이상이었다."

아시아에 대한 영국의 '좋은 기억'은 인도만이 아니었다. 지금의 방글라데시와 미얀마 지역을 넘어 홍콩, 중국에까지 식민지를 확대했다. 홍콩은 1997년에야 중국에 반환됐다. 영국이 화려했던 과거의 영광을 되찾겠다는 계산이라면 그 핵심 내용 중엔 분명 아시아가 포함될 수밖에 없을 것이라고 생각하는 건 과대한 상상은 아닐 듯하다.

자유세계 글로벌 넘버투

지금 세계는 미국을 중심으로 한 자유민주 진영과 러시아·중국 등 좌파 권위주의 진영이 거칠게 대립하고 있다. 자유민주 진영은 지역적으로 미국과 캐나다의 북미, 독일·프랑스가 주축인 유럽, 호주·뉴질랜드를 대표로 하는 오세아니아, 한국과 일본의 동북아 등으로 나뉜다. 지금까지 영국은 유럽에 속해 '원 오브 뎀(one of them)'으로 여겨졌는데, 브렉시트를 계기로 앞으로는 단독 플레이를 적극적으로 펼칠 전망이다.

독일과 프랑스는 미국과는 이념적 차원에서도, 경제적 이해관계도 항상 어느 정도의 거리를 두고 있는 사이다. 향후 민주 진영에서 '넘버투' 역할은 영국이 맡게 될 가능성이 크다. 영국과 미국은 앵글로색슨이라는 인종적 동질성에다 사회민주주의 색채가 짙게 밴 유럽과 달리 자유주의 이념과 시스템이 국가·사회 운영의 중심축으로 작동하는 곳이다. 영국은 이런 식으로 글로벌 흐름을 읽은 것 아닌가 싶다. 그러면서 자신의 존재감과 영향력, 경제적 이익을 지키고 키우는 전략적 행동에 돌입했다고 할 수 있다.

미 외교전문지 '포린어페어즈(Foreign Affairs)'가 「글로벌 영국의 망상(The Delusions of Global Britain)」이라는 글을 실은 적이 있다. 영국에게 '현타(현실자각타임)'를 가지라고 충고한 내용이다. 잡지는 "유럽연합이라는 송장에서 해방된 영국이 이제 홀가분하게 '글로벌 영국'이라는 자신의 운명을 찾아 나섰다"라면서 영국이 좀 더 겸손함을 갖고 다음 장(chapter)에 접근해야 한다고 했다. 요지는 영국이 '미들파워(middle power)'로서의 역할을 자각하고 그에 충실하라는 것이었다.

하지만 영국은 절대 이 충고를 달갑게 생각하지 않을 듯하다. 정계 지도자는 물론이고 재계나 사회의 주요 인사들, 그리고 다수의 일반 국민들까지도 말이다.

영국이 포린어페어즈의 충고에도 불구하고, 향후에도 적극적으로 국제적 이슈에 나설 것이라는 점은 명백하고 확실하다. 우선 영국의 객관적 상황을 보자. 국토 면적은 세계 78위이고, 인구는 21위이다. 하지만 국민총생산(GDP)은 미국과 중국, 일본, 독일에 이어 세계 5위이고, 1인당 GDP는 20위이다. 유엔 안전보장이사회 상임이사국이고, 핵탄두를 215개나 보유한 군사 강국이다. 최근엔 퀸엘리자베스함 프린스오브웨일즈함 등 2척의 항공모함을 새로 보유하게 됐다.

이 정도의 역량을 가진 국가가 세계에서 어떤 역할을 할 수 있고, 또 해야 하는지에 대한 정답은 없다. 중요한 것은 지도자와 국민의 의지이고, 그것을 감당할 경제적 능력이 있는가 여부일 것이다. 이때 인구라는 요소를 꼭 눈여겨봐야 한다. 유럽 내 인구 톱은 여전히 독일이다. 2020년 기준 8,317만 명이다. 그동안 인구 기준 유럽 국가 순위는 언제나 독일-프랑스-영국 순이었다.

영국 인구는 앞으로도 계속 늘어날 전망이다. 영국 통계청에 따르면 영국 인구는 오는 2043년에는 7,240만 명에 달할 것이라고 한다. 영국은 프랑스 인구를 추월한 이후 격차를 더욱 벌릴 것으로 전망되며, 어쩌면 독일도 추월할 수 있다. 현재 독일은 인구가 늘지 않고 있으며, 어느 순간 급감할 가능성이 크다.

2015년 유럽연합(EU)의 통계기구인 유로스타트는 2080년 영국이 유럽에서 가장 인구가 많은 국가에 등극할 것이라는 예상을 내놓았다. 인구 감소는 세계 모든 나라의 고민인데, 우리나라의 경우에도 현재 5,184만 명인 인구가 2029년부터 줄기 시작해 2043년엔 5,000만 명에 턱걸이하는 수준이 될 것이라고 한다. 이런 추세에서 예외가 영국이다.

미국의 지정학 전략가 피터 자이한은 중국이 미국 패권에 강력하게 도전하고 있지만 절대 성공할 수 없다고 단언하면서 그 이유를 '셰일 오일·가스'와 함께 '인구 요인'을 거론했다. 중국은 늙어가고 있고 인구도 줄지만, 미국은 상대적으로 젊고 어린 인구가 튼튼하게 받치고 있기 때문에, 앞으로도 미국이 패권을 놓칠 가능성이 없다는 주장이었다.

이런 관점에서 보면 영국은 향후 유럽 내에서 지금보다 더 강력한 존재감을 가질 수밖에 없다. 글로벌 무대에서도 마찬가지일 것이다. 글로벌을 향한 영국의 꿈은 앞으로도 쭉 계속될 것이다.

유럽 내 별종을 바라보며

"유럽은 박물관이죠."

미국의 한 전직 장관이 '유럽을 어떻게 생각하느냐'라는 질문에 이런 답을 했다고 한다. 좋은 뜻이 아니다. 유럽은 더 이상 기술개발과 혁신을 통한 진취적 발전의 주역이 되지 못하고 있다는 의미였다. 박물관이나 유명 관광 유적지처럼 조상이 물려준 과거의 화려하고 자랑스러운 유물과 골동품, 브랜드에 기대 그럭저럭 괜찮은 수준의 수입을 올리며 살아간다는 것이다. 미래가 아니라 과거를 먹고 사는 존재가 됐다는 뜻이다.

한번 생각해 보자. 세계에 여러 대륙 또는 지정학적으로 구분되는 지역이 있다. 유럽, 북미, 중남미, 아시아, 아프리카, 오세아니아 등. 이 중에서 과학기술과 생산력, 혁신, 경제발전 등을 떠올리게 하는 곳은 어디일까. 사람마다 생각이 다를 순 있겠지만 적잖은 분들이 크게 주저하지 않고 미국으로 대변되는 북미와 한국·중국 등이 속해 있는 아시아를 꼽을 것이라 본다. 현시점에서 가장 '핫한 곳'은 미국과 아시아라고 할 수 있겠다. 반면 유럽은 뚜렷하게 인상적인 모습을 보여주지 못하고 점점 더 뒤처지는 느낌이다.

유럽이 지금과 같은 평가를 받는 이유가 있을 것이다. 근대와 현대를 거치며 만들어 낸, 다른 어떤 대륙도 엄두를 내지 못할 만큼의 압도적 힘과 풍요로움에 취해 안락한 현실에 안주하게 됐기 때문이다. 여기엔 문화적·인종적·역사적 자신감이나 우월감도 함께 버무려져 있다. 평등을 강조하는 사회민주주의 요소가 정치·경제·사회·문화 곳곳에 깊이 배어 있기 때문이기도 할 것이다. 이런 풍토에서는 누군가가 특출한 재능과 능력을 발휘해 힘차게 뛰쳐나가기가 어렵다. 개인적으로 큰 흐름에서 유럽이 세계를 이끌어가는 시대는 끝났다고 생각한다.

이런 유럽에서 '별종'으로 여겨질 수 있는 나라가 바로 영국이다. 우린 유럽이라는 큰 울타리에 영국을 넣고 있지만 사실 영국은 유럽 대륙에 있는 나라와 달라도 너무 다른 나라이다. 영국은 통제와 간섭보다는 자유를 중시하고, 경쟁과 엘리트의 긍정적 역할을 인정한다. 알맹이 없는 공허한 관념적 이상주의와는 거리가 멀고, 현실적인 실용을 추구한다.

리시 수낙 영국 총리는 2022년 11월 28일, 런던 길드홀에서 열린 연례 '런던금융시장 만찬' 연설에서 중국과의 '황금시대(golden era)'는 끝났다고 선언해 세계적인 관심을 끌었다. 수낙 총리가 외교·안보에 관한 생각을 처음 밝힌 이날, 연설에서 필자의 눈과 귀에 가장 강력하게 꽂힌 건 '실용주의'라는 단어였다. 그는 이렇게 말했다.

"영국은 중국과 같은 글로벌 경쟁자에 맞설 것입니다. '멋진 미사여구(grand rhetoric)'가 아니라 '굳센 실용주의(robust pragmatism)'와 함께."

영국인들이 어떤 사람들인지 세상을 어떻게 해석하고 어떤 식으로 현재와 미래를 헤쳐 나가려고 하는지 이 한 단어가 보여 준다고 생각했다.

그런데 이 지점에서 의문이나 궁금증이 생긴다. 이렇게 큰 장점을 가진 영국이라는 나라가 최근 사회·경제적으로 힘든 모습을 보이는 이유는 무엇인가. 그렇게 잘 나가던 대영제국은 왜 해체라는 운명을 맞게 되었을까. 위대한 제국을 건설했던 대단한 전통과 유전자는 어디로 갔는가. 성공 스토리 못지않게 실패 또는 좌절의 스토리 또한 강한 호기심을 불러일으킨다. 어떤 나라도 역사의 굴곡을 피할 수는 없고, 영국도 마찬가지이다.

영국에 관한 책을 써야겠다고 생각한 건 특파원으로 런던에 있을 때였다. 우리가 꼭 생각해봤으면 하는 포인트가 있었기 때문이다. 영국에 대한 궁금증, 성공과 실패에서 우리가 배우고 참고해야 할 점에 관한 생각은 지금도 계속되고 있다. 특히 영국이 왜 어려움을 겪는지에 대한 얘기는 다시 한번 다룰 수 있는 기회가 있을 거라고 생각한다. 우리에게 훌륭한 반면교사가 될 수 있기 때문이다.

이 책이 나올 수 있었던 건 전적으로 가족이 준 힘 덕분이었다. 아내 유태정과 딸 유진, 아들 진우가 그간 용기를 주고 배려해 준 데 대해 고마움을 전한다.

| 참고문헌

강상구, 『마흔에 읽는 손자병법』, 흐름출판, 2011.

권석하, 『영국인 재발견』, 안나푸르나, 2013.

___, 『영국인 재발견2』, 안나푸르나, 2015.

김상엽·김소정, 『궁금해서 밤새 읽는 유럽사』, 청아출판사, 2018.

김현숙, 『영국 사회를 개조한 크리스천의 역사, 1530~1945』, 주영사, 2014.

나종일·송규범, 『영국의 역사 상·하』, 한울, 2005.

니얼 퍼거슨, 『제국』, 민음사, 2006.

______, 『시빌라이제이션』, 21세기북스, 2011.

대런 애쓰모글루·제임스 A. 로빈슨, 『국가는 왜 실패하는가』, 시공사, 2012.

도현신, 『영국이 만든 세계』, 모시는 사람들, 2014.

동서역사문화연구회, 『교양세계사』, 우물이 있는 집, 2007.

맥스 부트, 『전쟁이 만든 신세계』, 플래닉미디어, 2007.

민태기, 『판타 레이』, 사이언스북스, 2021.

박지향, 『영국적인, 너무나 영국적인』, 기파랑, 2006.

백훈승, 『서양근대철학』, 전북대학교출판문화원, 2017.

버나드 로 몽고메리, 『전쟁의 역사』, 책세상, 1995.
브랜든 심스, 『영국의 유럽』, 애플미디어, 2017.
손자, 『손자병법』, 글항아리, 2011.
송동훈, 『세계명문가의 자녀교육여행, 그랜드투어』, 김영사, 2007.
___, 『대항해시대의 탄생』, 시공사, 2019.
유한준, 『하루에 따라잡는 세계사』, 미래타임즈, 2017.
윤영호, 『그러니까, 영국』, 두리반, 2021.
윤은주, 「근대국가의 재정혁명, 조세제도를 통해 본 영국과 프랑스의 재정 비교」, 『프랑스사 연구 제24호』, 2011.
___, 「근대국가의 재정혁명 II, 조세제도를 통해 본 영국과 프랑스의 재정 비교」, 『서양사론 제110호』, 2011.
이근호·신선희, 『이야기로 엮은 한국사 세계사 비교연표』, 청아출판사, 2006.
이에인 딕키 외, 『해전의 모든 것』, Human & Books, 2010.
이영림·주경철·최갑수, 『근대 유럽의 형성: 16-18세기』, 까치글방, 2011.
이태숙, 『근대영국헌정: 역사와 담론』, 한길사, 2013.
저스틴 폴라드, 『알프레드 대왕: 영국의 탄생』, 해와비, 2007.
조르주 보르도노브, 『나폴레옹 평전』, 열대림, 2008.
조셉 커민스, 『전쟁연대기 I』, 니케북스, 2013.
주경철, 『대항해시대, 해상 팽창과 근대 세계의 형성』, 서울대학교출판문화원, 2008.
진회숙, 『영화 속 영국을 가다』, 청아출판사, 2021.
찰스 디킨스, 『청소년을 위한 영국인 이야기』, 시와 진실, 2012.
콜린 존스, 『사진과 그림으로 보는 케임브리지 프랑스사』, 시공사, 2001.
타임라이프 북스, 『엘리자베스 여왕의 왕국』, 가람기획, 2004.
피터 자이한, 『21세기 미국의 패권과 지정학』, 김앤김북스, 2018.
하마우즈 데쓰오, 『대영제국은 인도를 어떻게 통치하였는가』, 심산, 2004.

허구생, 『근대 초기의 영국: 헨리 8세와 엘리자베스 1세의 국가 만들기』, 한울아카데미, 2015.
홍익희, 『유대인 이야기』, 행성비, 2013.

Brian Lavery, 『EMPIRE OF THE SEAS』, BLOOMSBURY, 2009.
Daniel Owen Spence, 『EMPIRE AND IMPERIALISM: A HISTORY OF THE ROYAL NAVY』, I. B. Tauris, 2015.
G. J. 마이어, 『튜더스』, 말글빛냄, 2011.
Robert Skidelsky, 『BRITAIN SINCE 1900: A SUCCESS STORY?』, VINTAGE BOOKS, 2014.
Simon Jenkins, 『A SHORT HISTORY OF ENGLAND』, PROFILE BOOKS, 2018.